U0565677

世界最佳情爱小说

一生只够爱一人

柳鸣九　主编 / 鉴评

河南文艺出版社
·郑州·

柳鸣九

主编 / 鉴评

柳鸣九，1934 年生，湖南长沙人，毕业于北京大学西方语言文学系。中国社会科学院外国文学研究所研究员，中国社会科学院研究生院外国语言文学系教授、研究生导师，曾任中国法国文学研究会会长、名誉会长。

在法国文学史研究、文学名著翻译等领域，均有很高的建树，并主持多种大型丛书、套书编选工作，是本学界公认的权威学者、领军人物，以卓有学术胆识著称，并享有"著作等身"之誉，对人文知识界有较大的影响。其论著与译作已结集为《柳鸣九文集》(15 卷)，约 600 万字。2006 年，荣获中国社会科学院最高学术称号：荣誉学部委员。

CONTENTS
目　录

卡门

[法国] 梅里美
柳鸣九 译

作者简介

　　梅里美（1803—1870），法国小说家、剧作家、历史学家，通晓多国语言，常在各国游历考察，因此，其作品充满异国情调，人物也奔放彪悍，卡门（又译嘉尔曼）、高龙巴都是为读者所熟知的人物形象。

　　梅里美写作以中短篇小说见长，著有剧本集《克拉拉·加苏尔戏剧集》，历史剧《雅克团》，长篇小说《查理第九时代轶事》，中短篇小说《玛提奥·法尔贡奈》《攻占棱堡》《伊尔的美神》《卡门》《高龙巴》等。

　　从梅里美选择的题材和偏爱的异域色彩来看，他属于浪漫派，而从他简约的写作风格来看，他又属于古典主义。

一

历来的地理学家都如是说，芒达一役[1]古战场位于巴斯菊里人与迦太基人[2]聚居的地区之内，靠近马尔贝拉以北七八公里之处，即当今的蒙达镇附近，敝人一直怀疑他们言之无据，信口开河。根据佚名氏所著的《西班牙之战》[3]一书以及在奥舒纳公爵[4]丰富的藏书楼里所获得的某些史料，细加研究之后，窃以为当年恺撒破釜沉舟与共和国元老们一决生死的古战场，应该到蒙第拉[5]附近去探寻才是。时值一八三〇年初秋，敝人正好来到安达卢西亚地区[6]，为了弄清楚心中尚存疑点的一些问题，便在整个地区考察了一大圈，寄希望于自己即将发表的地理考古论文，将使得那些有执着追求的考古学家脑子里的疑团都一扫而光。但在该文最终将全欧洲学术界这一悬而未决的地理学难题彻底加以解决之前，敝人且先给诸位讲一个小故事，此故事绝不会对芒达古战场究竟位于何处这个有趣的问题造成先入为主的成见。

我在哥尔多巴[7]雇了一名向导，租了两匹马，行囊里只装一本恺撒的《高卢战纪》和几件衬衣，就这么轻装上路了。有一天，在加希纳平原[8]的高地上巡察，骄阳似火，肌肤灼痛，疲惫不堪，几近瘫倒，口渴难耐，如受煎熬，我正恨

1　公元前 45 年，恺撒与庞贝会战于西班牙的芒达，前者大获全胜。
2　巴斯菊里人与迦太基人，均为古代部族，居于北非与地中海沿岸，包括西班牙滨海地区。
3　出自古罗马时期一佚名军官之手，是记载恺撒远征西班牙的珍贵史料。
4　奥舒纳公爵（1579—1624），西班牙政治家，曾藏有大量古希腊和古罗马的典籍与手稿。
5　蒙第拉，西班牙南部的城市。
6　安达卢西亚，乃西班牙南部一大省区，上文所提及的城镇，皆在此一省区的境内。
7　西班牙南部安达卢西亚省的一城市。
8　指加希纳小河沿岸的平原。

不得将恺撒和他的对手统统咒进地狱，忽见小路远处有一小块青绿的草地，其间稀稀疏疏长些灯芯草与芦苇，使我预感到附近定有水泉。果然，继续前行，就见草地原来是一片沼泽，正有一道泉水暗涌潜淌于其中。那道泉水似乎是出自加布拉山脉中两面峭壁之间一个狭窄的峡谷。我断定，沿此泉流而上，水质当更为清冽纯净，蚂蟥与青蛙当更为稀少，或许在山崖岩石之间，还能找到若干绿荫凉爽之处。刚一进峡谷，我的马就昂首嘶叫，引得另一匹我尚未看见的马也回应了一声。我又往前走了百余步，峡谷口豁然开朗，眼前出现了一大块天然形成的圆状空地，四面皆有高崖峭壁拱立，恰把这空地笼罩在阴影之中。旅人不是想坐下来歇息歇息吗？再也找不到比这更美妙的处所了。峭壁之下，泉水突涌飞溅，直泻一小潭之中，水潭细沙铺底，洁白如雪。潭边有橡树五六株，雄伟挺拔，浓荫如盖，掩映于小潭之上。生态如此繁茂，皆因经年累月受群峰遮挡，免遭劲风骤雨之害，又近水楼台，幸得清泉滋润所致也。更有妙者，水潭四周，细嫩的青草铺陈于地，如绿茵卧席，你休想在方圆几十里之内任何上佳客店里找到如此美妙的床榻。

但是，慧眼识佳境的并不只有我。在我来到之前，便已有人捷足先登了。显而易见，我进入峡谷时，那人还在呼呼大睡，他被马嘶声惊醒了，就站起身来，向自己的马匹走去，那畜生趁主人熟睡之际，正在周边的草地上大啃大嚼。这汉子年轻力壮，中等身材，体格结实，目光阴沉，神情桀骜不驯。他的肤色本来可能很好看，可惜被骄阳晒得黝黑，比头发还要黑。他一手抓着坐骑的缰绳，一手握着一管铜制的短铳。说老实话，他那管短铳与一副凶神恶煞的样子，颇使我吓了一跳，但我不相信是碰上了土匪，因为我老听说有强盗却从来没有遇见过。何况，老实本分的庄稼人全副武装去赶集的事，我也见得多了，总不能一见到枪就神经过敏，怀疑对方定有歹意吧。再说，我那几件衬衣和那本埃尔才维版本的《高卢战纪》，他拿去有什么用呢？这么一想，我便朝那拿枪的家伙，亲切地点了点头，笑着问他，我是否打扰了他的好梦。他未作回答，只把我从头到脚打量了一番。感到放心后，他又仔细打量那个随后来到的向导。不料那向导突然脸色煞白，惊慌失措，呆立不动。我心想：坏了，碰上了强盗！但为谨慎起见，我决定不动声色，不流露出任何惊恐不安。我下了马，吩咐向导卸下马辔，然后来到泉边跪下，把头和双手浸在水里，再喝上一口凉水，肚皮朝下往草地上一趴，就像基甸手下那些没出息的兵丁。[1]

我仍留神观察我的向导和那个陌生汉子。向导很不乐意地走了过来，那汉子似乎对我们并无恶意，因为，他把自己的坐骑放走，本来他是平端着短铳，现在也枪口朝下了。

我觉得不应该因为对方没有太搭理自己而动气，便往草地上一躺，态度挺随和地问那持枪汉子身上可有火石，同时我掏出了我的雪茄烟盒子。那汉子一言不发，在衣袋里搜了搜，取出火石，主动替我打火。显而易见，他的态度缓和了一些，竟在我的面前坐下，不过，短铳仍不离手。我点着了雪茄，又在盒子里挑了一支最好的，问他抽不抽。

"我抽，先生。"他回答说。

这是他说的第一句话。我发觉他念"s"这个音不像安达卢西亚人[2]，由此，我断定他和我一样，也是一个外乡的过路人，只不过不是从事考古职业的。

"这一支您一定会觉得不错。"说着，我递给他一支正牌的哈瓦那[3]上等雪茄。

他向我稍微点了点头，用我的雪茄点燃了他自己的那一支，又点点头表示谢谢，然后高高兴兴地抽将起来。

"啊！我好久没有抽烟了！"他说着，慢吞吞地把第一口烟雾从鼻孔里、嘴

1　典出《旧约·士师记》第七章，耶和华命基甸挑选士卒抗敌，以在河边饮水的姿势为标准，凡跪下饮水者为不合格。

2　安达卢西亚人发"s"音时，与发柔音"c"与"z"并无区别，西班牙人将柔音"c"与"z"发得像英文中的"th"，故听"senor"一词，便能辨出是否安达卢西亚口音。——作者原注

3　古巴首府，其雪茄蜚声全球。

腔里吐放出来。

　　在西班牙，一支雪茄的一递一接，就足以建立起友谊，正如在近东，朋友之间分享面包和盐一样。出乎我的意料，那汉子倒是挺爱说话。他自称是蒙第拉地区的居民，但对该地区的情况并不太熟悉。我们当时歇脚的那个清幽的峡谷叫什么名字，他也不知道；附近有哪些村落，他也举不出来。最后，我问他是否在周围见过什么断壁残垣、卷边瓦当、石头雕塑，他回答说从来没有注意过这类东西。但另一方面，他对坐骑、马术这一道却很是在行。他把我那匹马大大评论了一番，当然，这并非难事；但接下来，其道行之精就毕现无余了，他向我大谈特谈他那匹马的家族世系，说它出自赫赫有名的哥尔多巴养马场，据说，其血统高贵，耐力极佳，曾经有一天跑了一百二十多里，而且不是飞奔就是疾走。正说到兴头上，他突然停住，仿佛有了警觉，感到后悔：怎么自己口无遮拦，竟说了这么多话。他有点局促不安，弥补了一句，说："那是因为我急要赶到哥尔多巴去，有一桩官司要求求法官。"他一边这么说，一边盯着我与向导，而那向导，一听此话，就低下眼睛朝地上看。

　　既有绿荫，又有清泉，真是不亦乐乎。我情不自禁想起蒙第拉的友人们送别我时，塞了几片上等火腿在我向导的褡裢里，便要他取出来，请那汉子随便吃点。刚才他说很久没有抽烟，我看他至少有四十八小时没有进食了。果然，他狼吞虎咽，像个饿鬼。我想，这可怜的家伙那天遇上了我，真可谓天公赐福。但我的向导吃得不多，喝得更少，一声不吭，虽然一上路我就发现他是个无与伦比的话匣子。这陌生客人在场，似乎使得他感到不舒服，他们两个各怀戒心，互相回避，其原因何在，我不得而知。

　　最后一些面包渣、火腿屑也都一扫而光，我们每人又抽了一支雪茄。我吩咐向导把马套上，准备向我这位新朋友告别，这时，他突然问我打算在哪儿过夜。

　　向导赶紧对我做个暗示，我没有来得及注意便脱口告诉那汉子，我打算去库埃尔沃客店。

"先生，那客店太糟，对您这样的人不合适……我也要到那边去，如果允许我奉陪，咱们可以结伴同行。"

"太好了，太好了。"我一边上马，一边回答。

向导替我扶着脚蹬，又向我使了个眼色，我耸了耸肩作为回答，好让他明白我是泰然处之，满不在乎的。于是，一行三人就上路了。

向导安东尼奥神秘的暗示、不安的表情，陌生人说漏了嘴的某些话，特别是他一天赶了一百二十里路的故事以及对此的牵强解释，已经使我对这位旅伴的身份心里有数了。我毫不怀疑自己是碰上了一个走私犯，或者是个强盗，可是这有什么关系呢？我对西班牙人的性格已经了解得入木三分，对于一个跟你在一块儿抽过烟、吃过饭的人，你是大可放心的。有这条汉子同路，反倒是一种安全保证，不会被别的坏人所害。再说，我也很想见识见识土匪强盗究竟是怎么一种人，这类好汉可不是经常能够碰得见的。与危险人物在一起也不无某种妙趣，尤其是在这个主儿和善而斯文的时候。

我想慢慢套出那汉子的真心话，所以根本不去理睬向导频频向我使出的眼色，而故意把话题引到拦路剪径的强人身上，当然用的是很有敬意的语气。当时在安达卢西亚出了个赫赫有名的大盗，名叫何塞·马利亚，他作下的案件，真可谓家喻户晓，脍炙人口。说不定我身边的这个主儿就是何塞·马利亚，我这么思忖着。于是，我大谈特谈这位好汉的传闻故事，专拣赞赏颂扬的话来讲，表示对他的勇敢大胆、仗义行侠佩服得五体投地。

"何塞·马利亚只不过是无赖的小人一个。"那汉子冷冷地说。

这是他的自我鉴定还是过谦之词呢？我心里这样想。因为一经仔细打量，我发现这位旅伴的相貌与那张贴在安达卢西亚许多城门口的告示上说的十分相像。对！一定是他……金色头发，蓝色眼睛，大嘴巴，牙齿整齐，双手细巧，穿优质布料衬衣，披条绒外衣，上缀有银色纽扣，脚蹬白皮套靴，骑一匹红棕色马……一点也不假，准就是他！不过，他既然要隐匿自己的真实身份，那么我们就不必去点破吧。

一行三人到了小客店。我的旅伴说得没有错，这小店简陋到了极点，实为我从未遇见过的。只有一间大屋子，既是厨房，也兼作饭厅与卧室。房中间有一大块石板，那就是生火煮饭的地方，屋顶上有一个窟窿，炊烟就从那里出去，有时烟只停滞在离地面几尺的空间，像聚成了一团云雾。靠墙壁的地上，铺着五六张旧骡皮，就算是客铺了。整个屋子，就这么一大间，屋外二十步，有一个棚子，权作为马厩使用。这家美妙的宾馆，当时只有两个人，一个老婆子和一个约莫十二岁的小姑娘，她们的皮肤又黑又脏，像是烟煤，衣服破烂不堪。我心想：古代蒙达·波蒂卡[1]居民的后裔竟沦落到现在这副模样！唉，恺撒呀，塞斯土斯·庞贝[2]呀，假如你们死而复生，见此情景，定会惊讶不已！

老婆子一见我那位旅伴，不禁惊叫了一声，脱口喊道："啊，唐·何塞大爷！"

唐·何塞皱起眉头，威严地摆了摆手，老婆子就乖乖地不吭声了。我转过头去偷偷向向导递了个眼色，让他明白，对于这位将与我同榻而眠的旅伴，我已经了如指掌了，用不着他再向我道明什么。出乎我的意料，晚饭倒还比较丰盛。饭菜摆在一张一尺高的小桌上，先是鸡丁炒饭，辣椒放得很多，然后是油炒辣椒，最后是"加斯巴丘"，即一种辣椒拌的沙拉。三道菜都很辣，我们不得不频频打开酒囊靠美味的蒙第拉葡萄酒解辣。酒足饭饱之后，见墙上挂着一把曼陀林，这是西班牙到处可见的一种乐器，我便问侍候我们的小姑娘会不会弹奏。

她回答说："我不会，可是唐·何塞弹得好极啦！"

我便邀请他赏脸弹唱一曲，说："敝人对贵国的音乐爱得入迷。"

"先生您是一位仁人君子，用这么名贵的雪茄款待我，您什么事情我都不该

1　蒙达·波蒂卡，乃古罗马帝国的一行省，即今安达卢西亚。
2　塞斯土斯·庞贝，古罗马的历史人物，庞贝大将之次子。庞贝死后，其子仍与恺撒为敌。

拒绝。"唐·何塞兴高采烈地喊道，说着，他要过曼陀林，自弹自唱起来。声音粗犷，但悦耳动听，曲调凄凉而古怪，至于歌词，我一个字也没有听懂。

"如果我没有猜错的话，您刚才唱的并不是西班牙歌曲，倒像我在外省地区听见过的《佐尔齐科》，歌词大概是巴斯克语。"

"是的。"唐·何塞脸色阴郁地答道。

他把曼陀林放在地上，手臂交叉在胸前，呆呆地盯着快熄灭的火，脸上有一种异样的忧郁的表情。经小桌上的灯一照，他的脸显得既高贵又凶猛，使人想起弥尔顿诗中的撒旦。也许，我这位旅伴也像撒旦一样，在想着自己离别的家园，想着自己一失足而不得不流亡漂泊的生活。我想再挑引他打开话匣子，他却缄默不语，完全沉浸在自己沉郁的默想之中。这时，老婆子已经在屋里一角睡下，那个角落拉了一条绳子，上面挂着一条破破烂烂的毯子，聊作遮掩妇女卧榻的幕幔。随后，小姑娘也钻进了破毯子的后边。我的向导站起身来，要我陪他到马房去，一听这话，唐·何塞突然警觉起来，厉声问他要上哪里去。

"上马房去。"向导答道。

"你要干什么？马不是都喂饱了吗？你在这里睡下吧！先生会同意的。"

"我怕先生的马病了，希望他自己去瞧瞧，也许他知道该怎么办。"

显而易见，安东尼奥是想私下跟我说几句话，但我并不愿意由此引起唐·何塞的疑心，我觉得当时的情况下，最好对他表示深信不疑，因此，回答向导说，我对马的事一窍不通，再说，我也很想睡觉了。于是，唐·何塞跟着向导去了马房，不一会儿，他自己就单独回来了，告诉我说，那马明明是好端端的，但那向导却把它当宝贝，硬要用自己的上衣去给它擦身，引它发汗，居然自得其乐，准备干上一通宵。我已经倒卧在骡皮上，用斗篷将身体裹得严严实实，唯恐脏毯子贴着皮肤。唐·何塞说了声对不起，就在我身旁躺下，正对着门口，而且没有忘记将短铳的雷管重新顶上，放置在当枕头用的褡裢下面。我们互道了晚安，五分钟后，两人都沉沉入睡。

我想自己实在是太累了，居然还能在如此简陋的条件下睡得着，可是，个把钟头之后，我浑身奇痒难忍，便醒了过来，我弄清楚了是臭虫在作祟，心想与其宿在这么一间令人难受的房子里，还不如去露天打发下半夜。我踮着脚尖走到门口，从呼呼大睡的唐·何塞身上跨过，我的动作极其小心，居然没有惊醒他就出了屋子。屋外有一条宽宽的长凳，我在上面躺下，准备就这么度过下半夜。正当即将再次进入梦乡的时候，我似乎感到有一个人影、一匹马影先后从我跟前走过，悄无声息。我赶紧坐起，认出是安东尼奥。见他半夜三更跑出马房，我大感惊奇，便站起来向他走过去。他先看见了我，就立即站住了。

　　"他在哪儿?"安东尼奥低声问我。

　　"在屋子里睡觉，他倒是不怕臭虫。你为什么把马牵走?"

　　这时，我才发觉，他为了走出马房时无声无息，已用毯子的破片小心翼翼地将马蹄裹上。

　　"看在上帝的分儿上，您小声点!"安东尼奥对我说，"您还不知道这家伙是谁吗? 他就是何塞·纳瓦罗，安达卢西亚鼎鼎有名的土匪。今天一天，我向您做了好些暗示，您却不愿意理会。"

　　"是不是土匪，不关我的事。"我答道，"他又没有抢我们，我敢打赌，他绝无害我的心思。"

　　"好吧，不过把他举报出来，便可得到二百个金币的奖赏。我知道离这儿五六里路，有一个枪骑兵的驻扎所。天亮以前，我可以带几个精壮的汉子回来。我本想把他那匹马骑走，但那畜生很厉害，除了纳瓦罗，谁都没法靠近它。"

　　"你见鬼去吧! 他有什么对不起你的? 这可怜的家伙，你竟要告发他。再说，你能肯定他就是那个大盗?"

　　"绝对可以肯定，刚才，他跟着我进了马房，对我说:'你好像认得我，如果你同那位好心的先生说出我是谁，我就要把你的脑袋打开花。'先生，今夜您别走，就留在他身边，您不用害怕，只要他见您在这里，他就不会疑心。"

　　说着说着，我们离开那个客店已经有了一大段距离，不会有人听得见马蹄的声音了，于是，安东尼奥扯掉马蹄上裹着的破毯片，准备上马出发。我在做最后的努力，连央求带威胁想要让他止步。

　　"先生，我是个穷光蛋，"他回答我说，"不能轻易放弃二百个金币，何况，还能为本地除掉一个大害。不过，您自己要当心，如果那家伙醒过来，他必定会操起短铳，那您就得留神了！我嘛，我已经走到这一步，没法后退了，您自己想办法去对付吧！"

　　那混蛋翻身上马，两腿一夹，很快就消失在黑夜之中。

　　我对这向导固然很恼火，但心里着实有些不安。先思索了一会儿，我打定了主意，就回到屋里。唐·何塞仍在呼呼大睡，显然是因为最近几天的颠沛流离而已疲惫不堪，好不容易补偿补偿。我只得用力把他摇醒。我永远也不会忘记他那凶狠的眼神与扑向短铳的动作，幸好我防了他一手，先把他的武器放在离卧榻稍远一点的地方。

　　我对他说："先生，很抱歉把您叫醒，但我想冒昧地问一句，如果有五六个官兵来到这里，您是不是会不乐意？"

　　他猛地一跃而起，厉声喝道：

　　"这是谁告诉您的？"

　　"只要消息准确，别管它是哪儿来的。"

　　"您的向导把我出卖了，我饶不了他！他在哪儿？"

　　"我不知道……也许在马房里……是别人告诉我的……"

　　"谁告诉的？……不可能是老婆子……"

　　"是一个我不认识的人……别多说啦，您要不要等那些大兵来？如果不要，那就别耽误时间，不然的话，但愿您今晚平安无事，我把您吵醒了，抱歉抱歉。"

　　"咳，您的那个向导，那个向导，我早就对他起了疑心……可是……这个账我是要跟他算的……先生，后会有期。您帮了我一个大忙，上帝会保佑您的。我并不全像您所想的那么坏……是的，我天良未泯，还有些地方值得仁人义士的同情怜悯……再见啦，先生，我感到很遗憾，未能报答您的恩情。"

"如果您想报答我，那就请您答应我，不要怀疑任何人，也不要老想报复，喏，我还有几支雪茄，您拿去在路上抽。祝您一路平安！"说罢，我向他伸出手去。

他一声不吭地握了握我的手，拿起短铳与褡裢，用我听不懂的土话跟老婆子说了几句，然后就去了马房。不一会儿，就听见他在平原上飞奔了。

我回到长凳上躺下，但再也难以入眠。我扪心自问，把一个强盗，甚至是一个杀人犯从绞刑架下救出来，仅仅因为我跟他在一起吃火腿与瓦伦西亚式炒饭，这样做是否恰当？那个向导倒是在维护法律，我不是把他出卖了吗？不是会给他招来恶人的报复吗？可是，朋友之间总该讲义气呀！对此，我又想，此乃野蛮人的偏见陋习也；难道强盗以后犯了罪，也得要我负责……但是，种种冠冕堂皇的道理都难以容忍的这种内心良知，难道果真就是偏见？也许，在我当时所处的那种尴尬境况下，不论我怎么做，事后都难免感到后悔。正当我为自己的行为是否合乎道德规范而在反复思量时，忽见来了六个持枪骑兵，安东尼奥则小心翼翼地走在后面。我迎将上去，告诉他们，强盗逃跑已经有两个多小时了。老婆子在班长的盘问下，回答说，她的确认识纳瓦罗，但她一个人势单力薄，不敢冒生命危险去告发，还说，那家伙每次来，照例在半夜就离去。至于我这个证人，则必须走上十几公里，将护照交给区里的法官检验检验，再签署一份证词，然后才获得允许，可以继续我的考古勘察。安东尼奥对我颇有怨恨，疑心是我断了他二百金币的财路。但回到哥尔多巴后，我与他还是客客气气地分手了，因为我在自己财力所容许的条件下，大大地给了他一笔厚重的报酬。

二

我在哥尔多巴停留了几天，有人告诉我，多明我教派的图书馆里藏有一部手稿，可能会给我提供关于芒达地区的重要资料。和善的神甫热情地接待了我，白天我便待在修道院里查阅资料，傍晚则到城里去闲逛。在这个城市，夕阳西下时，很多闲人都挤在瓜达尔基维尔河的右岸上。那儿有一股浓烈的皮革味，自古以来，当地就以制革业而闻名遐迩。在这河岸边，你还可以观赏到以下这么一道别有风味的景色，晚祷的钟声敲响前几分钟，就有一大批妇女聚集在河边高高的堤岸上，只等晚钟一响，大家以为天黑了，所有的女人在最后一响钟声落定之际，就纷纷脱掉衣服，跳进水中。于是，叫喊声嬉笑声汇成一片，闹得不亦乐乎。河岸上，男人们把眼睛睁得大大的，从高处盯着浴女戏水，可惜什么都看不清。深蓝的河水上，有影影绰绰的乳白色出水芙蓉，这就足以使有诗意的人悠然神往，浮想联翩。你只要略加想象，就不难将当前的情景当作狄安娜与仙女们的天浴，而用不着害怕自己碰上阿克泰翁那样的命运。[1] 据说，有一天，几个轻薄无赖凑了些钱，买通寺院的敲钟人，将晚祷的钟声提前二十分钟敲响。虽然当时天色尚甚为明亮，但瓜达尔基维尔河岸上的仙女们对晚祷钟声比对太阳更为信任，便毫不迟疑，泰然自若换为"浴装"，而她们的"浴装"自古以来就是最最自然简单的。那一次我没有在场。我在哥尔多巴期间，敲钟人从来不收贿赂，况且，暮色朦胧，只有猫的眼睛才能在一大群浴女中分辨出哪是年纪最大的卖橘子女人，哪是哥尔多巴城中最漂亮的女工。

1　狄安娜为希腊神话中的狩猎女神。阿克泰翁乃一猎手，他因偷窥狄安娜入浴，被女神变成一头牝鹿，遭猎犬咬死。

一天傍晚，夜幕已经降下，我正在堤岸凭栏抽烟，忽然，沿着从河边延伸上来的石阶，过来了一个女人，在我身边坐下。她鬓间插着一大束素馨花，在夜色里发出一股醉人的香气。穿着朴素，甚至有点寒酸，一身黑衣服，就像大多数女工晚间所穿的那样。如果是大家闺秀，那就是早晨穿黑色衣服，而晚上则一身法国装束了。那刚出浴的女子来到我身边时，故意让披在头上的纱巾轻轻滑落在肩上，我借着朦胧的星光，看出来她很年轻，身材娇巧匀称，有一双大眼睛。我立刻将雪茄扔掉。她明白这是典型的法兰西礼貌，便赶紧对我说，其实她很喜欢闻烟草的味道，如果遇上味道醇和的卷烟，她还能抽上几口呢。正巧，我烟盒里有几支这种烟，便赶紧递了过去。她果然取出一支，花了一枚小钱向一个小孩取了个火，把烟点上。我跟这漂亮的浴女一边抽烟一边聊天，不觉时间过了许久，堤岸上几乎只剩下我们两个。这时我想，如果邀请她到冷饮店吃点冰激凌，大概不至于有唐突冒昧之嫌。她略微谦让了一下也就接受了，但先问了问我几点钟了。我把弹簧表一按，表就发出了铃声，她对此大感惊奇，说：

"你们外国人发明的玩意儿真有意思！先生，您是哪国人？一定是英国人吧！"

"在下是法国人。您呢？是小姐还是夫人？大概是哥尔多巴本地人吧？"

"不是的。"

"我想您该是耶稣国人氏，离天堂仅两步之遥。"

（即指安达卢西亚也，这一隐喻的说法，我是从好友、著名的斗牛士弗朗西斯科·塞维利亚那里学来的。）

"得了吧！天堂！……本地的人都说，这天堂属于他们，而不是给我们准备的。"

"那么，您是摩尔人啰，要不然就是……"我打住了，不敢说犹太人这几个字。

"算了！算了！您明明知道我是波希米亚人。怎么，要不要我给您算个命？

您可听见过人称卡门小姐的？那就是我。"

　　早在十五年前，我就是一个不信邪不怕鬼的主儿，即使巫婆就站在我身边，我也不会被吓跑。这时一听卡门的自白，我心里就这么想：好哇，上星期才跟拦路抢劫的大盗共进过晚餐，而今何妨带上一个魔鬼的女徒去饮冰纳凉。行走江湖，什么事都该见识见识。除此以外，还有另一个动机促使我进一步跟她结交。说来惭愧，我中学毕业后还曾浪费过不少时光研究巫术，甚至还玩过几回召神唤鬼的把戏。虽然这种怪癖早已戒掉，但我对一切迷信活动仍兴趣不减。若能见识见识波希米亚人的法术修炼到了几层，真乃一大乐事也。

　　交谈之间，我们走进了冷饮店，找了一张小桌子坐下。桌上有一个玻璃罩，里面点着一支蜡烛。这时，我才有工夫仔细打量这个吉卜赛姑娘，屋里有几个正在喝冷饮的顾客，见我有如此一个美人做伴，脸上都露出惊讶的神情。

　　我怀疑卡门小姐并非纯粹的波希米亚人，至少她比我遇见过的同族妇女不知要美丽多少倍。据西班牙人说，一个美女必须具备三十个条件，换句话说，必须当得起十个形容词，而每个形容词还要适用于她身上的三个部位。例如，必须有三黑：眼睛黑、眼皮黑、睫毛黑；有三细：手指细、嘴唇细、头发细，等等。详见布朗托姆的论述。[1] 我面前这位波希米亚姑娘当然不是如此十全十美。她的皮肤虽然很是光洁柔美，但肤色近若黄铜。她的大眼睛狂野灵动，但有点斜视。她的嘴唇略厚，不过线条极美，露出一口比杏仁还白的牙齿。她的头发也许有点粗，但又黑又长又亮，像乌鸦的翅膀闪映出蓝光。为了避免描写流于琐细冗长，招惹看官生烦生厌，我可以总括一句，她身上每一个缺点都伴随着一个优点，两相对照，反倒更衬托出美。那是一种别具一格的野性的美，她那张脸，初见之际使你感到惊讶，继而就永远难忘了。尤其是她的眼神，既妖媚又凶狠，我从没有见过像她这样的眼神。西班牙人有谚语曰：波希米亚人的眼是狼

　　1　布朗托姆（1535—1614），法国贵族，著有《名人名将传》《风流贵妇传》《名媛录》等，其《名媛录》第二卷，记述了西班牙人关于美女的种种标准。

眼。此语观察入微，准确传神。如果列位看官无暇去植物园[1]研究狼眼，只需观察您府上的猫儿捕麻雀时的眼神就行了。显然，在咖啡馆里算命不免叫人笑话。因此，我要求到这位美丽的女巫的家里去进行，她立即满口答应了，但要知道是几点钟，要求我把弹簧表再打开一次。

"是纯金做的吗?"她专注地端详着那只表，问道。

我和她离开咖啡馆时，夜幕已经完全垂下，大部分店铺已经关门，街上几乎没有行人了。我们走过瓜达尔基维尔大桥，一直走到城关的尽头，在一所毫无奢华体面可言的房子前停了下来。一个孩子出来开门。波希米亚姑娘跟他讲了几句话，我听不懂他们在讲什么，后来才知道他们讲的是"罗曼尼"或"奇波里卡"，即波希米亚人的土话。那孩子听了后立刻就走了，将我们留在一间相当宽敞的房间里，房里有一张小桌、两把小凳和一个柜子，我不该忘了，还有一罐水、一堆橘子和一捆洋葱。

房间里只有我们两个人，波希米亚姑娘从柜子里取出一副已玩得很旧的纸牌、一块磁石、一条枯干的四脚蛇和其他几样法器，吩咐我手拿一枚钱币画个十字，接着，她便开始作法行术。她口里念念有词且不细表，仅从她的架势动作来看，显然绝非一个半吊子女巫。

可惜法事未行多久，就受到了打扰。突然，房门猛地一下打开，一个身裹棕色斗篷、只露出两只眼睛的男子走了进来，很不客气地对那姑娘大声呵责。我没有听懂他在说什么，但他的音调表明他很恼火。吉卜赛姑娘见了他，既不惊讶，也不生气，只迎了上去，用她刚才在我面前讲过的神秘土话，滔滔不绝地说了一堆。我只听出她重复了好几次"外国佬"这个词，知道那是波希米亚人对一切异族人的称呼。我猜想大概是在谈论我，看样子，来者不善，我会碰上麻烦，于是，我抄起一张凳子的腿，准备找准时机朝那男人头上扔去。他把波希米

1　西班牙的植物园兼有植物和动物。

亚姑娘粗暴地推开，向我走近，接着又后退一步，嚷嚷道：

"哦！先生，原来是您！"

我仔细端详，认出了这男子就是唐·何塞，我那位朋友。这时，我真有些后悔上次没让大兵把他抓去吊死。

"啊！老兄，原来是您！"我笑着对他说，尽可能笑得自然点，"小姐正在给我算命，正好被你打断了。"

"她的老毛病，非得要她改一改。"他咬牙切齿，目露凶光，直瞪着那姑娘。

波希米亚姑娘继续用土语跟他说话，而且越来越激动，两眼充血，凶光毕露，脸色陡变，还不停地跺脚，看样子似乎是在逼唐·何塞干一件事情，而他却犹豫不决，裹足不前。究竟是什么事情，我也心知肚明，因为她一再用她的纤纤小手在脖子上抹来抹去。我断定这手势是指要割断一个人的脖子，而这个人就是我。

对这姑娘滔滔不绝的一大堆话，唐·何塞只斩钉截铁回答两三个字。姑娘非常轻蔑地盯了他一眼，然后就走到房间一个角落里盘腿而坐，拣了一个橘子，剥了皮，吃了起来。

唐·何塞抓着我的胳膊，打开门，把我带到街上。我们两人谁也不吭声，走出二百来米，他用手一指，对我说：

"您一直往前走，就到大桥了。"

说完，他转过身去，很快走了。我回到客店，颇感尴尬，闷闷不乐。更糟的是，脱衣时发现怀表已不翼而飞。

出于种种考虑，我第二天没有去索回我的表，也没有要求本地当局去替我找回。我在多明我修道院结束了对那份手稿的研究，便动身去塞维利亚。在安达卢西亚漫游了好几个月之后，我就准备返回马德里了，而哥尔多巴正在必经的路上。这次我并不想在那里久留，因为这座美丽的城市与瓜达尔基维尔河岸的出水芙蓉，都已经使我心存反感。但是，我有几个朋友要拜访，有几件别人委托的事要办，我不得不在这个回教的历代古都至少逗留三四天。

　　我又到多明我修道院去了，有位对我研究芒达古战场一直很关心的神甫，立刻张开双臂迎了上来，大声说道：

　　"感谢上帝！欢迎欢迎，老朋友，我们都以为您已经不在人世了，我告诉您吧，为了超度您的亡灵，我已经念了好些天的祷词。您能平安归来，我白念了一场也不后悔。这么说来，您没有被人谋害啰，因为您遭人抢劫的事，我们是知道的。"

　　"你们是怎么知道的?"我有点惊讶，问道。

　　"可不是吗，您知道，您有一只报时表，从前您在敝院图书馆工作期间，每当我们告诉您该去听唱圣诗了，您便按机关报时，好啦，那只表要物归原主了，待一会儿就还给您。"

　　"这就是说，"我丈二和尚摸不着头脑，急不可待地发问，"我丢了的那只表是……"

　　"抢表的那个坏蛋已经被关进牢里了，谁都知道，他这种恶人，哪怕只为了抢一枚小钱，也会朝一个基督徒开枪的。我们都担心他把您杀了。回头我就陪您到市长那里去，把您那块漂亮的表领回来。这样，您回去后就别说西班牙的司法当局效率不高了！"

　　"实不相瞒，"我对他说，"我宁愿丢了那块表，也不愿意出庭指证一个穷光蛋，让他被吊死，尤其是因为……因为……"

　　"噢，您大可放心，那家伙罪有应得，只吊死他一次，他不亏。说吊死不够准确，抢您怀表的那人是个贵族，所以后天他是受绞刑[1]，当然，绝不赦免。您瞧，多抢一次少抢一次，根本就不影响他的判决。如果他只抢劫，那还得多感谢上帝！但是他呀，血债累累，一桩比一桩残酷。"

―――――――――――

　　1　1830 年时，犯死罪的贵族，享有被处绞刑而非被吊死的特权，而在立宪政治下，平民亦获受绞刑的待遇。——作者原注

"他叫什么名字?"

"本地人叫他何塞·纳瓦罗。但他还有另一个巴斯克语[1]的名字，发音别扭，你我休想念得出来。真的，此人倒值得一看，既然您喜欢探胜猎奇，饱览本地风光，那就该趁此机会去见识见识在西班牙是怎么打发坏蛋离开人世的。他目前被关在小教堂[2]，马丁内斯神甫可以领您去。"

这位多明我会的修士一再要我去看看"挺有意思的绞刑"是如何按部就班进行的。他的盛情难却，我便随人去看那个死囚，但请他原谅我去探监要带一盒雪茄。

我被领到唐·何塞的跟前时，他正在吃饭。他冷冷地向我点了点头，很有礼貌地谢谢我送他的雪茄，挑出了几支后，把其余的还给我，说这么多他抽不完。

我问他是不是花点钱，或者靠我跟有关人士的交情，能替他减减刑。他先是耸耸肩膀，苦笑了一下，然后又转了念头，托我找人为他做一台弥撒，超度他的灵魂。

"您能否，"他又怯生生地追加一个要求，"您能否为一个得罪过您的人，另外再做一台?"

"当然可以啦，朋友，可是，我实在想不出本地有谁得罪过我。"

他握起我的手，神情严肃地握着，沉默一小会儿，又说道:

"您能再替我办一件事吗?……您回国的途中，也许会经过纳瓦拉[3]。至少会经过维多利亚，这两地相距不远。"

"是的，"我对他说，"我肯定得经过维多利亚。绕道去一趟班布罗那[4]，也不是办不到的事，为了您，我乐意绕这个弯。"

1　巴斯克乃分属法国与西班牙的一个地区。
2　西班牙法律规定，死刑犯在刑前三天关在教堂进行忏悔。
3　西班牙一个省，居民大多是巴斯克人。
4　西班牙纳瓦拉省的首府。

"好极啦！如果您去班布罗那，一定可以看到不少您感兴趣的东西……那是一个美丽的城市……我把这枚徽章交给您，"说着，他用手指着挂在他脖子上的一枚银质徽章，"请您用纸包好……"他又停了一下，努力调控自己激动的情绪，"请把它交给一位老妈妈，她的地址我待会儿给您，您只告诉她，我死了，别说是怎么死的。"

我答应他一切照办。第二天，我又去探监，和他度过了大半天，下面这个悲惨的经历就是他亲口告诉我的。

三

他的讲述如下：

我名叫唐·何塞·里萨拉哥亚，出生于巴兹坦[1]盆地的艾里仲多。先生，您对西班牙的情况很熟，一听我的名字就能知道我是巴斯克人，而且，祖祖辈辈都是基督徒。我姓氏前面的"唐"字并非我冒充的[2]，而是我的本名，如果是在艾里仲多我的老家，我可以向您出示羊皮纸的家谱为证。我的家庭想让我进教会当神甫，送我上学，但我一点也不上心。我玩心太重，特爱打网球，这就断送了我的前程。我们这些纳瓦拉人，一打起网球来，什么都忘得一干二净。有一天，我赢了球，一个阿拉瓦省的小伙子向我寻衅，两人都动了铁棍，在这场恶斗里我是赢家，但是伤了人、闯了祸，就不得不逃离家乡躲避风头。路上碰到了龙骑兵，我便入伍进了阿尔曼萨骑兵营。我们这些山民习武打仗一学就会。我不久便当上了下士，上级正要提升我为中士时，倒霉的事情来了。我被派往塞维

1　西班牙一富饶省区，居民多有贵族头衔。
2　在西班牙，贵族的姓氏前均有"唐"字为标志。

利亚烟草厂当警卫。如果您去塞维利亚，一定会看到城外瓜达尔基维尔河边那座大建筑，时至今日，我觉得那烟草厂大门与旁边的警卫室仍历历在目。西班牙大兵值班时，不是打牌便是打瞌睡，我这个老实巴交的纳瓦拉人，却总想找点正事做做。有一天，我正在用黄铜丝编织一根链子，以用来拴住我枪上的铳针，忽听见弟兄们在嚷嚷："敲钟了，敲钟了，姑娘快回来干活啦。"先生，您知道，烟厂里足有四五百女工，都在一个大厅里卷雪茄。任何男性若无"二十道条纹"[1] 的批准，皆不得入内，因为天热的时候，女工们都衣衫不整，尤其是年轻的。女工们吃过午饭回厂时，很多年轻小伙子都会观看她们招展而过，还油嘴滑舌地跟她们搭讪打诨。姑娘们对塔夫绸头巾之类的礼物，从来都不拒收。风流浪子只需以此为诱饵，上钩的鱼儿即可俯身而拾。大伙争相观赏之际，我正坐在大门旁边的板凳上。那时我还年轻，总思念自己的家乡，总认为不穿蓝裙子、肩上不搭着两条长辫子的姑娘[2]，绝对算不上漂亮。况且，安达卢西亚的女孩子也叫我害怕，她们尖酸刻薄，没有一句正经话，这种作风使我很不适应。所以，当时我仍埋着头编我的链子，忽然，听见围观的人嚷嚷起来："瞧呀！那个吉卜赛妞来啦！"我抬起眼睛，一下就看见了她，我永远不会忘记，那天是一个星期五。我瞧见的那个妞，便是您所认识的卡门，几个月前，我就是在她家里遇见了您。

　　她穿一条红色的超短裙，露出一双破了好几个窟窿的长筒丝袜，脚上是一双漂亮的红皮鞋，上面系着火红的丝带。她撩开了头巾，露出她的肩膀与插在衬衣上的一束金合欢花。她嘴角上也叼着一朵小花，柳腰款摆，招摇而行，活像哥尔多巴养马场里一匹小牝马。若在我的家乡，大家看见一个如此装束的女人，都会惊骇得画十字，但在塞维利亚，她的体态风情却博得了每个人带轻薄意味的奉承。而她，则一唱一和，还两手叉着腰，向众人大抛媚眼，那种放浪淫荡的

1　即西班牙城市警察局长兼行政长官也。——作者原注
2　纳瓦拉省与其他巴斯克省的农村妇女的普通装扮皆为穿蓝裙子、搭长辫子。——作者原注

劲头，真不愧为地道的波希米亚妞。我起先并不喜欢她，便又埋头做我的活计。但是她呀，像所有的女人，像所有的猫儿，你叫她们，她们不来，你不叫她们，她们偏要来，她竟然在我跟前停下，跟我搭讪：

"大哥，"她用安达卢西亚的方式称呼我，"你的链子能不能送我，给我系钱柜上的钥匙？"

"这是我系铳针用的。"我回答说。

"你枪上的铳针！"她大肆嘲笑地嚷嚷，"哦，你老兄原来是做挑绣活计的，怪不得要用上钩针[1]哪！"

在场的人哄然而笑。我满脸通红，尴尬得答不上话来。

她得寸进尺，说："来呀，我的心肝，替我钩七尺黑色花边做一块头巾吧，亲爱的钩针师傅！"

说着，她取下嘴角上的小花，用大拇指一弹，正好将花弹中我的鼻梁。先生，那花简直就像一颗子弹……我无从躲闪，挨个正着，像呆在那里的一根木头。她走进工厂后，我才发现那朵花已落在地上，正好在我两脚之间，我不知是中了什么魔，竟趁着弟兄们不注意的时候，将花捡了起来，如获至宝地放进上衣口袋。这是我干下的第一桩蠢事！

过了两三个小时，我还沉浸在对这件事的回味中，突然，一个看门人气喘吁吁、面无人色地跑进警卫室来，报告说卷雪茄的大厅里，有一个女人被杀，必须赶快派警卫去管。排长命令我带两个弟兄进去。我领着人上楼，先生，您能想象吗，我一进大厅，首先看到的是，三百个只穿着衬衣或几乎只有衬衣蔽体的妇女，正在又叫又嚷、指手画脚、闹成一片，声响震耳，即使天上打雷，大厅里也听不见。有个女人躺在地上，仰面朝天，浑身是血，脸上被人用刀划了个大十字，几个心肠好的女工正在忙着救护。靠近伤者的另一旁，卡门已被五六个同

1　"铳针"原文为"epinglette"，"钩针"原文为"epingle"，人物利用两词的相近，用作双关的戏谑语。

事逮着。受伤倒地的那个女人嚷道:"快叫神甫来,我快死了!我要忏悔!"卡门则一声不吭,咬紧牙关,眼睛滴溜溜乱转,活像四脚蛇一样。

"怎么回事?"我问道。

女工们七嘴八舌,同时向我讲述,我好不容易才听清楚事情的经过。大致上是这样的,那受伤的女人夸口自己兜里有许多钱,足可以在特里亚纳[1]集市上买一头驴子。多嘴好事的卡门取笑道:"嘿!你有一把扫帚[2]还不够吗?"对方一听便恼,认为此语恶毒伤人,也许是由于扫帚一词犯了自己的忌讳,便针尖对麦芒,反击说,她对扫帚一窍不通,既没有荣幸做波希米亚人,也当不上撒旦的干女儿,不过,将来卡门小姐陪市长大人去散步,屁股后面跟着两个仆人轰苍蝇的时候,就会很快跟她买下的驴子混熟的。卡门一听对方的反唇相讥,便说:"那好吧,我先在你脸上挖几个槽让苍蝇喝水,还想给你脸上划一个棋盘哩。"说时迟,那时快,她拿起一把切雪茄烟的刀,咔嚓两下,让对方的脸上开了花。

案情一清二楚,我抓住卡门的胳膊,彬彬有礼地对她说:"大妹子,你得跟我走。"她瞅了我一眼,似乎认出了我,乖乖地说:"那就走吧,我的头巾呢?"她系上头巾,只露出一双大眼睛,温顺得像一只绵羊,跟随我的两个弟兄走了。到了警卫室,排长认为案情严重,得把她关进监狱。押解的差事又落到我头上,我命令两个龙骑兵一边一个,把她夹在中间,而我则按押解犯人的规矩,一人殿后。我们一行人就这么朝城里进发。起初,那波希米亚女子一声不吭,但到了蛇街——这条街您是认识的,弯弯曲曲,真是名副其实——一进街口,她故意让头巾滑落在肩上,让我看见她那迷人的脸蛋,而且老扭过头来,和我说话:

"长官,您要带我去哪儿?"

"去监狱,可怜的小家伙。"我尽可能以柔和的口气回答她,一个好军人对待囚犯,尤其是女犯,理当如此。

1　塞维利亚城郊一吉卜赛人聚居点。
2　在欧洲民间传说中,女巫是靠骑扫帚而在夜间飞行的。

"哎哟，那我将来会变成个什么呀，长官大人，可怜可怜我吧。您这么年轻，这么和气……"然后，她压低声音说道，"放我逃吧，我会给您一块'巴拉齐'，它可以使所有的女人都爱您。"

先生，"巴拉齐"是指一种磁石，据波希米亚人说，掌握了某种秘诀，可以用它施展许多法术。例如，刮下若干粉末掺入一杯白葡萄酒里让女人喝下，她就会任你摆布。当时，面对卡门以上的诱劝，我摆出最最一本正经的面孔，对她说：

"在这儿废话少说，要把你关进监狱，这是命令，绝无通融。"

我们巴斯克人说话有口音，一听就知道不是西班牙人。相反，西班牙人也没有一个能把"巴伊，姚纳"[1]这句话说得清清楚楚。所以，卡门很容易就能猜出我是个外省人。先生，您知道，波希米亚人没有自己的祖国，四海为家，到处流浪，能讲各地的语言，他们大部分人定居在葡萄牙、法国、外省和加塔罗尼亚，他们甚至和摩尔人、英国人也能对话。卡门的巴斯克语讲得相当好。她突然操这种语言对我说：

"拉古纳，埃内，比霍察雷那[2]，我的心上人，您跟我是同乡吗?"

先生，我们的巴斯克语实在是太美了，客居异乡，一听到自己的家乡话，便不由得全身激动……（说到这里，那唐·何塞压低声音加了一句："我希望有一个外省神甫来听我的临终忏悔。"接着，他又说下去。）

"我的老家是艾里仲多。"我听她讲我的家乡话，心里特别感动，便用巴斯克语回答说。

"我嘛，我的老家是艾查拉尔，"她说道（她讲的这地方，离我的家乡只有四个小时的路程），"我是被波希米亚人拐骗到塞维利亚来的。我在卷烟厂当女工，想挣些钱作路费回到纳瓦拉我妈身边去。我妈只有我这么一个依靠，家里

1　巴斯克语，意即：是的，先生。
2　巴斯克语，意即：我心爱的朋友。

只有一个巴拉切阿[1]，种了二十棵酿酒用的苹果树。唉，要是我能回到家乡，站在白雪皑皑的山峰前，那该多好啊！刚才那些人辱骂我，就因为我不是本地人，跟那些流氓骗子与卖烂橘子的小贩不是同乡。那些臭娘儿们齐心合力跟我作对，因为我毫不客气地告诉她们，即使她们塞维利亚所有的'雅克'[2]手执刀枪一齐上，也敌不过咱们家乡一个头戴蓝贝雷帽、手执马基拉的汉子。喂，好伙计，好朋友，您就不能给同乡妹子帮个忙吗?"

这妞撒谎，先生，她撒谎成性，真不知道这妞一辈子是否讲过一句真话。但只要她一开口，我就信以为真，一物降一物，我自己也无能为力，虽然她的巴斯克语说得蹩脚，我却真相信她是纳瓦拉人。其实，光看她的眼睛，还有她的嘴巴与肤色，就知道她是波希米亚人，当时，我真是鬼迷心窍，对所有这些都视而不见。我心想，如果西班牙人敢说我家乡的坏话，我也会像她刚才对付同伴那样，用刀子划破他的脸。总而言之，当时，我在她面前如痴如醉，说起话来傻里傻气，眼看就要干蠢事了。

她又用巴斯克语对我说:"老乡，如果我一推您，您只要往地上一倒，那两个卡斯提尔傻小子就休想抓得住我……"

我的天哪，我把押解犯人的命令忘到九霄云外，对她的鬼主意竟表示了同意:"那么，乡妹子，小乖乖，您不妨试试看，但愿山上的圣母保佑你!"

说着，我们正经过一条小巷，在塞维利亚，这样的小巷遍布全城。说时迟，那时快，卡门霍地一转身，给我当胸一拳。我立即故意仰面一倒。她则乘势一蹦，从我身上一跃过，拼命就跑，只容得我们看见她飞奔的两条腿……俗话说得好，巴斯克人有飞毛腿，果然不假，她那两条腿堪当此称，无半点逊色……不但跑得飞快，而且姿势优美。我当即赶快爬了起来，却故意将长枪一横，挡住了去

1　巴斯克语，意即:小园子。
2　巴斯克语，意即:爱炫耀武力、好斗成性的小伙子。

路，两位兄弟正想去追，却被耽误了一下。然后，我才开始在后头追去，而他俩则尾随我后。我们三个追捕者，脚穿带马刺的军靴，腰挎军刀，手持长枪，要追上她？休想！不到我跟你讲这句话的工夫，那女犯就逃得无影无踪了。况且，附近街坊的妇女瞎起哄，也大大有助于她逃之夭夭，那些女人要么在旁边大肆嘲笑追捕者，要么故意给指错方向。害得我们来来回回搜索了好几趟，最后完全落空，只好返回原单位警卫室，不言而喻，未能带回监狱长收押女犯的收条。

　　跟随我的那两个弟兄，为了脱离干系，免受处分，供出了卡门曾用巴斯克语和我交谈，而且，那么娇小的女子一拳就轻而易举将我这样的壮汉撂倒，看来其中也有诈。所有这一切，都十分可疑，明眼人一看便心里有数。我下了岗，被撤了职，送去蹲一个月监狱。这是我入伍后第一次受罚，本以为十拿九稳的排长一职，从此以后就彻底告吹。

　　入狱后的头几天，我情绪低沉，心境悲凉。当初两个同乡，龙加与米纳，他们早已经是将军了。还有夏巴朗加拉，他和米纳一样，也是个造反派[1]，后来也逃亡到贵国去了，居然也当上了上校，他有个兄弟，跟我一样是个穷光蛋，我们在一起玩网球不下二十次之多。一进监狱，我就对自己说，你过去那些奉公守法的日子，全都付诸东流啦。现在，你的档案上有了污点，你要恢复你在长官们心目中的良好形象，就必须比你刚入伍时多花十倍的苦功！为什么我会受此处罚？仅仅是为了一个对我冷嘲热讽的波希米亚小婊子。说不定这臭娘儿们正在城里某个地方偷东西呢。偏偏我没有出息，还在念想着她。先生，您能相信吗？她逃走时腿上那双有窟窿的丝袜，仍然老在我眼前晃来晃去。我从监狱的铁窗向街上望去，见那些来来往往的妇女，竟无一人比得上这个鬼婆娘。我不由自主地还在闻着她扔给我的那朵金百合花的香气，花虽已经干瘪，但芳香仍在……如果世界上真有妖女巫婆的话，她准是其中的一个。

1　此二人均为19世纪初西班牙游击队的领导者。

有一天，狱卒走进来，递给我一块阿尔加拉面包[1]，对我说：

"拿着，这是你表妹给你送来的。"

我接过面包，心里很是纳闷，在塞维利亚我并没有什么表妹呀。我看着那块面包，心想这也许是有人给弄错了。但是，那块面包美味诱人，令人垂涎欲滴，我也顾不上是哪儿来的，是谁送的，决定吃了再说。我用刀一切，却碰上了一块硬硬的东西。我发现原来是一片小小的英国锉刀，那是在和面时塞进去的。另外，还有一枚值两元钱的金币。显而易见，是卡门送进来的。对于她那个种族的人来说，人身自由比什么都重要，为了少坐一天牢，他们宁可把整个一座城市都烧得一干二净。那鬼婆娘她真狡诈，用这么一个面包就把狱卒骗过去了。要不了一个钟头，我就可以用这小锉刀把铁窗上最粗的那根铁条锯开，揣着那块金币，到最近的一家旧衣店，用身上的军大衣换上一套便服。您不难想象，一个常在自己家乡悬崖峭壁上掏鹰巢的小伙子，要从不到三丈高的窗口下到街道上，那简直就是轻而易举的事。但我不愿意逃，我还有军人的荣誉感，认为当逃兵是罪大恶极的行为。不过，卡门这种讲义气之举使我着实感动。要知道，一个人被关在牢房里，想到外面有人在念想你，总是很高兴的。只有那块金币使我不快，真想把它退回去，但谈何容易！到哪里去找这个塞钱给我的主儿呢？

革职仪式举行之后，我自认为不会再受什么羞辱了，没有想到还有一桩丢脸的事要我去硬扛，出了监狱后重新上班，却是被派去像小兵一样站岗。你很难想象，这对于一个要脸面的男人来说是多么难堪的事。我甚至觉得还不如被枪毙拉倒。至少你在行刑之时，可以昂首走在前头，一排士兵跟在屁股后面，围观的人都瞧着你，你觉得自己颇像个人物。

我被派到上校门外站岗。他是个有钱的年轻人，脾性随和，喜爱玩乐。营里

---

1 阿尔加拉是离塞维利亚约八公里的一小镇，所烤制的小面包美味可口，据称，系得益于该地优质水泉之故也，此种面包，每日均大量运往塞维利亚销售。——作者原注

所有的年轻军人常聚在他家里，还有许多平民百姓，也有一些女人，据说都是女戏子。我觉得似乎是全城的人都不约而同到他家门口来观赏我。喏，上校的马车来了。马车夫的旁边坐着上校的贴身男仆。您猜，从车上下来的是谁？就是那个吉卜赛女人。这一回，她打扮得花枝招展，浓妆艳抹，衣裙上金光闪闪，彩饰飘飘，整个人包装得就像一个圣人遗骸盒。裙子上装点着亮晶晶的缀片，蓝色的鞋子上也饰有闪亮的晶片，全身上下，不是彩绣便是花带。她手里拿着巴斯克鼓，与她一道的还有两个吉卜赛女人，一老一少。按惯例，领头的是一个老婆子，还有一个吉卜赛老头抱着一把吉他，是专门负责给她们的舞蹈伴奏的。您知道，有钱人聚会时常把波希米亚姑娘召来，要她们跳她们所特有的罗马利斯舞，此外，往往还要她们提供其他的乐子。

卡门认出了我。我俩互相看了一眼，不知怎的，这时我真恨不得躲进地底下去。

"阿居，拉居纳。"[1] 她跟我打招呼道，"长官，你怎么像小兵一样站岗守门啦！"

还没等我回应一声，她就已经进屋里去了。

来寻欢作乐的人都聚在院子里，虽然人多，我仍隔着铁栅栏[2] 把里面的情形看得一清二楚。我听见鼓声、响板声、笑声、喝彩声，偶尔当卡门击着巴斯克鼓往上蹦的时候，我还能看见她的脑袋。我还听见有几个军官跟她在讲一些不堪入耳的淫词秽语。她作何回答，我就不得而知了。从那一天起，我便迷上了她，因为我有那么三四次真想冲进院子里去，拔出军刀朝那几个调戏她的轻薄小子捅上几下。我受煎熬足有一个时辰，之后，那一班吉卜赛人才办完差事出来，仍由马车把他们送走。卡门从我面前走过时，用您知道的她那双大眼睛瞅了瞅我，

1　巴斯克语，意即：你好，伙计。
2　塞维利亚的房屋，大多数都有院子，四面有游廊围着。夏天，大家都待在院子里。院子顶上张着布篷，白天往上洒水，晚上撤去。朝街的大门终日敞开。大门与院子之间的通道叫作"萨朱安"，有一道雕刻精致的铁栅栏，整天都关着。——作者原注

悄声对我说：

"老乡，你想吃美味的炸鱼，就到特里亚那去找里拉斯·帕斯提亚。"

说完，她便轻捷得像一只小山羊，钻进了车子。车夫给骡子抽上一鞭，就把这班嘻嘻哈哈的艺人不知送回哪里去了。

您一定能猜出，我一下班就到特里亚那去了。事先，我刮了胡子，刷了衣服，就像去接受检阅。卡门果然在里拉斯·帕斯提亚那人的家里。他是一个卖炸鱼的老头，也是波希米亚人，皮肤像摩尔人一样漆黑，上他那儿吃炸鱼的人很多，我想，特别是卡门在他店里落脚之后人就更多了。

她一见我，就向老板告辞：

"里拉斯，今天我什么也不干了。明天的事明天再说[1]。老乡，咱俩出去溜达溜达吧。"

她用面纱遮住自己的脸，我俩就到了街上，漫无目的地闲逛。

"小姐，"我对她说，"我该谢谢你送进监狱的那件礼物。面包我已经吃掉了，锉刀我可以用来磨磨枪头，还可以留作纪念，可是那钱，我得还给你。"

"瞧！你竟把钱留着没花掉。"她一边说着一边大笑，"不过也好，我正缺钱，管它是谁的钱。能跑得动的狗就不会饿死。[2] 来，咱们把这点钱全都吃光，你好好请我吃一顿。"

我们掉转头又返回塞维利亚城。在蛇街的街口，她买了一打橘子，叫我用手巾包着。再往前走，她又买了面包、香肠和一瓶曼萨尼拉酒，最后，走进一家糖果铺，把我还给她的那枚金币加上她口袋里的另一枚以及若干零星银角子，全都往那柜台上一扔，这还不够，她又要我把身上的钱统统拿出来，我倾囊而出，不过是一枚银币、几个小钱而已，囊中如此羞涩，我颇感无地自容。我觉得她大有将整个铺子都要买走之势。她专挑美味可口的，价格较贵的，蛋黄酱、杏

---

1   此为西班牙谚语。——作者原注
2   此为波希米亚谚语。——作者原注

仁糖、蜜饯果脯等等，直到把我们的钱全都花光。这些东西统统装进了一个纸袋，归我提着。您也许还记得油灯街吧，那儿有一座唐·佩德罗国王的头像，此王有无私执法者之称[1]，他的头像颇值得我反思。卡门与我在这条街的一所房子前停下，她走进过道，敲了敲底层的门，出来开门的是一个波希米亚女仆，一看就是地地道道的撒旦女仆。卡门用波希米亚语跟她说了几句话。那老婆子先是咕咕噜噜。卡门为了安抚她，给了她几个橘子和一把糖果，还让她尝了几口酒，然后，把自己的斗篷披在她身上，把她送出门口，用木闩将门插上。待房间里只剩我们两人的时候，她又是跳，又是笑，像疯了似的，还这么唱道：

"你是我的罗姆，我是你的罗米。"[2]

我站在房间中央，手里捧着一大堆食品，不知往哪儿放为好。她把这些东西都扔在地上，扑上来搂住我的脖子，说："我要把欠你的债还清！把欠你的债还清！这是加莱[3]的规矩！"

啊，先生，那一天哪，真销魂，那一天！……我现在只要回想起那一天，就会把明天抛到脑后！

（那强人沉默了一会儿，接着又点起一支雪茄，继续往下说。）

我俩在一起泡了整整一天，又是吃，又是喝，其他更不在话下。她像一个六

1　唐·佩德罗国王，人称残暴之君，而其信奉天主教的王后伊莎贝尔则称之为"严正执法者"。他喜夜间微服出游，出没于塞维利亚城的大街小巷，像穆罕默德的继承人哈鲁恩·阿尔·拉希姆一样。某夜，他至一僻静街道，一正在献媚求爱的男子发生争执，两人恶斗起来，王一剑将那多情的对手送上西天。一老妇闻声探首窗外，借手中一小提灯之光，得见现场情景，油灯街之名即由此而来。须知佩德罗王虽身手矫捷，勇猛不凡，但体形畸特，行走时，膝骨咯咯作响，清晰可闻。老妇得听其声，记忆犹新，故易于识别也。次日，昼夜值勤的官员来奏："陛下，昨夜有人于某街决斗，一人丧命。""卿知何人为凶手？""臣知。""何不从速惩处？""臣恭候陛下降旨。""依法不贷。"盖佩德罗国王前不久曾颁一法令，凡决斗者必斩首于决斗现场示众。王此言既出，值勤官灵机一动，顿开茅塞，即下令将国王一塑像的首级取下，置于命案街道中央一龛盒之中。对此，佩德罗国王及塞维利亚全体臣民莫不欣然称善。老妇既为唯一的目击证人，当时所持的提灯乃成为该街道命名之由来。此乃民间传说也，与祖尼加的记叙略有出入（见《塞维利亚编年史》第二卷第 136 页）。不论真实性如何，至今塞维利亚城里仍有一名为"提灯"的街道，街道中央仍有一石雕胸像，据云，即为佩德罗国王也。惜此雕像为近世仿造，盖原来之石塑于 17 世纪已严重破旧，当时之市政当局曾加以重建，以今日所见之胸像取而代之。——作者原注

2　在波希米亚语中，"罗姆"意即丈夫，"罗米"为妻子。——作者原注

3　波希米亚人自称"加莱"，男人叫"加罗"，女人叫"加莉"，两性复数"加莱"，其意为"黑"。——作者原注

岁的小孩，塞饱了糖果之后，又抓了几把糖放进老妇人的水罐里，说："给她做点果汁饮料。"她还抓了蛋黄酱往墙上扔个一塌糊涂，说："免得苍蝇来干扰我们。"总而言之，刁钻古怪、调皮捣蛋的名堂她都玩尽了。我对她说我想看她跳跳舞，但到哪儿去找伴奏的响板呢？她立即拿起老妇人那仅有的一个盘子，将它砸破，于是就敲打着珐琅碎片，跳起了罗曼丽舞，那碎片的声音清脆响亮，与乌木或象牙制的响板同样动听。我可以向您保证，跟这么一个俏妞待在一起，是不会感到腻烦的。到了傍晚，我听见从营里传来召集归队的鼓声。

"我该回营报到了。"我对她说。

"回营去？"她带着轻蔑神情对我说，"难道你是个黑奴，非得跟着别人的指挥棒转？从衣着到骨子里，你就是一只彻头彻尾的金丝鸟[1]，去你的吧，胆小如鼠的家伙。"

我当晚便留宿在她那里，做了第二天回营蹲禁闭的思想准备。次日早晨，她首先就向我提出分手的问题，对我说：

"何塞，你听着，我可还清了欠你的情，按照我们的规矩，我再也不欠你什么了，因为我俩不是一路人，但你长得很帅，招我喜欢。现在你我两清了，再见啦。"

我问她何时能再见到她。

她笑着回答说："等到你不这么傻的时候。"然后又用略为正经的口吻说："小乖乖，你知道吗？我觉得自己有点爱上你了。不过，这长不了。狗跟狼在一起，是过不了几天的。如果你肯入我们的籍，我也许会愿意做你的罗米。但这些全是废话，根本不可能兑现。唔，小伙子，相信我说的，你走了桃花运，你碰上了妖精，是的，就是妖精。但妖精并非都是一身黑，这妖精也没有弄断你的脖

---

[1]　盖因西班牙龙骑兵的军装为黄色，故作此比喻。——作者原注

子。我身上披着羊皮，可我不是绵羊。[1] 去给你的马哈里[2]上一支烛吧，她应该受到你的供奉。得啦，再说一声，再见。别再痴想卡门姑娘了。否则她会害得你娶上一个木腿寡妇[3]为妻的。"

说着，她拔下门闩，一到街上，就把头巾往身上一裹，转身便扬长而去。

她说得不错，我应该放聪明一点，对她断了念想。但是，自从在油灯街过了那一天后，我日思夜想，心里只有她。我整天整天东游西荡，希望能碰见她。我不止一次向那个老妇人与卖炸鱼的打听，他们都说她上红土国去了，他们把葡萄牙叫作红土国。也许，是卡门嘱咐他们这么说的。但不久我就发现他们在撒谎。油灯街那天的几个星期之后，一天，我正在一个城门口站岗，离城门不远处的城墙有一个缺口，白天那里有人在干活，夜里有士兵放哨以提防走私。那天，我看见炸鱼贩子里拉斯·帕斯提亚在岗哨附近来回溜达，还跟我的几个弟兄搭讪，他跟大家混熟了，他的炸鱼与炸面团就混得更熟。他走近我身旁，问我是否有卡门的消息。

"没有。"我回答说。

"好啦！老弟，你很快就会有了。"

他说得可准啦。夜里，我被派往城墙缺口处站岗。班长下班一走，我便见一个女人向我走来。我心里知道这一定是卡门，但仍然大喝一声：

"走开，这儿不准通行！"

"别这么横吧。"她边显身露相，边对我说。

"怎么，卡门，原来是你！"

"是的，老乡，废话少说，先谈正事。你想不想挣一块银币？待会儿有人要带一批货打这里过，你就放行好啦。"

"不行，我不能放。这是上级的命令。"

"命令，命令，那天在油灯街，你怎么不想有什么命令？"

"哎哟！"我一听她重提旧情，便激动得迷糊起来了，"为了那事，忘了命令很值得，为了得到私贩子的钱那可不值得了，我不愿意。"

"得啦，你不愿意收钱，你可愿意到上次那个老婆子家里来再吃一顿饭？"

"不，我不干。"我拼命憋着股劲，几乎把自己弄得透不过气来。

"好哇，你既然这么刁难，我知道该去跟谁打交道。我会邀请你的长官上老婆子家。他待人和气，我要他调换一个睁一只眼闭一只眼的小伙子来这里站岗。再见啦，金丝鸟，有朝一日你上了绞刑架，我才乐呢。"

我心一软，叫她回来，说只要能得到我所想要的报答，即便是给整个波希米亚民族放行，我也愿意。她发誓第二天就兑现承诺，立即就跑去通知她那一帮等在近处的同伙。卡门替他们望风，只待有巡夜的走近，就击响板为号，其实，根本就无此必要。那伙走私犯一共五个人，其中包括炸鱼贩子帕斯提亚，人人身上都背着英国走私货，一眨眼的工夫，他们就把事情办完了，无须卡门望风。

第二天，我如约去了油灯街。卡门让我等了好一阵子才来，而且满脸不高兴。

"我可不喜欢要我磕头作揖的人。"她对我说，"你第一次帮了我一个大忙，但你当时并不知道会有报酬。昨天，你却跟我讨价还价了。我不知道自己今天怎么还会到这里来，因为我已经不喜欢你了。得啦，给你一块银币作报酬，你走人吧！"

我几乎把银币扔在她脸上，我拼命克制自己，才没有动手狠揍她一顿。我俩大吵了个把钟头，我气急败坏，愤然离去，在城里乱逛了一阵，东闯西突，就像疯了一样，最后，跑进了教堂，跪在幽暗的一角，泪如泉涌，大哭起来。这时，我忽然听见有人在对我说话：

"龙[1]掉眼泪了！我正好取来制媚药哩！"

我抬头一看，卡门正站在我跟前。

"喂，老乡，还在恨我吗？"她对我说，"不论怎么样，我倒真是爱上了你，刚才你一走，我就六神无主。你瞧，现在是我来问你愿不愿意上油灯街去。"

于是，我俩就这么和解了。但是，卡门的脾气反复无常，像我们家乡的天气，一时阳光灿烂，一时山雨欲来。她答应我再上老婆子家幽会一次，但临时爽约未到。老婆子明确告诉我，她是为了埃及[2]的事到红土国去了。

凭经验，我明白这话是什么意思，于是便到处去找卡门，凡是她可能去的地方我都去了，尤其是油灯街，一天要去好多趟。我不时请老婆子喝几杯茴香酒，把她收拾得服服帖帖。一天晚上，我正在老婆子家，不料卡门进来了，带来一个年轻的男人，他是我们团里的一个中尉。

"你快走吧。"她用巴斯克语对我说。

我待在那儿发愣，满脸都是怒火。

"你在这儿干什么？"中尉对我说，"你快滚，从这儿滚出去！"

我寸步难移，仿佛得了瘫痪症。那军官见我不走，甚至没有脱帽敬礼，勃然大怒，便揪住我的衣领，狠狠摇晃我。我不知道说了什么冒犯了他，他竟拔出剑来，我不甘示弱，也持剑相抗。老婆子拽了我胳膊一下，军官便一剑刺中了我的脑门，落下的伤痕至今犹在。我往后一退，胳膊一甩，将老婆子摔个仰面朝天。中尉追了上来，我用剑对准他的身体刺过去，截了个通透。卡门赶紧灭了灯，用波希米亚话叫老婆子快溜。我也逃到街上，不辨方向，拔腿就跑，只是觉得背后老有人跟着。等我定了定神，才发现卡门始终没有离开我。

"金丝鸟大傻瓜！"她对我说，"你只会闯祸，我早就警告过你，你会害得自

1　Dragon 一词，兼有"龙"与"龙骑兵"之意，而何塞正是一个龙骑兵。故用此双关语。
2　指波希米亚。

己倒大霉的。不过，你满可以放心，跟一个罗马的佛兰德女人[1]交上了朋友，你凡事都可逢凶化吉。你先用这块手巾把头包起来，再把你的皮带扔掉，就在这条巷子里等着，我一会儿就回来。"

她说完就不见了，很快不知从哪里弄来了一件带条格的斗篷，她要我脱下制服，把斗篷套在衬衣上。这么一打扮，再加上头上那条扎伤口的手巾，我就活像一个到塞维利亚来贩卖楚法糖浆[2]的华朗西亚乡巴佬。她带我走进小巷深处的一所房子，其外观跟老婆子住的那所很相像。她和另一个波希米亚女人替我清洗了伤口，进行了包扎，医技比军营里的大夫还高明。她又给我喝了一种不知是什么的东西，把我安置在一条褥子上，我便沉沉睡去。

她们在我喝的饮料里大概放了秘制的麻醉药，因为我第二天很晚才醒。醒后头痛得很厉害，还有点发烧，好不容易才回想起前一天闯下的大祸。卡门和她的女友替我换了绷带，一同盘着腿坐在我的褥子旁，用土话交谈了几句，好像是谈我的病情。然后两人都安慰我说，伤口不久就会痊愈，但我必须离开塞维利亚，越早越好。因为万一我被捕，就会就地枪毙。

"小伙子，"卡门对我说，"你得找一个行当来干，皇上不再供给你米饭和鳕鱼[3]了，你必须考虑自谋生路。你太不机灵，干盗窃是不行的。但你身手敏捷，力气大，如果有胆量的话，可以到海边去走私。我不是说过要害得你上绞刑架吗？那总比吃枪子好一些。况且，如果你混得好，只要不被民团和海岸警卫队抓住，你就可以过得像王爷一样美滋滋。"

这个女妖精就是用这种教唆强迫的方式给我指点了出路。既已犯下了死罪，我确实只有此路可走了。先生，我还用得着跟您明说吗？她没费多大的劲就把

我说服了。我预感这种冒险与叛逆的生涯会使我跟她的关系更紧密，还认为从此以后我就能够拴住她的心。我常听说，有些走私好汉身骑骏马，手握短铳，背后坐着情妇，驰骋于安达卢西亚省区，我仿佛也看到自己马上带着这位艳丽的波希米亚女人，策马扬鞭，翻山越岭。每当我向她描绘这一愿景时，她就捧腹大笑，告诉我说，其实最美不过的生活，就是天黑之后，用三个桶箍搭建起一个支架，上面盖上一块遮布，每个罗姆带着自己的罗米往里面一钻，共度良宵。

"如果把你带到山里去，"我对她说，"我对你就放心啦，在那里，就不会有军官来跟我分享。"

"哟，你还好吃醋呢！真是活该。你怎么这样傻呀？你难道没有看出来我是爱你的吗？我从来没有向你要过钱哪。"

每当她对我这么说时，我简直就想把她掐死。

先生，闲话少说，言归正传。卡门给我弄来一身便装，我穿上便溜出了塞维利亚城，神不知鬼不觉。我带着帕斯提亚的一封介绍信，到杰莱兹去找一个卖茴香酒的商人，此人的家就是走私贩子碰头联络的地点。我和那一帮人相见了，其首领名叫唐加伊尔，他让我入了伙。我们这一帮就动身去哥山[1]，跟早先约好的卡门会合。每次我们出动干活，她总是先行去探路摸底，在这方面，她干得最为出色不过。这次从直布罗陀回来，已经跟一个船长讲定，只等我们在海边收下一批英国来的走私货，就装船运走。我们都到埃斯特普纳[2]附近去等，货到之后，一部分藏在山里，一部分带往龙达。还是由卡门打前站，通知我们什么时候进城。这一趟买卖以及后来的几趟都很顺利。由此，我觉得走私贩的生活比当兵的要滋润得多。我常买礼物送给卡门。我有了钱，也有了情妇。我心里毫不悔恨愧疚，正如波希米亚人所说，日子过得舒心，身上长了癣也不痒。我们到处受到盛情款待，同伙的弟兄们对我很好，甚至还怀有敬意。因为我杀过一个人，而

1　哥山，直布罗陀与龙达之间的一小城。
2　哥山以东三十公里的一港口。

他们都没有这等的业绩，尽管它使人在良心上难以释怀。但我在自己的新生涯中，最为得意的则是经常能见到卡门。她对我的情意从来没有这么炽热过，可是，在同伙弟兄们面前，她却不承认是我的女人，还要我指天发誓不跟他们谈论关于她的事。只要一到这女人面前，我就六神无主，俯首帖耳，任其随意摆布。况且，她第一次在我面前表示出她有良家妇女的羞涩之情，我便非常天真地以为，她已洗心革面，一改过去的浪荡行为。

我们这一帮共有十来条好汉，只在关键时刻才聚集碰头，而平时，则三三两两一组，分散在城里或村里。我们每个人表面上都有正式职业，这个是制锅匠，那个是马贩子，而我则是卖针线杂物的，但因为在塞维利亚犯有血案，所以绝不轻易在大地方露面。一天，确切地说是在一天夜里，我们定在维日山下集合。丹卡伊尔与我两人先到，他显得很兴高采烈。

"我们这一伙又要新添一个弟兄啦！"他这样对我说，"卡门前不久使出了她的一个绝招，让她的罗姆从塔里法[1]监狱里成功逃出。"因为整天听弟兄们说波希米亚话，我已经能多少听懂一点，"罗姆"这个词当时就使得我心里一震。

"什么！她的丈夫！难道她结过婚？"我向我们这一伙的头头发问。

"是的。"头头答道，"嫁给了独眼龙加西亚，一个跟她同样机灵诡怪的波希米亚人。那倒霉的家伙被判了苦役，卡门给监狱的外科医生灌了迷魂汤，竟然使得她的罗姆获得了自由。啊，这小妞真有本事，她曾经花了两年的工夫想救独眼龙出来，一直没有成功。最近狱医换了人，她显然很快就得手了。"

您可以想象，我听到这个消息后心里是什么滋味。不久，我就见到了独眼龙加西亚，那真是波希米亚人生养出来的坏种之中的坏种，皮肤黝黑，良心更黑，我一辈子从未遇见过他这样心狠手辣的流氓。卡门是陪着他来的，一边当着我的面叫他罗姆，一边趁他掉过头时朝我眨眼睛，做鬼脸。我很恼火，整晚没

1　塔里法是直布罗陀海峡边的一城市，其古代碉堡是有名的监狱。

有跟她讲话。第二天早晨，大伙把私货包扎停当，正在上路时，突然发现有十几个骑兵追踪而来。那几个安达卢西亚的伙计，平日老自吹自擂，说自己杀人不眨眼，这时却哭丧着脸四散逃命。只有丹卡依尔、加西亚和另一个名叫雷曼达多的漂亮小伙子以及卡门遇险不慌，其他人无不丢下骡子，跳进骑兵追不到的小山沟里逃命。我们既保不住骡队，就赶紧把细软财物卸下来，往肩上一扛，顺着最陡峭的山坡快逃。先把包裹扔下去，再蹲着身子往下滑。这时，追兵向我们一阵射击。我是生平第一次听见子弹在耳边嗖嗖地飞过，但并不在乎。不过，我这般视死如归是不足为奇的，因为有个美人就在眼前。结果，我们都成功逃脱，只有倒霉的雷曼达多腰上中了一枪。我把包裹扔掉，想去搀扶他。

"傻瓜，"加西亚朝我大声嚷道，"咱们背具死尸干什么？把他结果掉算了，别把货丢掉啦。"

"把他扔下！把他扔下！"卡门也冲我大叫。

我累得要死，只好把雷曼达多放在岩下歇一口气。加西亚走过来，用短铳对准雷曼达多的脑袋连发了一梭子弹。

"现在看谁还有本领能把他认出来。"他看着那张被十二发子弹打得稀烂的脸这么说。

您瞧，先生，这便是我所过的美好生活。晚上，我们逃到一个荆棘丛生的小林子里歇下，精疲力尽，没吃没喝，骡子全都丢了，血本无归。您猜那个像魔鬼一样凶残的加西亚怎么着？他从口袋里掏出一副纸牌，借着一堆篝火的微光，与丹卡伊尔赌起钱来。这时，我躺在地上，仰望星空，思念着雷曼达多，心想，倒不如像他那样也干脆。卡门则盘着腿坐在离我不远的地方，不时敲起响板，哼哼唱唱。稍后，又走过来，像是要凑到我耳边说悄悄话似的，不由分说地亲了我两三下。

"你是个魔鬼。"我对她说。

"是的。"她答道。

休息了几个钟头之后，她先行动身到高辛去了。第二天早晨，一个放羊娃给我们送了些面包来。我们在原地待了一整天，夜里偷偷向高辛前进，等着卡门探路的情报。但她杳无音讯。天亮时，一个骡夫赶着两匹骡子，上面坐着一个女人，衣着体面，撑着一把阳伞，随行的是一个像女仆的小姑娘。加西亚对我们说：

"圣尼古拉给咱们送来两匹骡子两个女人，我倒宁可只要骡子，不要女人。管他妈的，我照单收下就是。"

他拿起短铳，借灌木丛作掩护，沿着一条小路逼近。我与丹卡伊尔紧跟在他后面。等我们一靠近那一行人，便一齐跳了出来，喝令骡夫停步。我们的装扮本来是够吓人的，但那女人看见我们不仅不害怕，反而哈哈大笑起来。

"嘿，你们这些笨蛋，把老娘当贵妇人啦！"

定睛一看，原来是卡门。她化装得实在太好，如果用另外一种语言来讲话，我简直就会认不出她。她跳下骡子，跟丹卡伊尔与加西亚低声讲了几句话，然后对我说：

"金丝鸟，在你没有上绞刑架以前，咱们还会见面的。我现在要去直布罗陀办埃及的事，很快就会有消息通知你们。"

她告诉我们在哪个地方可以暂躲几天之后，就离去了。这小姐真是我们的救星，使大伙得以脱离了困境。此后不久，我们便收到她派人送来的一笔钱，还有一个更有价值的消息：某一天，将有两个英国爵爷从直布罗陀到格林纳达去，会从某一条道路经过。俗话说得好，消息灵通，生意火红。那两个英国人有的是亮晃晃的金币。加西亚要杀掉他们的，我与丹卡伊尔都反对。最后，我们只取了他们的钱财与手表，还剥掉他们的衬衣，这才是我们所急需的。

先生，一个人变坏是不知不觉的。一个漂亮的女人害得你神魂颠倒，你为她决斗，闯了大祸，不得不上山落草，根本没来得及考虑就从走私贩变成了强盗。我们犯下英国爵爷这一桩案子后，自知在直布罗陀一带不宜久留，便躲进龙达山中。先生，您不是跟我说起过何塞·马利亚吗？巧得很，我就是在龙达山认识了他。他每次出行都带着自己的情妇。那个姑娘美丽、温顺、谦和、举止文雅，从不说粗话，对他忠心耿耿！……相反，何塞·马利亚却使她受尽了折磨。他见一个女人就追一个，还经常虐待这个姑娘，有时则醋劲大发。一次，他扎了这姑娘一刀。这倒好！她反而更爱他了。女人天生就是如此。那姑娘对自己胳膊上的刀痕感到自豪，把它当作世界上最美的东西展示给大家看。除此以外，何塞·马利亚还是个最不讲义气的家伙！……在一次大家合伙干的买卖中，他要了个手段，使收益全归他自己，而损失与麻烦则由我们其他人承担。好啦，我不扯远了，还是言归正传吧，从卡门走后，我们再也没有得到她的消息，丹卡伊尔出主意说：

"咱们必须有一个人去直布罗陀走一趟，打听打听消息，她一定是策划好什么买卖了。我倒想去，可是直布罗陀认识我的人太多。"

"我也是的，"独眼龙说，"那里的人也都认得出我，那些龙虾们[1]我可没有少涮，再说，我只有一只眼，也不容易化装。"

"这么说，该我去啰？"轮到我说，一想到能见到卡门，我就不禁心花怒放，"说吧，咱们该怎么进行？"

他们对我说：

"乘船去或者走陆路经过圣洛克去，随你的便。到了直布罗陀，往码头上打听一个名叫罗约娜的巧克力小贩住在哪里，找到她后，你就能知道那边的情况了。"

于是，大伙商定先一道去高辛山里，然后，我把他们撇下，自己装扮成一个水果贩子独自上直布罗陀。在龙达，我们的一个内应替我弄了一张护照。在高辛，又有内应给我弄来一头驴，我装满了橘子和甜瓜就上路了。到了直布罗陀，

1　英国士兵的制服为红色，故西班牙老百姓戏称为龙虾。——作者原注

我发现许多人都认识罗约娜，不过，她已经死了，要不就是去了"天涯海角"[1]。她的失踪，据我看，便是我们与卡门失去联系的原因。我把驴子寄放在一个牲口棚里，自己背着橘子上街假装叫卖，其实是想试试能否碰见熟人。直布罗陀是世界各国的流氓盗匪聚集之地，简直就是一座巴别塔[2]，在街上走上十步就能听见十种语言。我看见不少埃及人，但不敢贸然相信。我试探他们，他们也试探我。双方都猜出彼此是一路货色，重要的只是要搞清楚是否同属一个帮派。我就这么白跑了两天，有关罗约娜与卡门的消息一点也没有打听到。于是，我采购了一些什物，打算回到两个同伙那里去，没想到，傍晚我在街上溜达时，忽听见有个女人在窗口叫我：

"卖橘子的！……"

我抬头一看，见卡门肘靠在一个阳台上，旁边站着一个穿红色制服的军官，他佩戴金色肩章，一头卷发，像个大贵人。卡门也穿得很华贵，大披肩，金梳子，浑身绫罗绸缎。那婆娘一如既往，轻狂依旧，正在那里笑得前仰后合。那个英国人憋出了两句西班牙语，叫我上去，说太太要买橘子。而卡门则用巴斯克语对我说：

"上来吧，别大惊小怪！"

说实话，她花样太多，我已经见怪不怪。与她异地重逢，我说不上心里是喜是忧。把门的是一个英国仆人，高高大大，头上扑着粉，他将我引进一个豪华的客厅。卡门立刻用巴斯克语命令我：

"你装作一句西班牙语也不懂，跟我也不认识。"

然后她转身对那英国人说：

"我不是告诉您，我一眼就看出他是巴斯克人，您听听他说的话多古怪。他

1　监狱或下落不明。——作者原注
2　典出《旧约·创世记》，诺亚之后人拟建一高塔以通天，上帝不满，使建塔者讲各种不同的语言，无法完成此项工程。

长得呆头呆脑的，是不是？好像一只在食柜里偷东西吃的猫，被人当场抓住了。"

"哼，你呀，"我用巴斯克语顶撞她，"你的样子就像一个无耻的小淫妇，我真想当着你姘夫的面，用刀在你脸上划几道。"

"我的姘夫！"她反驳我说，"你真聪明，亏你想得出来！你是在跟这个傻瓜吃醋吗？自从咱俩在油灯街过了几夜以后，你就变得愈来愈蠢了。你这笨蛋，难道没有看出我正在做埃及买卖，而且手段更加高明了吗？这幢房子是我的，这只龙虾的金币也将归我所有。我正在牵着他的鼻子走，我要把他带到有去无回的境地。"

"我嘛，"我对她说，"如果你还用这种手段做埃及买卖，我会叫你永远再也干不了这一行。"

"哎哟！你是我的罗姆吗？敢这么来命令我！独眼龙觉得我这种办法很好，我这么干与你无关，你已经成为我的独家明哥罗[1]，难道你还不满足吗？"

英国人问道："他在说些什么？"

卡门答道："说他口渴得很，想喝一杯水。"

说罢，她倒在长条沙发上，因自己的翻译大笑不止。

先生，当这个女人笑起来时，谁都会神魂颠倒，都会跟着她笑。这时，那个大个子英国人也笑了，笑得像个傻子，他叫人拿酒给我。

我喝酒时，卡门对我说：

"你看见他手上的那个戒指了吗？如果你想要，将来我把它给你。"

我回答说：

"我宁愿自己砍断一根手指，只要能把你的这位贵人弄到山里去，每个人手里拿一根玛基拉[2]比试比试。"

1　明哥罗：Minchoroo，波希米亚语，意即我的情人，我的心肝宝贝。
2　巴斯克人使用的一种铁棍。——作者原注

"玛基拉，是什么意思？"傻乎乎的英国人问。

"玛基拉嘛，"卡门大笑不止地说，"就是橘子呀。把橘子叫作玛基拉不是太可笑吗，这小子说要让您吃吃橘子。"

"是吗？"英国佬说，"那好，明天再带些玛基拉来吧！"

我们正在这么说着，仆人进来禀报晚饭已经准备好了。英国佬站起来，赏给我一枚银币，伸出胳膊让卡门挽着，似乎她自己不会走路。卡门还在咯咯发笑，对我说：

"小伙子，我不能请你吃饭啦，可明天，你一听见阅兵的鼓声敲响，就带着橘子上我这里来。你会见到一个卧房，陈设要比油灯街的那一间好得多，而且你还会明白我还是不是你的小心肝。然后，咱们再谈埃及买卖。"

我没有搭腔，走到街上时，那英国佬还朝着我喊道："明天带点玛基拉来！"接着，我又听见卡门的大笑声。

我走出那幢房子，不知干什么好。夜里，我睡不着，第二天早晨，我对这坏婆娘恨得咬牙切齿，真不想去找她，准备径直回直布罗陀去。但是，听见第一通阅兵鼓敲响，我的意志就彻底瓦解了，立即背着橘子篓直奔卡门的住所。她的百叶窗半开着，她正睁着大黑眼睛在东张西望。头上扑了粉的仆人把我领进去。卡门打发他上街办事。一等房间里只有我们俩，她就像鳄鱼般张开嘴大笑起来，一把搂住我的脖子。我从未见过她这么漂亮，打扮得像仙女，芳香扑鼻……家具配有绸缎的面料，窗口挂着绣花的帷帘……唉！而我却像一个盗贼。

卡门对我说："我的心肝，我真想把这房子砸个稀巴烂，放一把火烧掉，然后逃到山里去。"

接着，我俩巫山云雨，百般温存！欢笑不止！而后，她又是跳起舞来，又是把衣服上的饰物扯下，还翻筋斗、做鬼脸，淘气胡闹，花样层出不穷，比猴子更顽皮。恢复了正经严肃后，她对我说：

"你听着，我得跟你讲清楚这一单埃及买卖。我要他陪我上龙达，那里有我一个做修女的姐姐……（说到这里，她又噗噗笑出声来）我和他要经过什么地点，我会提前派人通知你。到时候，你们一拥而上，把他抢得精光。最好将他宰掉。"她说完，脸上露出一个狞笑，这笑谁见了都不会陪她去笑的，"你知道该怎么办吗？你让独眼龙先上，你们几个靠后一点，这只英国龙虾勇猛矫健，还有几把好枪，你们几个往后靠一点，让独眼龙先上……你明白吗？"

　　她没有把话讲完，就哈哈大笑起来，这使得我不禁毛骨悚然。

　　"不，"我对她说，"我恨独眼龙，不过他终归是我的同伙。也许，将来有朝一日，我会替你把他除掉，但我与他之间的过节得用我们家乡的规矩了断。我卷进埃及买卖是偶然的，在很多事情上，我仍然是一个地道的纳瓦拉汉子，正如俗话所说的那样。"

　　卡门说："你真是个蠢货，是个傻瓜，是地地道道的乡巴佬。你就像个侏儒，以为自己能把痰吐得远一点就是高个子[1]了。你并不爱我，你走吧！"

　　当她下了这逐客令时，我却寸步难移。我答应很快就动身，回到我那几个同伙身边，等那个英国佬上钩。而她，则答应在英国佬这里装病，一直到离开直布罗陀动身去龙达为止。

　　我在直布罗陀又住了两天。卡门曾大着胆子，化了装到小客栈来会我。我终于离开了直布罗陀，心里也打定了自己的主意。我得到了英国佬与卡门将在什么时间途经什么地点的确切消息后，便返回约定的地方跟丹卡伊尔与独眼龙会合。我们在一个树林里过夜，用松实烧起一堆旺火。我向独眼龙提议打牌赌钱，他同意了。玩到第二局，我说他作弊，他就嘻嘻哈哈笑。我把牌扔在他脸上。他想掏枪动武，被我一脚踩住。我对他说："听说你的刀法和马拉迦[2]最棒的小伙子一样厉害，想跟我比试比试吗？"丹卡伊尔赶紧劝架。我揍了独眼龙几拳，他一怒之下壮起了胆，便拔出了刀，我也操刀在手。两人都叫丹卡伊尔站

1　波希米亚谚语。——作者原注
2　安达卢西亚的一城市港口，濒临地中海。

开，让我们公平交手，见个胜负。他眼见无法制止一场恶斗，只好闪开。独眼龙弓着身子，作出猫扑老鼠的姿势，右手持刀前挺，左手以帽作为遮锋，这是他们安达卢西亚人常用的一招。我则使出纳瓦拉的架势，笔直地挺立在他的面前，左手上举，左腿向前，快刀则紧贴右腿，自己觉得威猛胜过巨人。独眼龙像箭一般扑过来，我把左腿一转，他扑了个空，而我的快刀已直插他的咽喉，戳刺得那么深，以至我的手竟触及他的下巴。我把刀猛然一转，用力过大，刀刃戛然而断。决斗告终，胜负已定。一股像手臂一样粗的血流，把断刃从伤口里冲了出来，独眼龙像一根柱子似的扑倒在地。

"你干的什么好事！"丹卡伊尔对我说。

"你听着，"我回答说，"我跟他势不两立。我爱卡门，不愿意她有另外的男人。再说，独眼龙是条恶棍，他用什么手段打死可怜的雷曼达多，我至今还记得。现在只剩咱们两人了，但咱们都是好汉。咱们说说，你愿不愿意跟我结为生死之交？"

丹卡伊尔向我伸出了手。他比我年长，有五十岁了。

"男欢女爱，去他妈的！"他大声嚷道，"如果你要他把卡门让给你，本来只需向他付一个银币就行啦。现在只剩下咱们两个人，明天咱们怎么办？"

"让我一个人来扛，"我答道，"现在我是天不怕地不怕。"

我们埋了独眼龙，转移到二百步开外的地点露宿。第二天，卡门跟她那个英国佬带着两个骡夫与一个仆人过来了。我对丹卡伊尔说：

"我对付那个英国佬，你去吓唬其他人，他们都没有武器。"

那英国佬颇为厉害，要不是卡门推了他的胳膊一下，他肯定会把我打死。总而言之，那一天，我又把卡门夺回来了。我劈头第一句话，就是告诉她她已经成了寡妇。当她弄清楚事情的经过后，对我说：

"你永远是个傻瓜！独眼龙本可以把你杀死，你那种纳瓦拉的防守招式，只不过是花架子，比你强的人死在他手下的多着呢。这一回是他的死期到了，你的死期也快来了。"

我立即回了她一句："如果你不规规矩矩做我的老婆，你的死期也就到了。"

她答道："好哇，我已经不止一次从咖啡渣里观测出，咱俩注定会同归于尽的，管他妈的！听天由命吧。"

说完，她便敲起响板，每当她想驱走某个烦人的念头时，总是这么做的。

一个人谈自己时，往往忘乎所以。这些鸡毛蒜皮的细节您一定是听烦了，不过，我很快就可以讲完了。我们那种非法生涯过了相当长的时间。丹卡伊尔与我又找了几个比原来的同伙更可靠的弟兄，专门从事走私，不瞒您说，有时也在大道上拦劫，但只是在山穷水尽、被逼无奈的时候。而且，我们只抢钱财，不伤性命。有那么几个月，我对卡门很是满意。她继续为我们一伙当耳目，对我们的买卖很有用处。她有时在马拉加，有时在哥尔多巴，有时又在格林纳达。但只要我捎个信去，她就丢下一切，到某个偏僻的小客栈，甚至到帐篷里来跟我相会。只是有一次，她在马拉加，使得我很不放心。我得知她勾搭上了一个富商，可能想故技重演，玩她那次在直布罗陀的把戏。我不顾丹卡伊尔苦口婆心的劝阻，径直在一个大白天闯进马拉加。我找到卡门后，立即就把她带走了。我俩为此大吵了一架。

"你知道吗，"她对我说，"自从你成为我真正的罗姆以后，我就不如你当情郎的时候那么爱你了。我腻烦别人的干预，我更不能忍受别人的发号施令。我要的是自由自在，爱干什么就干什么。小心别把我逼急了。如果你使我烦了，我会去找一个棒小伙子，用你对付独眼龙的法子来对付你。"

丹卡伊尔把我俩劝和了。但两人彼此伤害的一些话使我们都耿耿于怀，情爱大不如前了。不久，又来了一件倒霉的事。我们碰上军警，丹卡伊尔和两位弟兄丢了性命，另外两个被抓去，我则受了重伤，要不是我的坐骑跑得快，也一定会落在军警的手里。我精疲力尽，有颗子弹还留在体内，跟唯一尚存的一个弟兄躲进了一个树林。一下马，我便晕倒过去，心想自己一定会像中了枪的野兔那样死在灌木丛里。那位弟兄先把我背到一个我们熟悉的山洞，然后就去找卡门。那时，卡门在格林纳达，闻讯后立即赶来。整整有半个月之久，她在我身边寸步不离，她难得合眼入睡，对我悉心照料，无微不至，即使是一个女人对自己最最心爱的男人也莫过如此。待我稍有康复，刚能站起来的时候，她便极为保密地带我到了格林纳达。要知道，波希米亚女人到任何地方都能找到藏身之处。就这样一连六个星期，我都藏在一所房子里，与下令通缉我的市长的府第仅有两个门面之隔。好几次，我就在百叶窗后面看见他走过。后来，我把伤养好了，但在养伤过程中，我经过反复的考虑，打算改一个活法。我对卡门说，我们不如离开西班牙，到新大陆¹去安安分分过日子。她对我的想法不屑一顾地说：

"咱们这种人生来就不是耕田种地的，注定要靠走江湖行骗为生。告诉你吧，我已经和直布罗陀的纳当·本·约瑟夫讲定了一桩买卖。他有一批棉织品，只待你去运过来。他知道你还活着，一心一意倚靠你来做。你如果失信撒手，咱们对直布罗陀的那些合伙人该怎么交代？"

我被她牵着鼻子走，又重操起非法买卖。

我躲在格林纳达的期间，城里举行了斗牛，卡门去看了。回来后她津津乐道，特别是大说特说一个名叫卢加斯的斗牛士，说他本领很高，他的马叫什么名字，他的绣花上衣很值钱，等等，事无巨细，她都如指掌。我起先没有在意。过了几天，我身边唯一的患难弟兄茹安尼托告诉我，他在查卡丹一家商店里看见卡门与卢加斯在一起。我立即警觉起来，质问卡门是怎么认识那个斗牛士的，为什么要跟他交往。

她回答我说："那小子，咱们可以打打他的主意。只要河里有声响，不是水在流，就是掉进了石子。²他斗牛挣了一千二百块钱。要么把这笔钱弄过来，要么招他入伙，两个办法，任选其一。他骑马的身手很好，胆子又大，咱们的弟兄

　1　指美洲。
　2　波希米亚谚语。——作者原注

一个个都死了，你得补充人手，就把他招进来吧。"

我断然拒绝道："我既不要他的钱，也不要他这个人。我不许你再跟他来往。"

"我警告你，别人不许我做的事，我很快就要去做！"

幸亏那个斗牛士去了马拉加，而我也忙着准备把犹太人的棉织品偷运进来。这一趟买卖要做的事很多很多。卡门也忙得很。于是我忘掉了斗牛士，也许卡门也把他忘了，至少暂时如此。正是在这段时间，先生，我遇见了您，先是在蒙第拉，然后是在哥尔多巴，最近一次见面就不用我说了。您也许比我知道的更加详细。卡门偷了您的表，还想要您的钱，尤其是您手上戴的这只戒指，据她说，这是一个神奇的指环，对她的巫术很有用，一定要把它弄到手。我俩大吵一架，我动手打了她。她脸色煞白，哭了。这是我第一次见她哭，这使得我当时颇为震惊。我请求她原谅，但她一整天都不搭理我。我动身返回蒙第拉时，她甚至不愿跟我吻别。我心里很难受。但三天之后，她来找我，满面春风，欢声笑语，快活得像一只燕雀。所有的不愉快都抛到脑后去了，我们又亲亲热热，像一对热恋的情人。

分别的时候，她对我说：

"哥尔多巴正在举行节庆活动，我要去赶集，很快就会弄清哪些人身上带着钱，我会通知你的。"

我让她去了。剩下我一个人的时候，我想了想这个节庆，想了想卡门何以心情突然大变，认定她一定是先对我狠狠出了一口气，才跑来迁就我的。正好一个老乡告诉我，哥尔多巴城里有斗牛，我一听就血液沸腾，立即像疯了似的赶到现场。有人把卢加斯指给我看，我从靠边墙的观众席上，看见了卡门。只需要看上一眼，便知我的判断不错。果然不出我之所料，卢加斯斗第一头牛时，便当众献殷勤，把牛身上的绸结[1]扯下来献给卡门，卡门立即戴在头上。但那头牛却替我报了仇。卢加斯连人带马被公牛当胸一撞，翻倒在地，还被牛从身上踩过。我再去看卡门，她已经离位而去。人群拥挤，我走不出去，只好等到比赛散场。我跑到您所认识的那所房子里，从傍晚直到深夜，我一直待在那里。清晨两点钟左右，卡门回来了，看见我觉得有点意外。

"跟我走！"我对她说。

"好吧！"她答道，"咱们走吧！"

我把马牵来，将她扶上去。我俩走了半夜，互相不说一句话。天亮时分，我俩来到一个僻静的小客栈歇下，附近正好有个静修神甫的住所。我把她领到那里，对她说：

"你听着，我对你既往不咎，过去的事就不提了，但你一定要对我发誓，跟我到美洲去。在那边过安分守己的日子。"

"不！"她以赌气的腔调回绝说，"我不愿意去美洲。我在这里觉得很好。"

"这是因为你在这里可以接近卢加斯。但是，你好好考虑考虑，即使他的伤能够医好，也活不了太长。再说，为什么我要跟他去纠缠呢？你的情人一个又一个我都杀腻了，再杀的话，我就该杀你了。"

她用野性十足的目光盯着我说：

"我早就想到你会杀我的。第一次见到你之前，我在自己家门口就碰见了一个神甫。昨天夜里从哥尔多巴出来时，你没有看见有一只野兔从路上蹿出来，正好从你的马蹄之间穿过。都是不祥之兆，命中注定。"

我问她："小卡门，难道你不爱我了吗？"

她一声不吭，只是盘腿坐在席子上，用手指在地上乱画。

我恳求她说：

1　用丝绸系成的结，其颜色标明公牛出身的牧场，绸结用钩子钩在牛皮上，从活牛身上摘取此结送给一位女人，是公开的最大胆的示爱。——作者原注

"卡门，咱们换一种生活吧，住到一个咱俩永不分离的地方去。你知道，离这儿不远的一棵橡树下埋着一百二十盎司黄金……另外，咱俩在犹太人本·约翰夫那里还存有钱。"

她笑了笑，答道：

"反正先是我死，然后是你死。我知道结果一定如此。"

我接着说：

"你再想想，我的耐心与勇气都快到头了。你做决定吧，否则我可要下决心了。"

我从她身边走开，缓缓向神甫的隐修所踱去，发现神甫正在做祈祷。我也真想祷告，但我做不到。我等他祈祷完毕，他站起来时，我向他走去，对他说：

"神甫，您愿意为一个命在旦夕的人做祈祷吗？"

"我为一切受苦难的人祈祷。"他答道。

"有一个灵魂也许很快就要去见上帝了，您能为她做一次弥撒吗？"我问。

"可以。"他回答说，眼睛直盯着我，见我神色有点不正常，便想引我开口，说：

"我好像在哪儿见过您。"

我把一块银币放在他的凳子上，问他："您什么时候做弥撒呢？"

"半小时以后。那个小客栈老板的儿子要来帮我做辅助工作。年轻人，告诉我，您良心上是否有什么不安？您愿不愿意听听一个基督徒的劝告？"

我觉得自己快要哭出来了。我告诉他等会儿再来，说完便赶紧溜走。我去躺在草地上，一直等到听见钟声敲响才回去，但我并没有走进小圣堂。弥撒做完后，我回到客栈，巴不得卡门已逃之夭夭，因为她满可以骑上我的马跑掉……但我发现她仍在那儿。她一定是不愿意别人说她惧怕我。我刚才不在的时候，她拆开自己裙子的贴边，取出里面的铅块。现在，她正坐在桌前，正瞅着一个水钵中的铅块，那是她刚刚熔化之后又倒进水钵的，她全神贯注于她的巫术，竟没有发觉我回到了她的身边。她时而取出一块铅，愁容满面地将它翻来覆去，时而又哼起一首神秘的歌曲，这歌是在对波希米亚人尊为至高无上女王的马利亚·帕狄亚进行祈求，她原本是唐·佩德罗王的情妇。[1]

"卡门，"我对她说，"请跟我走。"

她站了起来，扔掉水钵，披上头巾准备要走。店伙计把我的马牵来，她坐上马后，我们就上路了。

走了一段路，我对她说：

"这么说来，我的卡门，你是愿意跟我远走高飞啰，是吧？"

"是的，我是跟你去死，但绝不跟你再生活在一起。"

我们到了一个偏僻的山口，我勒住马。

"就在这儿？"她问道。

她纵身跳到地上，摘下头巾，把它扔在脚下，一手叉腰，傲然挺立，两眼直瞪着我，说道：

"我看得很清楚，您想杀我，这是注定了的，但要我让步，你办不到！"

"我求你了，"我对她说，"你要放理智些，听我说，过去的一切都一笔勾销，不过你知道，是你断送了我，我是为了你才变成土匪和杀人犯的。卡门！我的卡门！让我来拯救你吧！让我在拯救你的同时把我自己也拯救出来吧！"

"何塞，"她回答说，"你的要求，我办不到。我已经不爱你了，可你还在爱我，因此要杀我。我完全可以对你撒个谎，哄哄你，可我不想再费这个事了。我们之间的缘分已经完啦，你是我的罗姆，有权杀死你的罗米，但卡门永远是自由的，她生来是加里，死也是加里。"

"这么说你是爱卢加斯啰？"我问道。

1　世人曾指责马利亚·帕狄亚以巫术蛊惑国王唐·佩德罗。据民间传说云，她将一条金腰带献给王后（波旁家族的白朗施），在国王中了魔法的眼睛里，此腰带成了一条活蛇，从此，国王深恶这位不幸的王后。——作者原注

"是的，我爱过他，就像爱过你一样，但只是爱过一阵子。如今，我谁都不爱了，我恨我自己曾经爱过你。"

我扑倒在她脚下，抓住她的手，泪如雨下，泪珠落在她的手上。我向她重提过去我俩在一起的幸福时光，答应她为了讨她喜欢我愿意继续当强盗。先生，一切，所有的一切我都答应她，但求她仍然爱我！

她却对我说：

"仍然爱你，不可能。和你生活下去，我坚决不干。"

我怒上心头，狂暴失控，拔出刀子，这时，我但愿她表示害怕，向我求饶，但这个女人简直就是个魔鬼。

我朝她嚷道：

"我最后再问你一次，你愿不愿意跟我走？"

"不！不！不！"她一边说一边跺脚。接着又从手指上将下我以前送给她的戒指，往荆棘丛里一扔。

我立即扎了她两刀。那是我从独眼龙那儿抢来的刀子，我自己的那一把早已弄断了。扎到第二刀，她一声不出地倒下。她那双又黑又大的眼睛直瞪着我，至今我仍历历在目。她的眼光逐渐暗淡模糊，接着双目闭上。我失魂落魄，在她尸体前待了好一个时辰。我想起了卡门常对我说她喜欢死后被葬在一个树林里，便用刀挖了一个坑，把她安放下去。我又去找她那只戒指，找了好半天才找到。我把那戒指也放进坑里，就在她的身边，还在坑外插上一个小小的十字架。也许，我这么做有违波希米亚人的习俗。

完事后，我翻身上马，直奔哥尔多巴城，向最先碰上的一个兵站自首。我供认自己杀了卡门，但我不愿说出把她埋在何处。那位隐修的神甫真是个圣人，居然为卡门做了祈祷，还为她的灵魂做了一次弥撒……可怜的孩子！把她教养成这个样子，完全是加莱的罪过。

四

此种流浪民族，名称繁复，不一而足，或称波希米亚人，或称茨冈人，或称吉卜赛人，或称齐格奥内人，它散布于全欧各国，当今尤以西班牙数量最多，其所聚居或漂泊之地区多为南部与东部各省，诸如安达卢西亚、埃斯特拉马杜以及穆尔西，此外，加泰罗尼亚省亦为数不少，其中一部分人往往由此流入法国，故常可在我们南方各集市上见其踪影。男子多从事贩马、兽医、为骡子剪毛等营生，亦有修补锅子与铜器的，当然，走私与干不法勾当者自不乏其人。女人则是算卦、行乞与贩卖各种有害无害的药物。

波希米亚人之体征，易于辨识而难以描述。只需见过一例，即可从一千人中分辨出与他同种的那一个。和居住在同一地区的其他种族相比，他们的相貌与表情迥然相异，格外醒目。肤色黝黑，颜色总比当地其他种族的为深。因此，他们常以"加莱"，即"黑皮肤的人"自称。[1] 眼睛又黑又大，明显睨视，睫毛修长而浓密。其目光大可与野兽相比，狂野与怯缩兼而有之。就此点而言，他们的眼睛充分反映出本民族的性格：狡诈而放肆，但像巴汝奇[2]一样，"天生怕挨打"。男人大多身材健美、矫健敏捷。我从未见过一个身材肥胖的。德国的波希米亚女人一般都很漂亮，而西班牙的吉卜赛女人则绝少美色天姿，年轻时虽丑，但不无几分可取，一旦生了孩子，便令人望而却步了。不论男人女人，无不脏得难以置信。谁要未曾见过波希米亚女人的头发，就想象不出它是怎么回事，即

1　据我看，德国境内的波希米亚人虽然完全理解"加莱"一词的含义，但并不喜欢别人以此来称呼他们，他们之间互称为"罗玛内·查维"。——作者原注

2　16世纪法国作家拉伯雷的长篇小说《巨人传》中的人物。

使比喻为最粗硬、最油腻、最灰黑灰黑的马鬃，亦不过分。在安达卢西亚的某几个大城市里，一些稍有几分姿色的姑娘较为注重打扮，她们以跳舞谋生，所跳的舞很像我们狂欢节公开舞会上禁跳的那些舞。英国传教士波罗先生，曾得教会的资助向西班牙境内的波希米亚人传教布道，写过两部兴味盎然的书，断言吉卜赛姑娘绝不会失身于一个异族男子。窃以为，波罗先生如此颂扬她们的坚贞，实在言过其实。首先，绝大部分吉卜赛姑娘都像奥维德[1]笔下的丑女子，正如诗人所言，"无人问津的女人当然贞洁"[2]。至于那些貌美的，则像所有的西班牙女人一样，选择情人时十分挑剔。既要能得到她们的芳心，又要男才女貌，两相般配。波罗先生举了一个事例以证明西班牙吉卜赛姑娘的道德观，其实倒正是证明了他自己的道德观，尤其是他的天真。他说，他认识一个拈花惹草成性的浪子，出了好几盎司黄金给一个吉卜赛女子，结果却未能如愿以偿。我把这个事例告诉了一个安达卢西亚人，他说，这个浪子如果只拿出两三个银币，说不定倒能马到成功，因为将几盎司黄金献给一个波希米亚女人，实无法使其确信不疑，正如答应送一两百万钱财给一个小客栈的姑娘一样。不论怎么说，吉卜赛女人对自己的丈夫确实忠心耿耿，一旦需要，她们赴汤蹈火，在所不辞。波希米亚人对自己民族的称呼之一是"罗梅"，其原意是"夫妇"，在我看来，便足以说明该民族对婚姻关系的重视。总的来说，他们在与同族人的交往中很重乡情，也就是很讲义气，竭诚互助，患难与共，出事时严守秘密，不出卖同伙，凡此种种，实乃他们的主要优点。不过，在一切不法的帮派社团之中，亦何尝不是如此呢。

几个月前，我在孚日山区[3]，访问过一个定居在该地的波希米亚部落。在一个女族长的小屋里，住着一个与她非亲非故的波希米亚男子，他患了不治之症，

1　奥维德，公元前 1 世纪的罗马诗人，《爱经》是他的名作。
2　原文为拉丁文，出自奥维德《爱经》第一章。
3　孚日山，法国东部的山脉，在法国与德国的边境。

宁可离开被照料甚好的医院，也要死在自己的同胞中间。他在这个家已经卧床十三个星期，得到的待遇比那家的儿子和女婿还要好。睡的床用干草与苔藓铺得柔软舒适，被褥洗得干干净净，而家里其他十一个人，却都睡在长不过三尺的木板上。他们待客的情义可见一斑。那个老妇如此仁爱，却当着病人的面这样对我说："快了，快了，他快要死了。"究其根由，实因这些人生活极为贫苦，故不畏言死亡也。

波希米亚人的另一特点，就是对宗教信仰甚不在乎，这并非因为他们桀骜不驯或对宗教持怀疑态度。他们从不标榜自己信奉无神论，恰恰相反，他们居住在某个国家便信奉那个国家的宗教，移居到另一个国家，就改信另一种宗教。开化程度低的民族往往以迷信代替宗教信仰，但波希米亚人并不迷信。说实在的，利用别人的轻信以欺骗为生的人，怎么会迷信呢？但是，我发现西班牙的波希米亚人很害怕接触尸体，他们很少有人会为了钱而把死者抬往墓地。

我说过，大部分波希米亚女人都以算卦为生。她们很长于此道，但她们最大的生财之道是出售媚药与春药。她们用手逮住蛤蟆的腿声称可以拴住朝三暮四的心，还拿磁石粉末来使对你无动于衷的人爱上你，甚至能够在必要时念咒施法把神魔召来助一臂之力。去年，一个西班牙女人给我讲了这样一个故事：有一天，她心事重重、神情忧郁，正从阿尔加拉大街上走过，一个盘腿坐在人行道上的波希米亚女人朝她喊道："美丽的夫人，您的情人背叛您了。"实际上确有其事。"要不要我帮您使他回心转意？"不用说，这位夫人欣然接受了。对于一个能够一眼就看透你心事的人，怎么能不信赖呢？由于在马德里这条最热闹的大街上不便于施展法术，两人便约好第二天见面。见了面后，那吉卜赛女人说道："要使得您那负心汉浪子回头实在太容易了。他给您送过什么手帕、围巾或面纱之类的东西吗？"那位太太拿出一块头巾。"现在您用深红色丝线在头巾的一角缝上一枚银币，在另一角缝半块银币。这儿缝一个小钱，那儿缝两个小钱，最后在中央再缝一枚金币，最好是一枚高面值的。"那位太太一一照办不误。"现在把这块头巾交给我，等到半夜的钟声敲响，我就把它送到坟场去，如果您想亲眼见识见识我的法术，不妨跟我一道去。我向您保证，明天您就准能见到您的情人了。"后来，那波希米亚女人独自拿了头巾到坟场去了，那位太太不敢奉陪。至于这位被情人抛弃的女人能否收回自己的头巾，能否再见到他的情人，那就只好由读者自己去猜了。

尽管波希米亚人穷困且往往招人反感，但在开化程度甚低的人群中倒受到相当的敬重，对此，他们甚感自豪，自认为在聪明才智上高人一等，并从骨子里瞧不起接纳了他们的当地东道主民族。

"这些当地人蠢得很，作弄作弄他们，真是轻而易举的事。"孚日山区的一个波希米亚人这么对我说，"有一天，一个乡下女人在大街上喊住我。我跟她走进她家。原来是家里的炉子冒烟，求我念咒施法。我先是向她索取了一大块肥肉，然后就用波希米亚语念念有词，其实是这么骂她：你是笨蛋，生来就是笨蛋，死了也是笨蛋……临走时，我在门口用地道的德语奚落她说，你要炉子不冒烟，最好的办法就是不生火……说完，我撒腿就跑。"

波希米亚人的历史至今仍是问题。众所周知，约在十五世纪初，他们最早的群落，零散地出现在欧洲东部，人数不多，谁也说不清他们是从哪儿来的以及为什么到欧洲来。更为奇怪的是，他们分散在相距甚远的不同地区，居然能在短短的时间里，繁衍如此神速。波希米亚人对自己民族的渊源，并没有任何世代相传的传说。他们大都称埃及是他们远古的祖国，不过，这是一种由来已久的古老说法，他们只是信从采纳了而已。

研究过波希米亚人语言的东方学学者们，大都认为他们发源自印度。的确，罗曼尼的许多词根与语法形式，皆可在一些从梵语派生而来的方言中找得到。不难想象，波希米亚人在长期漂泊中吸收了很多外族的词语。罗曼尼的各种方言中便有大量的希腊语词汇，例如：骨头、马蹄铁、钉子，等等。今天，波希米亚人散居于欧洲各地，彼此分隔，有多少群落，几乎就有多少种方言。他们讲当地的语言比自己的方言更为流利，而且他们只是在有外族人在场时才讲自己的方言，以便于本族人的沟通。德国的波希米亚人与西班牙的波希米亚人互不往来已有好几个世纪，但如果将两者所操的方言加以比较，即可发现共同的词汇数量极多。然而，因为这些流浪的族群不得不使用所在地的语言，所以他们原来的语言与当地文明程度较高的语言接触之后，便产生了明显的变化，只是或多或少不同而已。一方面是德文，一方面是西班牙文，从两方面使得罗曼尼大大有所改观，因而居住在黑森林区的波希米亚人便难以与安达卢西亚的波希米亚同胞交谈，虽然他们只要一张口说几句话，便可知他们不同的方言实同出一源。我认为，有一些常用词在他们不同的方言中都是相同的。例如，在我所见到的所有波希米亚方言的词汇中，"pani"都指水，"manro"都指面包，"mas"都指肉，"lon"都指盐。

　　数词则几乎完全一样。我认为德国的波希米亚方言要比西班牙的纯得多，因为其中保留了很多原有的语法形式，不像西班牙的吉卜赛人采用了加斯提诺语[1]的语法形式。但有几个词是例外，足以证明波希米亚语最初是统一一致的。在德国的波希米亚方言里，过去时态是在动词命令式的末尾加上"ium"，而命令式永远是动词的词根。西班牙的波希米亚方言中，动词则全部按加斯提诺语第一人称变位法的动词变位。原型动词"jamar（吃）"按规则变为"jame（我吃了）"，原型动词"lillar（拿）"，变为"lille（我拿了）"。但是，有一部分波希米亚老人例外，仍读成"jayon""lillon"。我不知道还有什么其他语言的动词也保留了如此古老的形式。

　　既然敝人在此炫耀了关于罗曼尼的浅薄知识，不妨列举出几个法语土话中的词汇，那是法国盗贼从波希米亚人那里学来的。《巴黎的秘密》[2] 使我们上流社会知道"chourin"一词的意思是"刀子"。这就是一个地道的罗曼尼词汇。

1　加斯提诺语，是西班牙中部地区的方言，构成了现代标准西班牙语的基础。
2　法国19世纪著名作家欧仁·苏所写的著名长篇小说，对巴黎下层社会与盗贼帮派有诸多描写。

"tchouri"这个词在波希米亚人各种不同的方言中也都有。维多克[1]把马叫作"gres",这个词在波希米亚各种方言中有多种变化,如"gras""gre""graste""gris"。还有"罗曼尼歇尔"这个词,它在巴黎的土话中就是指波希米亚人,是"rorrmmane tchave"(意即"波希米亚小伙子")的变音。但使我感到沾沾自喜的是找到了"frimousse"(意即"脸蛋""面孔")一字的词源,这是我那个时代的小学生以至当今的小学生经常用的一个词。首先请注意,在乌丹一六四〇年所编的那本猎奇性的字典里,就收入了"frilimousse"这个词。而"菲尔拉(firla)""菲拉(fila)"在罗曼尼中,便是脸孔的意思,"摩伊(mui)"也与此同义,正等于拉丁文中的"奥斯(os)"。把"firla"与"mui"组合在一起成为"菲尔拉摩伊(firlamui)",任何一个酷爱纯粹母语的波希米亚人一听这个词就能明白,而我个人认为这个组合词也正符合波希米亚人兼收并蓄的语言特点。

　　够了,对于《卡门》的读者来说,我在罗曼尼方面的学识已经炫耀得足矣,正好有一句波希米亚谚语可引以为戒:"嘴巴紧闭,苍蝇难入。"[2]就让我以此作为全书的结束吧。

　　1　法国19世纪有名的不法分子,犯案甚多,当过警察局的线人与侦缉队长,后又因不法去职,他署名的《回忆录》一书,曾名噪一时。
　　2　原文为波希米亚语。

鉴评：不自由，毋宁死

　　当你要在梅里美的爱情小说中选一篇的时候，你会感到有某种困难，梅里美的小说都写得那样精致，每篇又各具特色，究竟选哪一篇好呢？

　　《古花瓶》在资产阶级上流社会逢场作戏、把爱情当作游乐的放纵淫靡之风的背景中，突出了一对感情比较认真严肃的情人的悲剧；《双重误会》写的是一个美丽端庄的少妇被损害和被践踏的故事，那个像一朵白色茌弱小花的女主人公的不幸遭遇引人深思；《阿尔赛娜·吉约》是一篇极为感人的哀歌，那个卑贱可怜的少女在这个世界上从没有得到过半点幸福的身世以及她唯一可以安慰自己的那次恋爱所具有的苦涩和悲怆……这些作品都有很深刻的现实意义，而其艺术风格又都是那么具有动人的魅力，几乎都可以算得上是短篇小说中的力作。

　　虽然这些作品皆可入选，但是当我们最后要做决定时，还是不得不选上《卡门》这一篇。这篇小说的重要性和名声实在太大了，它以不长的篇幅竟能跻身于世界文学名著之列而毫无愧色，这是令人惊奇的。不，它不仅属于文学名著的行列，而且在某种意义上，比很多文学巨著更为家喻户晓、脍炙人口，特别是在法国作曲家比才把它改编成歌剧之后，卡门那光艳的形象更是伴随着热烈的旋律和出色的乐章而几乎走遍了整个世界。

故事的女主人公是个吉卜赛人。流浪的吉卜赛人在十九世纪经常激起作家的诗情，他们在作家的笔下，往往是以豪放不羁、热爱自由的形象出现的，当然文学作品中的吉卜赛女性同时又少不了妖艳、热情、放荡的特点。在梅里美的《卡门》之前，普希金也有过相似的一篇作品《茨冈》。它把吉卜赛女性那种在爱情上的野性和自由不羁与贵族阶级"文明社会"的习俗和规范对立起来，最后以吉卜赛老人斥责那位根据贵族阶级"文明社会"的法规杀死了自己别有所爱的情妇的"来客"为结束。很可惜《茨冈》并未最后完工定稿。我们不妨这样说，如果写于一八二四年的《茨冈》完成了的话，它就将成为欧洲文学中以野性和粗犷的性格来对照贵族阶层"文明社会"这一传统主题的一个源头。

后来居上，梅里美在《茨冈》之后二十多年写成的《卡门》，则把上述这一个传统的主题表现到了最高的水平，塑造了卡门这样一个不平凡的艺术形象。

说她是"艺术形象"，就意味着"她"不仅有着作为一个吉卜赛人所具有的她自己的东西，而且还有着塑造她的那位艺术家的东西，艺术家的意图，艺术家的理想，艺术家进行塑造的方法和技巧。如果把《卡门》的人物和故事还原为现实生活的话，那么卡门不过是一个杀人越货、放荡邪恶的女人，而她的故事则是一桩混合着罪恶的情杀案。正因为如此，我们读到这篇小说某些段落的时候，其中的人和事很难使我们产生"美感"，很难使我们得到与爱情经常联系在一起的那些"温柔""优美""愉悦"的感受，有时我们甚至会有看一幅猫头鹰画像的感觉，虽然这幅画像可能画得很成功。尽管如此，卡门这个人物和她的爱情故事，却一直强烈地震撼着一百多年来的各国读者。

　　奥妙何在？根本的原因就在于，梅里美赋予这个形象以某种闪光的东西：她与一般的杀人越货的盗匪不同，既不是贪图钱财，也不是残酷成性，而是自觉地站在那个"商人的国家"的对立面，以反抗和触犯它为乐事，这就使她成了一个叛逆者的形象。正因为她的本质如此，所以她与自己的情人唐·何塞必然发生冲突。这一对情人本来分属两个不同的世界，一个是秩序的维护者，一个是秩序的破坏者，两人有不同的生活理想、生活态度和是非标准。这种矛盾必然导致他们爱情的破裂，何况卡门这种吉卜赛女人的感情本来就像一只飞鸟，只爱自由自在地飞翔，而不能忍受任何牢笼束缚。当然，如果换其他两个人，也许这种破裂不至于激化到二人同归于尽，但在《卡门》中，一个是血性刚强的西班牙男子，为实现自己的意志，任何暴烈的事都干得出来，另一个是忠于自己的个性，为维护自己的独立和自由而不惜任何牺牲的吉卜赛女人，于是这一对情人之间的感情风暴，就以历来爱情小说中都少见的惊心动魄的程度发生了，而最后卡门竟然以她勇敢的死来忠于自己的个性，来坚持自己的独立与自由。因此，不自由，毋宁死，就成了卡门这个人物身上最突出的标志。当梅里美在这个女人身上添加了这一笔时，他就完成了爱情小说中一个独特的闪闪发光的艺术形象。

　　《卡门》在细节描写上虽然完全是写实的，但在女主人公身上无疑表现了作者的浪漫主义精神。梅里美的作品，往往有这样一个特点：喜爱从具有几分野性和强悍泼辣性格的人物身上发掘某些不平凡的动人的东西，来对照虚伪、苍白的资产阶级"文明社会"。他在《卡门》中就是这样做的，从而使这篇似乎是写情杀案的爱情小说，具有了更深一层的思想内容。

阿松达·史彼纳

[意大利] 贾科莫
吴正仪 译

作者简介

　　贾科莫（1860—1934），意大利诗人、小说家、剧作家。年轻时向往医生的职业，希望破灭后转向文学，后来任国立图书馆那波里分馆馆长。

　　他用家乡那波里的方言写作，常以那波里下层人民为描写对象，生动地再现了性格豪放、感情外露的那波里人的富有浪漫色彩的生活，作品具有强烈的地方色彩。他的抒情诗优美清新，独具一格，至今仍被广为吟诵，不少诗作已由名作曲家谱写成歌曲。

　　主要作品有幻想故事集《烟斗和陶罐》，短篇小说集《那波里故事》《无名氏》，以及《诗集》等。

一

　　夕阳西沉，早春二月阴沉灰暗的白昼在悄无声息地退走，疲乏的人们开始歇息。夜幕迅速低垂下来，人们走回家，当街的大门一扇接着一扇地打开了。微弱的落日余晖照进一间陋室，里面的家具寥寥可数；一盏油灯燃着昏黄的灯火，映出一个人影；一张床铺上泛出惨白的颜色。阿松达·史彼纳关上带玻璃的门，拉过一把椅子放在平房的门边，她左手扶着椅背，右手的指头叩击着玻璃门，停立良久。展现在她眼前的是寂静的卡博那波里的圣·阿涅罗广场，广场周围是高大的房屋和教堂，左边有一座解剖展览室的白色建筑物。圣·卡乌迪奥索胡同的圆拱像一扇敞开的大门，通向那笼罩在暮霭之中的小巷的深处。白昼消逝在一片恬静安谧之中。从远处传来看不见的羊群的铃铛声响，也许羊群从阿力特大道向这边走来，也许还在天后殿堂那边舔舐着墙根。儿童们在圣·阿涅罗广场上光秃秃的树下嬉戏，枯老的树枝上拴着人们晾衣服用的绳子。孩子们追逐跳跃，并不叫嚷喧哗，仅仅不时用银铃般的笑声或清脆的童音划破黄昏的寂静。有两个恋人在窗口偷偷地张望，彼此用眉目传达柔情蜜意。

晚祷的钟声蓦然响起，在阿松达家旁边，正在清扫一堆果皮的寡妇罗莎太太停下来，抱住扫帚把儿画起十字来。

"上帝的声音!"她叹息，"喂，晚安!"

另一个女人回答："晚安……"并轻轻地摆手招呼她。

寡妇走到街上，拖着扫帚走到她跟前。

"您身体好吗?"

"照上帝的意思活着。"

"可是您的脸色不好!"

"脸色怎么啦?"

"您出了什么事吗?"

"我? 没有! 可是为什么这样问? 我脸上怎么啦?"

她往玻璃门上照照，模模糊糊地显映出她的影像。

寡妇笑起来。"好了，别害怕，只是我这么觉得罢了。也许因为从昨天起就一直没有看见您……"她看看天色，又说道，"可能是反光的缘故。可能我的脸色也很黄。"

那一位仿佛还在睁着眼睛做梦一般，并不答话。寡妇舒展一下双臂，然后将胳臂垂落在身体两侧，又打哈欠又唉声叹气，含糊不清地说："唉！上帝，赐给我们力量！……"

她转身拾起跌落的扫帚，再往天上瞧一眼，然后慢吞吞地转向史彼纳：

"跟您说真话，"她说道，"明天过节，如果我是您，我准去乡下玩。"

阿松达·史彼纳咬着嘴唇，摇摇头。

"罗莎太太，您知道我的倒霉事。您想想，我的脑子哪会转到这上头去！"

"是这么回事。"

阿松达卷起一只衣袖，露出左手的手腕。

"您看……我只剩下一把骨头了……"

"他要怎么办？"

"他要怎么办吗？我清楚他要怎么办……您不进屋来吗？……"

"不，"寡妇说道，并转身看一眼自己的家门，"我还有些衣服要熨，烙铁放在火上烤着。喂，他怎么说？"

"他说我是疯子，说他不从两口井里打水。"

"都是这样！"寡妇嘟哝着，又望了一眼自己的家门。

"您听哪，罗莎太太！"史彼纳又说道，她的脸白得像一张纸，浑身瑟瑟发抖，"我知道，我对我的费迪南多做出那样的事情，我应当被用一桶汽油活活地烧死在这广场上。他饶恕我五次，就跟这手指头一般多……我知道……我每天晚上向立在柜子上的美丽贞洁的圣母像恳求，求她不要让我得到像许多别的女人那样的可怕下场……"

"耶稣！"寡妇惊呼，"躲开这些……"

"也许我求她让我死去，还更好一些！我说：我的圣母，把我的灵魂收去吧，费迪南多可以另娶别人。我们没有孩子，我没有在人世上留下任何悼念我的人……"

寡妇继续嘟哝:"耶稣!耶稣!这不是真的……"

"我的罗莎太太,您帮我出个主意!"史彼纳说着,抓起她的一只胳臂,痉挛地搂抱住,"您跟我说几句!……"

"我的女儿,我能跟您说什么?他对您施过什么魔法妖术吗?"

史彼纳松开她的胳臂,怒不可遏。

"您还相信这个?你们这些人!法术在这里……"

她戳着胸前心口处,"上帝,这是真话!……"她的神情骇人。

"我的烙铁在火上烤着……"寡妇说,"您让我……"

二

史彼纳坐在门口,胳臂肘撑在膝盖上,手指按住额头。起初铃铛声断断续续,逐渐地变得清晰了。忽然,从因库拉比雷胡同里窜出一只白山羊,接着一大群山羊咩咩地叫着紧跟而来。牧羊人把鞭子搭在肩上,吹着牧笛,走到史彼纳面前。

"喂,您买羊奶吗?"

"明天吧。"她一动不动地说。然后往大街上望去,并喊道:"艾米莉亚!艾米!……"

一个小姑娘走到水管跟前,把嘴凑到水龙头口上。风吹动流水,流水偏离她的嘴唇,向一旁飞溅。小姑娘不肯罢休,被水浇得浑身湿淋淋的。

"太渴了!"她低声说,一边扯起围裙擦脸,一边走开。

阿松达抓住她的一只胳臂,把她拉到家里。

"索菲亚跟你说什么啦？她派你来找我，是吗？"

"是的，女主人吩咐我：到卡博那波里的史彼纳太太那里去……"

"她跟你说什么啦？快说！"

"她只交给了我这个！"

那是一张小纸条，是一条报纸的白边，上面用铅笔写着字。

"在水管下弄湿了。"小姑娘抱歉地说。

借着灯光，阿松达费力地念道："那个人娶了索卡沃地方的一个女人，他们结婚了。"

她的脸色变得煞白；一只手伸向双人床的靠背，然后紧紧抓住。

小姑娘等待着。

"我怎么回话？"

史彼纳已经瘫软在一张椅子里，合着双目，像受伤的人看见自己的创口流出了鲜血而吓得晕死过去了一样。小姑娘再问一遍：

"有回话吗？我该怎么跟她说？"

"好的……"阿松达含糊不清地说道，"谢谢她，并向她问候……"

小姑娘已经走到门口了，但是她旋即扭过身子来告诉一句："下雨了。"她掏出一块头巾蒙住头，提起裙子，嘴里轻轻地哼唱着向风雨中跑去。

史彼纳把纸条塞进嘴里，用牙尖嚼烂，气恼地将碎渣往地上吐去。

三

两只大皮靴踩得地板吱吱作响，一个粗犷的男人嗓音在发问："吃饭吧？我饿了，咱们赶快吃吧。"

在炉灶的顶棚之下，一个男人弯着腰，往炉火上伸过手去，揭开锅盖，一团白雾袅袅升起，那是菜汤诱人的蒸汽。锅子在咕嘟咕嘟地响。

粗嗓门又说："可以吃吗？"

一张被炉火照得通红的、胡须丛生的脸转了过来。

史彼纳在仔细地铺桌布。

"晾一会儿……"她嘱咐道。

"对我都一样，"丈夫说道，"不管热的，还是凉的，都从这儿下去。"他拍拍肚皮。

他们面对面地坐下，男人开始倒汤。

吃过三四勺之后，他从汤盘上抬起头来。

"你干什么？你不吃吗？"

她皱着眉头凝神沉思，让面前的菜汤变得冰冷。

她急忙声明："我在寡妇那里吃过一块'皮查'饼。"

一阵长久的沉默。泥瓦匠把面包泡进汤里，又用还粘着泥灰的大手捞出来。妻子突然开口，她慢条斯理地说：

"裁缝贝皮诺娶了一个索卡沃地方的女人。"

男人吃惊地看着她，好像没有听懂。

"什么？谁讨老婆？"

她用一双深陷的黑眼睛盯住他，又说一遍：

"裁缝贝皮诺……娶了一个索卡沃地方的女人……他们结婚了。"

他目瞪口呆。他显然大吃一惊，几次想答话，可是话在嘴里说不出声来。终于，他不看着她，嘀咕道：

"嗯，这跟我有什么关系？"

"跟我有关系！"史彼纳说。

他们互相对着盯了一秒钟。他首先把视线收回，倒了一大杯水，一口气把水喝完，把胳臂肘支在桌子上。过了一会儿，他用食指在桌布上抠，把面包屑聚拢来又弄散开。后来用宽大的手扫净桌布，把手张开来摊在桌面上，默默地瞧着自己骨节粗大的短指头。

阿松达又说："你听见了吗？跟我有关系。我这么说就是要气你……"

这时男人从桌子上面伸过一只胳臂，把巨大的手掌搁在她的肩膀上，平心静气地问道："咱们又开始吗？"

他站起身来，大步在屋里踱来踱去。走到玻璃门边，疾速地朝外面瞟了一眼，大街上漆黑沉寂，他走到妻子面前站定。

"你听着。就是造物主上帝也不会像我这样宽恕你，"他用手拉拉帽子，"可是你却从不悔恨自己，我这是最后一次伸手拉你，你却咬我的手。我在人前走过，人们都当面耻笑我。我们家的丑事，现在大家都知道了……"

他举起双臂，发疯似的吼道：

"大家！大家都知道！……"

他用巴掌狠狠地打自己两三记耳光，双手揪住头发。

"贞洁的圣母！"他向着柜子上的圣像高喊，"今天是星期五……"

但是他没有来得及说完。玻璃门开了，一个男人在门口一面收起雨伞，一面打招呼：

"晚上好……"

"是基督受难的日子！"费迪南多喊道。

他抄起桌子上一个闪闪发亮的东西。

裁缝贝皮诺结结巴巴地说：

"唐·费迪南多……您听哪……哎呀！我的圣母！……"

巨人沙哑地咒骂着，一头撞过来，扑到他身上。

气昏了头的泥瓦匠，狂暴地喊道：

"这一拳为我，这一拳为索卡沃的新娘，这一拳为阿松达……"

每一拳打下去，就响起一声发闷的喘息。史彼纳从床上的毯子里发出恳求：
"住手吧！……"

大个子的泥瓦匠好像还听从她的话，满身带血地站起来，扔下一把刀子。
他身后的门打开了。他慢慢地往后退，转身溜到大街上去了。

广场上人语嘈杂。寡妇站在自己的家门口，大声呼叫："来人哪！来人哪！"

一队巡警从圣·卡乌迪奥索胡同走过来，他们刚检查过索列巷里的妓院。
广场被照亮了，灯光扫射着一家家的窗子，还有一些灯在树丛中追逐。

"在哪儿？在哪儿？"警察上士问道。

寡妇指了指阿松达的家。

上士命令："两个人守在这屋子前面。"

他推开玻璃门。裁缝的身体躺在饭桌旁边的地上，毫不动弹，一股黑色的
液体在他的头上和右肩膀上扩展。

"见鬼！"上士低声骂道。

他朝屋内四周看看。

"谁在这里？"他高声问道，"谁杀死了他？"

这时史彼纳从床上的毯子里爬出来。她一只手将带血的刀子高高地举起，
用另一只手按着自己的胸口，清清楚楚地说："是我，上士先生。"

鉴评：夫妻的义气

这是一篇别具一格的爱情小说，不论从它所表现的思想内容、情感类别来说，还是从它的艺术表现方法来说，都是如此。

它所表现的情感类别，显然很不一般，它在爱情这种感情之中，可以说是很特殊的一种，是一种非常复杂、极不一般的情感，甚至可以说是一种不合乎爱情之常态的感情。

按照正常的情况，夫妻之间的爱首先是以互相忠于对方为前提的，忠贞不贰就是夫妻间爱情的基本内容。这篇意大利小说却提供了一个反常例子。

妻子阿松达·史彼纳已经六次不忠于自己的丈夫泥瓦匠费迪南多了，而费迪南多呢，当他知道了自己妻子的第六次私情，特别是妻子的情夫裁缝贝皮诺已经把她扔了时，他虽然气昏了头，但这"气"却甚为复杂，正像他打向贝皮诺的三拳一样复杂。第一拳"为我"，这是好理解的，因为贝皮诺偷了他的妻子，他为了报仇，为了泄恨，为了恢复他作为丈夫的尊严与荣誉。第二拳"为索卡沃的新娘"，这也好理解，这新娘就是贝皮诺扔了史彼纳之后所娶的妻子，这新娘既然是嫁给了贝皮诺这样一个浪荡子，当然是受了欺骗，吃了亏，于是，费迪南多这个充满了义愤的男人就出来维护正义了，而且，有谁比他更有资格出来维护这"正义"呢？第三拳"为阿松达"，这就不容易理解了。他的妻子阿松达已经多次对他不忠，按照历来的惯例，对奸夫淫妇这对同伙，一般都是一齐处置，毫不留情的。在希腊悲剧里，俄瑞斯忒斯在杀奸夫的时候，对那淫妇——他自己的亲生母亲，也不客气。在中国的小说里，《水浒传》中的石秀对潘巧云和海阇黎和尚，处置得一点也不含糊，让他们同归阴曹。这种惯例是父权社会、夫权社会里的惯例，对夫权进行了玷污，当然罪该同罚。而这个费迪南多却有些不同，他听到自己妻子的私情时，先是"用巴掌狠狠地打自己两三记耳光，双手揪住头发"，表现了极度的痛苦，而后他并没有把这两个使自己蒙受耻辱的男女同时加以惩罚，而是扑向了妻子的情夫，报以老拳。其第三拳"为阿松达"，这显然是一种与惯例完全不同的表态，它惩罚其中的一个而维护另一个，它不仅仅包括了一种受了侮辱的夫权的感情，它的出发点也不仅仅是夫妻之间的忠诚的准则。当然，细心的读者一定会发现，阿松达是被情人抛弃了，在这一点上，她是被玩弄、被损害者，也许就是因为这一点，费迪南多才打出"为阿松达"的那一拳。不过，按照夫妻之爱的原则，她犯了不忠贞之罪，又被情人抛弃了，不正是罪有应得吗？为什么要打出为了她的那一拳呢？

在外国文学作品中，以忠诚为原则的爱情故事固然不多，爱情不是建立在忠诚基础上的故事也不乏其例。最为人所知的是十八世纪著名的小说《曼侬·莱斯戈》，其中那个女主人公是一个荡妇淫娃，就是为了她，男主人公格里厄骑士牺牲了前程，走上了堕落的道路。特别令人奇怪的是，这个坏女人曼侬·莱斯戈屡次对他不忠，但他仍是离不开她。费迪南多对妻子的爱，在不是以忠诚为至高无上原则的这一点上，似乎与《曼侬·莱斯戈》属于一类，但是，细加分析，区别还是很大。在《曼侬·莱斯戈》中，格里厄是一个意志薄弱、耽于情欲的贵族青年，他之所以屡遭屈辱而离不开曼侬·莱斯戈，只能以他的意志薄弱和耽于情欲不能自拔来解释，在这篇小说里，男主人公却是一个憨厚老实的劳动者泥瓦匠，他显然是重视夫妻之间的忠诚与家庭的荣誉的，因此，当这种忠诚与荣誉被阿松达破坏时，他感到极度的痛苦，只不过，对阿松达的这种破坏，他不是采取夫权式的惩罚，而是采取一种仁至义尽的挽救，总是伸手去拉阿松达，并且像上帝一样宽恕她。于是，这个人物一方面就表现出与格里厄完全不同的本质，他与格里厄那种为了曼侬·莱斯戈而不惜与她同流合污甚至当她的"外室"的堕落行径相反，显示了严肃的道德情操；另一方面，他又超出了狭隘的夫权主义者的严厉无情，而对自己缺德的妻子显示了一种宽厚与大度。

正因为费迪南多身上显示了这两种似乎不合乎常态但实际上比常态更高尚的情操，因而，一旦生活中发生严重的事件，费迪南多与阿松达之间似乎从无夫妻之爱的状态就突然消失了，而出现了夫妻之爱的奇迹。这里我所指的就是小说的结局。

这个结局虽然出人意料，很有戏剧性的效果，但是完全合乎逻辑。阿松达·史彼纳还是有真实感情的妇女，她不忠于丈夫，屡犯错误，这是事实；但她不像曼侬·莱斯戈那样把出卖自己和欺骗情人当作自己合理的权利而任意加以运用。她身上还有着没有泯灭的"善"的因素，她还不是一个邪恶的形象。看来，她是一个感情不稳、意志不坚的女人，她为什么犯不贞之罪，当她的邻居问她是否别人对她施了什么"魔法"时，她怒不可遏，用手指戳着自己的心口说"法术在这里"。意思是说，使她身不由己的是她的感情，因而，她的情夫把她抛弃以后，她竟感到非常痛苦，以至"我只剩下一把骨头了"。在夫妻关系问题上，她虽然犯了不贞之罪，但还没有把是非观念和道德观念完全抛到九霄云外，而总是对费迪南多怀着一种内疚，她承认"我对我的费迪南多做出那样的事情，我应当被用一桶汽油活活地烧死在这广场上"，她还对费迪南多的宽厚心存感激，"他饶恕了我五次，就跟这手指头一般多"，她甚至希望"圣母把我的灵魂收去，费迪南多可以另娶"。正因为阿松达·史彼纳是这样一个身上既戴罪又带有严肃情操火种的妻子，所以，当费迪南多刺死了她那个负心的情人时，她就挺身而出，勇敢地承担了杀人的责任。于是，这样一个戴罪的女人最后显示了一次她高大的身影。

这篇小说所描写的这两个人物性格，无疑都是复杂而非单一的。他们两人之间的夫妻关系也是特别而非一般的，说它不是一般，是因为它和惯常的忠诚原则格格不入，不属于那种合乎常态的典型的夫妻之爱，然而，这里却并非没有感情，甚至并非没有爱情，还有一种仅仅用爱情还不能完全加以解释的互相之间的"义气"。因此，从这种关系中既出现了风暴，又出现了奇迹。

当然，这是一个悲剧，混杂着矛盾、罪过与崇高的悲剧，它绝非一种理想的正面的爱情，但如果作家都只去写理想正面的爱情故事，而没有人去写复杂的爱情故事，人类文学中爱情题材的小说也许就会贫乏得多。一个作家能跳出一般的常规，写出不同常态而终归又有积极意义的爱情故事，毕竟是一种既具有严肃的感情又具有创新才能的表现，这说明他理解现实生活的复杂性、人的复杂性和爱情的复杂性，说明他善于从一个特殊的角度去发掘爱情主题的另一个方面。

以上是就这篇小说的思想内容和情感类别而言。再从艺术表现方法来说，我们从这篇小说里也可以欣赏到不一般的艺术手法。

这个有复杂过程、复杂背景的故事，总共只有三个场景：一个场景是颓丧痛苦的阿松达·史彼纳与邻居的简短对话，从这对话中，读者可以得知阿松达屡犯错误的过去，与她目前失恋的焦急情绪；第二个场景是她与送信的小姑娘的对话，小姑娘带给了她情人已抛弃她的确切消息；第三个场景，是她与丈夫的对话以及她丈夫杀死了贝皮诺后她挺身而出承担杀人之罪。每一场景都极为简练，节奏明快，跳跃性强，整个短篇不像是小说，而像是电影剧本。描绘当然很少，分析和议论更是没有，都由对白和动作组成。对白又都是短句，动作也极为短促。然而，这些简短的对白与快速的动作，却又担负着交代事件的历史背景、表现故事情节的发展变化和刻画人物的性格与心理状态等几个方面的任务，而且，把这些任务都出色地完成了。可以想见，这里的每一对话、每一动作都是作家不断提炼的结果，如果要说这篇小说在艺术上有什么突出的特点的话，那么高度的简练就是它的特点。你见过毕加索那幅《和平鸽》吗？它只有简单的几个线条，却勾画出和平鸽那动人的形象，这几个线条完全是白描式的，但它显示出高度洗练所需要的深厚的功力。这篇小说的情况与此颇为相像。

在中途换飞机的时候

[法国] 莫洛亚

罗新璋 译

作者简介

　　莫洛亚（1885—1967），原名埃米尔·赫尔佐格，法国著名小说家、传记作家、历史学家、文学批评家。第一次世界大战期间，在英军中担任过翻译和联络官，战后从事文学创作，以《布朗布尔上校的沉默》和《奥格拉底医生的讲话》两部小说获得声誉。此后，他著名的长篇还有《非神非兽》《贝尔纳·盖斯耐》《气候》《家庭圈子》《幸福的本能》《九月的玫瑰》等。莫洛亚的文学成就，还特别表现在传记作品方面，他的《雪莱传》是现代传记文学的名著，其他传记还有《屠格涅夫传》《伏尔泰传》《肖邦传》《乔治·桑传》《雨果传》等。莫洛亚还是一个出色的历史学家，著有《英国史》《美国史》《法国史》等多种。由于多方面的成就，他于1938年当选为法兰西语文学院院士。

　　莫洛亚还写过不少短篇小说和故事。他的短篇一般都短小精悍，紧凑严整，语言清新而又略带风趣与幽默，具有一种接近古典的现代风格。

　　"我一生中最离奇的事？"她反问道，"真叫人难以回答。早先我生活里倒是有过些故事的。"

"难保现在就没有吧。"

"噢，哪里。韶华已逝，人放明白多啦……也就是说，感到需要静静地休息休息了……现在，晚上一个人，翻翻过去的信件，听听唱片，就很心满意足了。"

"还不至于没人追求你吧……你还是那么媚，说不出是人生阅历，还是饱经忧患，在你容貌之间，增添着凄艳动人的情致……不由人不着迷……"

"看你多会说……不错，爱慕我的人现在还有。可悲的是，凭什么也不信了。男人我都看透了。噢，没有得手的时候，是一片热忱，过后，就是冷淡，或是嫉妒。我心里想，何必再看一出戏呢，结局不是可以料到的吗？但是，年轻的时候，就不这样。每次都像遇上卓绝的人物，不容我有半点游移。真是一心一意……喏，就说五年前，认识我现在的丈夫郝诺时，还有一切重新开始之感。他个性很强，几乎带点粗暴。我那优柔寡断，着实给震撼了一下。我的担忧、焦虑，他都觉得不值一笑。真以为找到了什么救星。倒不是说他已经十全十美，修养，风度，都还有不足之处。但人非常厚实，这正是我所欠缺的。好比抓着个救生圈……至少，当时是这样想的。"

"后来就不这样想了？"

"你很清楚。郝诺后来大倒其运，反要我去安慰他，稳定他的情绪，坚定他的意志，要我去保护他这个保护人……真正坚强的男人，太少了。"

"你总认识个把吧？"

"嗯，见过一个。噢，时间不长，而且是在非同寻常的境况下……喏，刚才你问我生平最离奇的事，这算得一桩！"

"那你说说看。"

"我的天！看你提的什么要求？这可得在记忆深处搜索一番……而且说来话长，可你又老这样匆忙。你有工夫听吗？"

"当然有，现在就洗耳恭听。"

"好吧……说来有二十年了……那时，我是个年轻孤孀。我的第一门婚事，你还记得吗？为了讨父母高兴才嫁的人，他年纪比我大多了。是的，我对他也不无感情，但是，是一种近乎子女对长辈的感情……性爱，跟他，只是尽尽义务，以示感激，谈不上什么乐趣。过了三年，他就去世了，给我留下了颇为优裕的生活条件。突然之间，家庭的羁绊，丈夫的保护，都没有了，一下子自由自在了。自己的行为、未来，都归自己做主。可以说，不算虚夸，我那时还相当俏丽……"

"何止俏丽。"

"随你说吧……总之，我颇能取悦于人。不久，脚后跟儿跟着的求婚者，都可以编班成排了。我看中一个美国年轻男子，叫贾克·帕格。法国人中，颇有几个可以算得是他的情敌，更能博得我的欢心，跟我有同样的情趣，奉承话也说得悦耳动听。相比之下，贾克书看得很少，音乐只听听爵士之类，美术方面完全是趋附时尚，天真地以为这样不会错到哪里。至于谈情说爱，他很不高明，确切说来，是压根儿不谈。他的所谓追求，就是在看戏看电影时，或月夜在公园里散步时，握着我的手说：'你太美好了。'

"他或许会使人感到闷气……然而不，我宁愿跟他一起出去。觉得他稳当、坦率，给人一种安全感，后来，跟我现在的丈夫结识之初也有这种感受。至于其他几位朋友，他们对自己的意向都捉摸不定。愿意做我的情人还是丈夫，从无明确的表示。而跟贾克，就不这样。明来暗往，连这种念头他都感到厌恶。他要明媒正娶，带我到美国去，给他生几个漂漂亮亮的孩子，像他一样卷曲的头发，笔挺的鼻梁，说起话来慢条斯理，带点鼻音，最后也像他一样的纯朴。他在自己的银行里当副行长，或许有一天会当上行长的。总之，生活上不会短缺什么，还会有辆挺好的汽车。这就是他对人生的看法。

"应当承认，我当时很受迷惑。想不到吧？其实，很合我的习性。因为我自己很复杂，实实在在的人反倒觉得亲近，我跟家里总处不好。到美国去，就可以远走高飞，一走了事。贾克是到巴黎分行了解业务来的，待了几个月就要回纽约。行前，我答应去美国跟他结婚。请注意，我并不是他的情妇。这不是我的过错。倘若他有所要求，我会让步的……但他始终不逾规矩。贾克是美国天主教徒，品行端方，要在第五号街圣派特力克大教堂堂堂正正地结婚。男傧相身穿燕尾服，纽扣上系着白色康乃馨，女傧相长裙曳地……这套排场，我还会不喜欢吗？

"当初说定，我四月份去，由贾克代订机票。我本能地以为，乘法航飞渡大西洋是顺理成章、无须叮嘱的。临了，却收到一张巴黎—伦敦、伦敦—纽约的机票，是美国航线的。当时美航还不能在我们这里中途降落，不免感到小小的失意。但你知道，我生活上并不挑剔，与其重新奔波，不如随遇而安。按规定是傍晚七时飞抵伦敦，在机场用晚餐，九点钟再启程赴纽约。

"你喜欢机场吗？我有种说不上来的感触。比火车站要干净、时新得多，格调颇像医院的手术室。陌生的嗓音，通过广播，声音有点异样，不大容易听明白，召唤着一批又一批的旅客奔赴奇方异域。透过落地长窗，看着庞大的飞机升降起落，好像舞台上的布景，不像是现实生活，然而不无美感。我用毕晚餐，安安生生坐在英国那种苔青色皮椅里。这时，喇叭里广播了长长一句通知，我没听清，只听出纽约两字和班机的号次。我不安起来，朝四下里张望一下，只见旅客纷纷起身走了。

"我旁边坐着一个四十上下的男子，长相很耐人寻味。清瘦的神态，散乱的头发，敞开的领子，使人想起英国浪漫派诗人，尤其是雪莱。看着他，心里想：'是文学家，还是音乐家？'很愿意飞机上有这样一位邻座。看到我突然惊惶起来，他便用英文对我说：

"'对不起，太太，你乘632号班机走吧？'

"'不错……刚才广播里说什么？'

"'说是由于技术故障，飞机要到明天早晨六点才起飞。愿意去旅馆过夜的旅客，航空公司负责接送，大轿车过一会儿就到。'

"'真讨厌！现在去旅馆，明天五点再起来！多烦人……你打算怎么办？'

"'噢，我嘛，太太，幸亏有位朋友在这里做事，就住在机场。我的车子存在他车房里，这就去取了开回家。'

"他略一沉吟，又说：

"'或者不如这样……趁这段时间去转一圈……我是制作大风琴的，不时要到伦敦几个大教堂给乐器校音……想不到有这么个机会，还可跑两三个教堂。'

"'深更半夜，教堂你进得去吗？'

"他笑了一笑，从口袋里掏出一大串钥匙。

"'当然！而且主要靠夜里，这样试琴键和风箱，才不至于打搅别人。'

"'你会弹吗？'

"'尽量弹好吧！'

"'那一定很优美，大风琴的和声飘荡在寂静的夜空里……'

"'优美？那说不好。我虽然喜欢宗教音乐，弹大风琴算不得高手，只是深感兴味，倒是真的。'

"说到这里，他迟疑了一下。

"'是这样，太太，我有个想法，或许很冒昧……彼此素不相识，我也没有值得你信任的理由……倘愿奉陪，我带你一起去，然后再送你回来……想必你是音乐家吧？'

"'是的，何以见得？'

"'你像艺术家的梦一样美。这不会看错。'

"说真的，他的恭维，颇有动人心弦的力量。他这人有种不可思议的威严。和陌生男子夜游伦敦，并非谨慎之举，这我知道，也隐隐感到可能冒点什么危险。但我压根儿没想到要拒绝。

"'行吧,'我说,'这旅行包怎么办?'

"'跟我的一起搁在车子的后备箱里吧。'

"那晚去的三个教堂是什么样子,我那位神秘的同伴弹的是什么乐曲,我都说不上来,只记得他搀着我顺着转梯盘旋而上,从彩色玻璃里射进来的月光,以及超凡入圣的音乐。我听出来,其中有巴哈、傅亥、亨德尔,但我相信,更多的时候是我那位向导在即兴演奏。那才动人心魄!像是痛苦的灵魂在滔滔不绝地倾诉,接着是上天的劝导,抚慰着一切。我都感到有点陶醉。我向这位大艺术家请教名姓,他自称彼得·邓纳。

"'你该很有名吧,'我说,'你很有天分。'

"'别这样想。这样的辰光,这样的夜晚,时令使然,你才生出这样的幻觉。说到演奏,我平平而已。但是,信念给我以灵感,而今晚,更由于你在我身旁。'

"这样的表白,我既不觉得惊讶,也不感到唐突。跟彼得·邓纳这样的人在一起,不用多久,就会油然而生一种相亲相近之感……他不像是这个世界的人。跑完三个教堂,他口气挺平常地说:

"'现在刚半夜,还得等三四个钟点。愿不愿到我寓所去坐坐?我给你做炒鸡蛋。我那里还有点水果。明天早晨,管家妇一来,就什么都带走了。'

"我蓦地感到很幸福。既然对你毫无隐讳,那就坦白说吧,我心里迷迷惘惘的,希望这个夜晚,成为新的爱情的开始。在感情方面,我们女人比男人更容易受仰慕之情的支配。出神入化的音乐,歌声荡漾的夜晚,黑暗中给我引路的那温暖而紧握的手,所有这一切,都在我情绪上酝酿着一种朦胧的欲求。只要我这同伴有愿望,我就会听任他摆布的……我这人就是这样。

"他的寓所不大,到处是书。墙壁是一色蛋壳白,上面加了一圈青灰色的边。很惬人意。我马上有宾至如归之感,摘下帽子,脱下大衣,要帮他到小厨房准备夜宵。他回绝道:

"'不用，我弄惯了。你自己找本书看看。过几分钟，我就回来。'

"我找出一本莎士比亚《十四行诗集》，念了三首，与我当时亢奋的心情十分贴切。过了一会儿，彼得回到房里，在我面前放张茶几，端整吃食。

"'很可口，'我称赞道，'我很高兴……刚才真的饿了。你真了不起！什么都做得很好。跟你一起生活的女子，一定很幸福！'

"'可惜没有什么女子跟我一起生活……我倒很愿听你谈谈你自己。你是法国人，没错吧？你到美国去？'

"'嗯，跟一个美国人结婚去。'

"他既不觉得惊讶，也没有不高兴。

"'你爱他吗？'

"'我想应当爱他，既然把他当终身伴侣。'

"'这不成其为理由，'他接口说，'有些婚姻是听之任之，不知不觉中慢慢进行的，虽则并不十分情愿。一旦发觉终身已定，就无法急流勇退了。于是一生就此断送……我不该说这些丧气话，何况对你为什么做这样的抉择还一无所知。像你这样品性的女性，眼光当然错不了……不过，使我惊奇的是……'

"他顿住不说了。

"'只管说……别怕得罪我。我头脑一直很清醒……就是说，对自己的行为，最善于从局外来观察，来判断了。'

"'好吧，'他接着说，'最使我惊奇的，倒不是那美国人能讨你喜欢——美国人中不乏出类拔萃的人，有的甚至极令人佩服——而是你愿意跟他出国过一辈子……到了那里，你真会发现一个"新大陆"，价值观念很不一样……或许这是英国人的偏见……或许你未来的丈夫很完美，你们夫妇可以自成天地，对周围社会无须过多介意。'

"我凝神想了片刻。不知什么缘故，觉得跟彼得·邓纳的这番交谈极其重要，应当把自己最微妙的想法，确确凿凿说出来。

"'别这样想,'我说,'贾克并不是完人。离开亲切熟悉的环境,心灵上留下的空乏,我相信他也是弥补不了的……这是无疑的……贾克是个可爱的男子,为人诚恳,可以做个好丈夫,就是说不会欺骗我,叫我生几个壮实的孩子。但是,除了孩子、工作、政治和朋友的逸闻,我们之间就很少有共同感兴趣的话题了……这意思,你一定懂得。不是说贾克不聪明,作为金融家,算得机敏的了。对于美,他有某种天生的直感,趣味也可以……只是诗歌、绘画、音乐,在他看来没什么要紧,从来不去想的……难道真的那么重要?说到底,艺术只不过是人类活动的一个方面。'

　　"'当然,'彼得·邓纳说,'一个人完全可以善于感受而不喜欢艺术,或者说不懂得艺术……而且,比起扰扰攘攘的附庸风雅,我倒反而喜欢老老实实的漠然态度。但是,像你这样的女性,自己的丈夫……不是至少应当具有这种细腻的心理,对生活在他身边的人,能够体会到她隐秘的情绪?'

　　"'他不会想得那么远……他就是喜欢我,也说不出所以然来,更不会去推究一个底蕴。他自信能使我幸福……有个勤勉的丈夫,住在豪华的公园街,出入有一流的汽车,使唤有精悍的黑奴,这他母亲会挑选,她是弗吉尼亚州人。作为一个女人,除此以外,还有什么可企求的?'

　　"'不要这样挖苦自己,'他说,'自我解嘲,总意味着心有不甘。拿来对待应该相爱的人,就会伤害感情……是的……那就严重了。解救的办法,在于对男人真的非常温存,非常宽厚。几乎所有人都那么不幸……'

　　"'贾克难道也是不幸的?我可不信。他是美国人,跟社会很合拍,而且当真认为他那个社会是世界上最好的社会。他有什么可忧虑的呢?'

　　"'不用多久,就得为你忧虑了。因你,他会感知什么叫痛苦。'

　　"不知这么讲你能否领会,那天晚上,处于我那种心境,一切都会言听计从的。说来有点异乎寻常,半夜一点,我在一个英国人家里对坐晤谈,而这英国人是几小时前刚在机场认识的。更奇怪的,是关于我个人的生活,未来的计划,都推心置腹告诉了他。而他居然给我不少劝告，我也都毕恭毕敬地听取，真是令人诧异。

"而事情就是这样。彼得心地善良，望之俨然，彼此虽然陌生，心里却很泰然。他并没拿出先知或传道的架势，不，完全不是这样。他平易近人，毫不做作。我出语滑稽，他就哈哈大笑。能感到他直截了当，有种严肃的生活态度，这是世界上最难能可贵的……是的，正是这样……直截了当，严肃的生活态度……这意思，你明白吧？大多数人，是所说非所想，说话都带弦外之音。表露出来的想法，往往遮掩着另一种想法，那是讳莫如深，不愿别人知道的……要不然，就是不假思索，信口开河。彼得的为人，颇像托尔斯泰作品中的某些人物，说话能鞭辟入里。这点给我印象很深，不禁问道：

"'你身上有俄国血统吗？'

"'这是什么意思？你问得很奇怪。不错，我母亲是俄国人，父亲是英国人。'

"我对这个小小的发现，颇感得意。接着又问：

"'你还没结婚？从来没结过婚？'

"'从来没有……因为……说来你会觉得高傲……那是想留以有待，为了某种更伟大的……'

"'伟大的爱？'

"'是的，伟大的爱，但不是对某个女人的爱。我觉得，在人世可悲的一面之外，还存在着某种非常美的事物，值得我们为之而活着。'

"'这事物，你已找到了，在宗教音乐里，是不是？'

"'是的，也在诗里。正像在《福音书》里一样。我愿自己的一生，像宝石一样晶莹纯净。请原谅我这样说。这样夸大其词……这样不合英国人的谈吐习惯……但我感到，你都能很好……很快理解……'

"我立起身来，走去坐在他脚边。何以呢？我也说不上来，只觉得当时不可能有别样的做法。

　　"'是的，我很理解，'我说，'跟你一样，我觉得把我们唯一宝贵的财富，把我们的生命，过得庸庸碌碌，浪费在无聊的事情和无谓的争吵上，简直愚蠢之至。我愿一生所有时刻，都像现在这样在你身旁度过……这当然是不可能的……我也无能为力……我会随波逐流，因为那样最省力……我将是贾克·帕格夫人，学会打牌，把高尔夫球打得更好，得分更多，冷天到佛罗里达州去过冬，就这样，年与时驰，直到老死……你或许会感慨系之，多么可惜……话也有道理……但又有什么办法呢？'

　　"我把头靠着他膝盖。此时此刻，我是属于他的……是的，占有并不说明什么，倾心相许才是一切。

　　"'有什么办法？'他诘问道，'你要能左右自己，干吗要随波逐流？要善于游泳。我的意思是，你有决断，有魄力……不，不，是这样的……再者，也不需要做长期奋斗，你就能掌握自己命运。人生中不时有些难得的时刻，凡是一经决定，就能影响久远。在这种关键时刻，应该有勇气表示赞成——或反对。'

　　"'照你意思，我现在就处在这种关键时刻，应该有勇气说——否？'

　　"他轻轻摸着我的头发，很快又把手挪开，仿佛陷入了沉思。

　　"'你给我出了个难题，'他终于开口说，'我刚认识你，对你，对你的家庭，你未来的丈夫，还一无所知，有什么资格给你劝告呢？很可能大错特错……不应当是我，应该由你自己做出回答。因为只有你自己才最清楚对这门亲事寄予什么希望，知道会带来什么结果……我能做的，就是提醒你，照我看来，想必也是你的看法，注意最根本的方面，向你提问：你是否有把握，这样做不至于扼杀你身上最美好的东西？'

　　"这回，轮到我深长思之了。

　　"'唉！正好相反，我拿不准。我身上最美好的东西，就是对崇高的向往，就是献身的渴望……小时候，我曾想做圣女或巾帼英雄……现在呢，我愿为值得钦佩的男子献身，如果力所能及，就帮他实现他的事业，完成他的使命……如此而已……我这些话，从来没有对别人说过……为什么对你说呢？我也不知道。你身上有点什么，使人愿意吐露衷曲——感到放心。'

"'你说的"有点什么"，'他解释道，'就是不存私心。一个人只有不再为自己谋求通常所说的幸福，或许才能恰如其分地去爱别人，才能获得另一种方式的幸福。'

"这时，我做了个大胆的、近乎疯狂的动作。我一把抓住他的手说：

"'那么，为什么你，彼得·邓纳，没有得到你那真正的幸福呢？我也刚认识你，但我觉得，你正是我冥冥之中一直在寻找的那个人。'

"'别这么想……你此刻看到的我，与现实生活中的我，不是一回事。无论对哪个女人，我既不是理想的丈夫，也不是如愿以偿的情人。我过分生活在内心世界。倘若有什么女性生活在我身旁，从早到晚，从晚到早，每时每刻要我照应，而且也有权利要我照应，那我会受不了的……'

"'你照应她，她也照应你呀！'

"'话是不错的，反正我不需要别人照应。'

"'你觉得自己是强者，可以单枪匹马，闯闯人生……是吗?'

"'更确切地说，我这强者，只是可以和所有善良人一起去闯炼人生……跟他们一道去创建一个更明智、更幸福的世界……或者退一步说，是朝这方面去做。'

"'有个伴侣，就会愉快得多。当然，彼此应当志同道合。但是，只要她爱你……'

"'光凭这点还不够……我看到的女人不止一个啦，钟情的时候，梦游似的跟着所爱亦步亦趋。一旦醒来，吓了一跳，看到自己原来站在屋顶上，危险之至！于是，只有一个念头，就是赶紧下来，回到日常生活的地板上……男人出于怜爱，也就跟着下来。于是，像通常所说，他们建立一个家园……人生的斗士，

就这样给解除了武装!'

　　"'那你愿意孤军奋斗喽?'

　　"他不无温柔地搀我起来,说道:

　　"'真不好意思说出口来,实际的确如此……我愿意孤军奋斗。'

　　"我叹息道:

　　"'太遗憾了! 为了你,我都打算抛弃贾克了。'

　　"'还是把贾克和我都抛弃了吧!'

　　"'为谁?'

　　"'为你自己!'

　　"我走去拿起帽子,对着镜子戴上。彼得帮我穿大衣。

　　"'是的,该走了。'他说,'机场很远,宁可比乘轿车的先到。'

　　"他走进厨房,把灯关上。出门之前,似乎出于克制不住的冲动,突如其来把我搂在怀里,不胜友爱地紧紧抱着。我毫无抗拒的意思:遇到什么能主宰我的力量,我会乐意顺从的。但他很快松开手,开门让我出来。在街上找到了他的小汽车,我上去坐在他旁边,默无一言。

　　"天在下雨。夜的伦敦,街面凄清。过了好一会儿,彼得才开口。沿路是一排低矮的屋舍,他跟我描述里面住户的景况,他们单调的生活,可怜的乐趣和希冀。他说得绘声绘色,倒很可以成个大作家呢。

　　"之后,车子开进郊外工厂区。我那同伴不言不语,我也在一旁想心事。想明天到达纽约该是怎样的情景。经过这样激动人心的夜晚,贾克无疑会显得可笑起来。突然,我喊了一声:

　　"'彼得,停车!'

　　"他马上刹住车,问道:

　　"'什么事? 不舒服吗? ……还是有什么东西忘在我家里了?'

　　"'噢,不是。我不想去纽约……不想去结婚了。'

"'你说什么?'

"'我考虑好了。你使我睁开了眼。你说,人生有些时刻,凡是一经决定,就能影响久远……现在正是这样的时刻,我打定主意,决计不嫁贾克·帕格了。'

"'这个责任,我可担不起。我自以为给了你一个忠告,但很可能说错。'

"'错不了。更主要的,是我不至于弄错。现在看明白了,我几乎要铸下大错。所以不打算走了。'

"'谢天谢地!'他情不自禁地喊了出来,'总算有救。原来那样下去,真会不堪设想。但是,你不怕吗,回巴黎作何解释呢?'

"怕什么?我父母、朋友,对我这次远行都很惋惜。说我去结婚是头脑发昏……我翩然归去,才叫他们喜出望外呢!'

"'那么帕格先生呢?'

"'噢,他会难过几天,或几小时,觉得自尊心受了伤害。但他会宽慰道:跟这样任性的娘儿们在一起,或许烦恼正多着呢。反倒会庆幸破裂发生在结婚之前,而不是在结婚之后……不过得立即发份电报,免得他明天去接我,白跑一趟。'

"汽车又开动了。

"'现在怎么办?'他问。

"'照样去机场,飞机在等你呢。我嘛,乘别的飞机回国。梦做完了。'

"'一场美梦。'他接口说。

"'一场白日梦。'

"到了机场,我直奔发报处,拟了一份给贾克的电文:'考虑再三,婚事欠妥,甚憾!很爱你,但无法适应国外生活。坦率望能见谅。票款另邮奉还。不胜缱绻。玛姗尔。'写完又看一遍,把'无法适应国外生活'改为'无法生活国外',意思一样清楚,却省了两个字。

"我发电报时，彼得去打听飞机的起飞时刻。他回来说：

"'一切顺利，或者说，很不顺心：机件修好了。二十分钟里，我就得动身。你要等到七点钟。很过意不去，要把你一个人留下来。要不要给你买本书消遣消遣?'

"'噢，大可不必。'我说，'这些事够我想半天的了。'

"'你准保不后悔吗? 现在还是时候，电报一发，为时就晚了。'

"我不理会，径自把电报递给邮局职员。

"'飞机起飞后再发吗?'职员问。

"'不用，立即就发。'

"说毕，我伸出胳膊挽着彼得。

"'亲爱的彼得，我感觉上好像是送老朋友上飞机。'

"这二十分钟里，他说的话，我都转述不了。总之，是为人处世的至理名言。你有一次说，我具有男人的美德，堪称忠诚无欺的朋友；这些溢美之词，如有对的地方，那是得之于彼得。临了，扩音器响了：'去纽约的旅客，第632号班机……'我把彼得一直送到上飞机的入口处。我踮起脚尖，嘴对着嘴，像夫妻一般跟他吻别。自此一别，就再也没有见过他。"

"一直没见面! 什么缘故，你没有留地址给他?"

"留是留了，但他从未来信。想必他就愿这样闯入别人的生活，指点迷津后，就飘然他去。"

"而你，后来去伦敦，也没想到要去看看他?"

"何苦呢? 如他所说，已把自己最好的奉献给了我。那天晚上这种妙境，说什么也不会再现的了……不是吗? 这样已经很好……良辰难再，人生中太好的时刻，不要再去旧梦重圆……说这段奇缘，是我生平最离奇的事，不无道理吧! 使我人生道路改弦易辙，留在法国而没去美国，对我一生影响至大的人，竟是个素昧平生、在机场邂逅的英国人，你说妙不妙?"

"这倒有点像古代传奇,"我说,"神仙扮作叫花子或方外人,来到人间……但说穿了,玛姗尔,那陌生人并没使你有多大改变,你后来还不是嫁了郝诺,而郝诺也者,只不过是异名异姓的贾克罢了。"

她出神想了一会儿,说道:

"可不是!人的禀性真是难移,但是总可以变好一点吧。"

鉴评：有一种爱叫不打扰

　　作者在小说的开头，就通过人物之口指明了这是一件"最离奇的事"，读者乍看之下，对这种离奇性简直有点难以理解：一个飞渡大西洋前往美国去和一个银行家结婚的法国少妇，在伦敦换飞机的时候，短短不到十二个小时，就和在机场遇到的一个英国男子发生了感情，两个人度过了一些难忘的时刻，而她竟决然改变了去美国的计划，毁了原来的婚约。

　　曾经有人说过，十八世纪著名的爱情小说《曼侬·莱斯戈》表现了男女主人公的爱情具有"排山倒海的力量"。它写一个贵族子弟对一个荡妇淫娃的难分难舍，此"情"在多大的意义上可算得上纯正的爱情，它又具有多高的道德美的价值，我们暂且不去评论，只以"排山倒海"而言，也当然是形容夸大之词。如果比起"排山倒海"，中途换飞机的故事也许并不稀奇，在这里，短暂时刻所发生的感情变化虽然使法国少妇做出了生活中甚为难得的抉择，但无论如何还是人力之所能为，并没有达到那种超自然的力量。不过，爱情小说总要表现某种不平凡的东西，或感人的故事，或热烈优美的情操，或深刻的社会意义，或隽永的哲理。这篇小说，如果我们没有理解错的话，显然是要表现某种人生的哲理。

哲理之一，人的生活，特别是爱情，是不能由表面上具有价值的那些东西来决定的。这个法国少妇在婚姻爱情上一直陷于某种盲目性，第一门婚事是为了讨父母的高兴。孀居后，从"编班成排"的追求者中看上了一个美国人贾克，和他订下了婚约，其出发点，一是因为他"有钱""实在""要明媒正娶""为他生几个漂漂亮亮的孩子"；二是为了逃避和父母的矛盾，一走了事到美国去。总之，不是从婚姻爱情所要求的那些真正的条件出发，而是从只具有表面价值的东西出发，又一次陷入了盲目性。但是，和那个英国男子的邂逅，在一种特定条件下的对坐晤谈，却使她第一次看清楚了自己和贾克没有爱情、没有共同兴趣、没有相近性格作为基础的婚姻，将是一件多么危险的事，其后果必然是悲剧。在这篇小说里，从盲目性中自拔，正是作者所着意宣传的主题之一。

哲理之二，人的生活，特别是爱情生活，是不能听之任之、为客观情势所推动的，而必须有自己的决断，一旦发现了自己的盲目性，那就必须毅然决然急流勇退。这个哲理的宣扬者也是那个英国人，而这个哲理的实践者就是这个法国少妇，她一旦发觉了她和贾克的婚姻并无爱情的基础，她就决然地折回法国，而这就构成了小说的主要情节，也是安德烈·莫洛亚用赞赏的笔调加以肯定的人生中一件难得的奇事。虽然作者不无讽刺意味地写出，这个法国少妇后来又不断地陷入盲目性，"人的禀性真是难移"！但小说以最后一句话"人总是可以变好一点吧"，仍然清楚地试图说明：人生道路上的某一次觉悟和自主性，总是有着积极意义的。

在所有这一切之上，安德烈·莫洛亚似乎要说明的，还是爱情的广义性。他通过彼得·邓纳这个英国人之口，道出了这样一种广阔的理解："伟大的爱，不是对某个女人的爱……还存在着某种非常美的事物，值得我们为之而活着。"照他说来，这种爱"像宝石一样晶莹纯净"。当这个法国少妇直觉地感到他"身上有点什么"使她可以信任和依赖时，他做了解释，"你说的'有点什么'，'就是不存私心'"，接着就是下面那句作者用来点明整篇小说主旨的警句："一个人只有不再为自己谋求通常所说的幸福，或许才能恰如其分地去爱别人，才能获得另一种方式的幸福。"彼得·邓纳本人就是这一系列闪光思想的体现者。他赤诚的热情和富有诗意的风度很快就使那位最容易任性之所致、随感情之波而逐流的法国少妇对他产生了感情，而那些鞭辟入里的人生见解则又打开了少妇的眼睛，使她决定中途毁了自己与贾克的婚约，并且表示愿意和他建立新生活。然而，彼得·邓纳并不是《包法利夫人》中罗道尔夫式的"哲学家"，罗道尔夫在农展会上用喃喃的细语、忧郁的情调向爱玛讲的那一套"人生哲理"，只不过是为他的占有和奸淫开路的武器，而彼得·邓纳的哲理虽然比罗道尔夫的"哲理"更迅速地引起了戏剧性的效果，他却谢绝了这位俏丽富有的少妇的一番柔情美意，他充满了理智和善意，十分友爱地和她一起度过了伦敦的深夜，第二天早晨就离开了她飘然而去，用什么来形容在她生活中留下来的那种东西呢？也许是像菊花一样沁人心脾的清香吧。

蒲宁的一个短篇就写了一个中尉与一个避暑后返家的有夫之妇在船上的邂逅，他们相识还只有三个钟头就成了情人，当第二天早晨分手时，互相还不知道彼此的姓名和身份。比起这类只写出了一时的疯狂和放纵的作品，安德烈·莫洛亚的这篇在格调上显然要高出许多，它具有一种精神上的向上的高尚的韵味，而不是一种偶然遇合后低廉的惆怅和感伤。它写出了一个真正的人的人格和一个真正意义上的爱情故事。也许是因为在那个社会里，像这样的人和像这样的事是很少有、很难得的吧，所以才显得"有些离奇"。

舞会以后

[俄国] 列夫·托尔斯泰
蒋路 译

作者简介

　　列夫·托尔斯泰（1828—1910），俄国作家，出身于贵族家庭，大学时期曾受法国启蒙运动思想的影响，青年时期在军队服役，1854年参加了克里米亚战争。19世纪50年代初开始写作，作品有自传体小说《童年》《少年》《青年》，以及反映克里米亚战争的《塞瓦斯托波尔故事》；60年代，写出了辉煌的长篇历史小说《战争与和平》；70年代，完成了文学杰作《安娜·卡列尼娜》；晚年则创作了另一部杰作《复活》。此外，还有剧本《活尸》《教育的果实》、小说《哈吉·穆拉特》等。托尔斯泰是欧洲19世纪现实主义文学的高峰，被列宁誉为"俄国革命的镜子"。

　　"你们是说，一个人本身不可能懂得什么是好，什么是坏，问题全在环境，是环境坑害人。我却认为问题全在机缘。就拿我自己来说吧……"

　　我们谈到，为了使个人趋于完善，首先必须改变人们的生活条件，接着，人人敬重的伊万·瓦西里耶维奇就这样说起来了。其实谁也没有说过人自身不可能懂得什么是好，什么是坏，然而伊万·瓦西里耶维奇有个习惯，总爱解释他自己在谈话中产生的想法，随后为了证实这些想法，讲起他生活里的插曲来。他时常把促使他讲话的原因忘得一干二净，只管全神贯注地讲下去，而且讲得很诚恳、很真实。

现在他也是这样做的。

"拿我自己来说吧。我的整个生活成为这样而不是那样，并不是由于环境，完全是由于别的缘故。"

"到底由于什么呢?"我们问道。

"这可说来话长了。要讲上一大篇，你们才会明白。"

"您就讲一讲吧。"

伊万·瓦西里耶维奇沉思了一下，摇了摇头。

"是啊，"他说，"我的整个生活在一个夜晚，或者不如说，在一个早晨，就起了变化。"

"到底是怎么回事啊?"

"是这么回事: 当时我正在热烈地恋爱。我恋爱过多次，可是这一次爱得最热烈。事情早过去了；她的几个女儿都已经出嫁了。她叫 Б——，是的，瓦莲卡·Б——"，伊万·瓦西里耶维奇说出她的姓氏，"她到了五十岁还是一位出色的美人。在年轻的时候，十八岁的时候，她简直能叫人入迷: 修长、苗条、优雅、端庄——正是端庄。她总是把身子挺得笔直，仿佛非这样不可似的，同时又微微仰起她的头，这配上她的姣美的容貌和修长的身材——虽然她并不丰满，甚至可以说是清瘦，——就使她显出一种威仪万千的气概，要不是她的嘴边、她的迷人的明亮的眼睛里，以及她那可爱的年轻的全身有那么一抹亲切的、永远愉快的微笑，人家便不敢接近她了。"

"伊万·瓦西里耶维奇多么会渲染!"

"但是无论怎么渲染，也没法渲染得使你们能够明白她是怎样一个女人。不过问题不在这里。我要讲的事情发生在四十年代。那时候我是一所外省大学的学生。我不知道这是好事还是坏事，那时我们大学里没有任何小组[1]，也不谈任何理论，我们只是年轻，照青年时代特有的方式过生活：除了学习，就是玩乐。我是一个很愉快活泼的小伙子，况且家境又富裕。我有一匹烈性的溜蹄快马，我常常陪小姐们上山滑雪（溜冰还没有流行），跟同学们饮酒作乐（当时我们只喝香槟，没有钱就什么也不喝，可不像现在这样改喝伏特加）。但是我的主要乐趣是参加晚会和舞会。我跳舞跳得很好，人也不算丑陋。"

"得啦，不必太谦虚，"一位交谈的女士插嘴道，"我们不是见过您一张旧式的银版照片吗？您不但不丑，还是一个美男子哩。"

"美男子就美男子吧，反正问题不在这里。问题是，正当我狂热地爱着她的时候，我在谢肉节的最后一天参加了本省贵族之家的舞会，他是一位忠厚长者，豪富好客的侍从官。他的太太接待了我，她也像他一样忠厚，穿一件深咖啡色的丝绒长衫，戴一副钻石头饰[2]，她袒露着衰老但是丰腴白净的肩膀和胸脯，如同伊丽莎白·彼得罗夫娜[3]的画像上描画的那样。这是一次绝妙的舞会：设有乐队楼厢的富丽的舞厅，来自爱好音乐的地主家的、当时有名的农奴乐师，丰美的菜肴，喝不完的香槟。我虽然也喜欢香槟，但是并没有喝，因为不用喝酒我就醉了，陶醉在爱情中了，不过我跳舞却跳得筋疲力尽，——又跳卡德里尔舞，又跳华尔兹舞，又跳波尔卡舞，自然是尽可能跟瓦莲卡跳。她身穿白色长衫，束着粉红腰带，一双白羊皮手套差点儿齐到她的纤瘦的、尖尖的肘部，脚上是白净的缎鞋。玛祖尔卡舞开始的时候，有人抢掉了我的机会：她刚一进场，讨厌透顶的工程师阿尼西莫夫——我直到现在还不能原谅他——就邀请了她，我因为上

理发店去买手套[1]，来晚了一步。所以我跳玛祖尔卡舞的女伴不是瓦莲卡，而是一位德国小姐，从前我也曾稍稍向她献过殷勤。可是这天晚上我对她恐怕很不礼貌，既没有跟她说话，也没有望她一眼，我只看见那个穿白衣衫、束粉红腰带的修长苗条的身影，只看见她的晖朗、红润、有酒窝的脸蛋和亲切可爱的眼睛。不光是我，大家都望着她，欣赏她，男人欣赏她，女人也欣赏她，虽然她盖过了她们所有的人。不能不欣赏她啊。

"照规矩应该说，我不是她跳玛祖尔卡舞的舞伴，而实际上，我几乎一直都在跟她跳。她大大方方地穿过整个舞厅，径直向我走来，我不待邀请，就连忙站了起来，她微微一笑，酬答我的机灵。当我们[2]被领到她的跟前而没有猜出我的代号[3]时，她只好把手伸给别人，耸耸她的纤瘦的肩膀，向我微笑，表示惋惜和安慰。当大家在玛祖尔卡舞中变出花样，插进华尔兹的时候，我跟她跳了很久的华尔兹，她尽管呼吸急促，但是笑眯眯地对我说：'encore'[4]。于是我再一次又一次地跳着华尔兹，甚至感觉不到自己还有一个沉甸甸的肉体。"

"咦，怎么感觉不到呢？我想，您搂着她的腰，不但能够清楚地感觉到自己的肉体，还能感觉到她的哩。"一个男客人说。

伊万·瓦西里耶维奇突然涨红了脸，几乎是气冲冲地叫喊道：

"是的，你们现代的青年就是这样，你们眼里只有肉体。我们那个时代可不同。我爱得越强烈，就越是不注意她的肉体。你们现在只看到腿子、脚踝和别的什么，你们恨不得把所爱的女人脱个精光，而在我看来，正像 Alphonse Karr[5]——他是一位好作家——说的：我的恋爱对象永远穿着一身铜打的衣服。

我们不是把她脱个精光，而是极力遮盖她赤裸的身体，像诺亚的好儿子[1]一样。嗨，反正你们不会了解……"

"不要听他的。后来呢？"我们中间的一个男人问道。

"好吧。我就这样净跟她跳，没有注意时光是怎么过去的。乐师们早已累得要命，——你们知道，舞会快结束时总是这样，——翻来覆去地演奏玛祖尔卡舞曲，老先生和老太太们已经从客厅里的牌桌旁边站起来，等待吃晚饭，仆人拿着东西，更频繁地来回奔走着。这时是两点多钟。必须利用最后几分钟。我再一次选定了她，我们沿着舞厅跳到一百次了。

"'晚饭以后还跟我跳卡德里尔舞吗？'我领着她回到她的座位时问她。

"'当然，只要家里人不把我带走。'她笑眯眯地说。

"'我不让带走。'我说。

"'扇子可要还给我。'她说。

"'舍不得还。'我说，同时递给她那把不大值钱的白扇子。

"'那就送您这个吧，您不必舍不得了。'说着，她从扇子上扯下一小片羽毛给我。

"我接过羽毛，只能用眼光表示我的全部喜悦和感激。我不但愉快和满意，甚至感到幸福、陶然，我善良，我不是原来的我，而是一个不知有恶、只能行善的超凡脱俗的人了。我把那片羽毛塞进手套，呆呆地站在那里，再也离不开她。

"'您看，他们在请爸爸跳舞。'她对我说道，一边指着她那身材魁梧端正、戴着银色肩章的上校父亲，他正跟女主人和其他的太太们站在门口。

"'瓦莲卡，过来。'我们听见戴钻石头饰、露出伊丽莎白式肩膀的女主人的响亮声音。

1　见《圣经·旧约·创世记》第9章：有一次诺亚喝醉酒，光着身子入睡，他的儿子闪和雅弗用衣服给他盖上。

"瓦莲卡往门口走去，我跟在她后面。

"'Ma chère[1]，劝您父亲跟您跳一跳吧。喂，彼得·弗拉季斯拉维奇，请。'女主人转向上校说。

"瓦莲卡的父亲是一个器宇不凡的老人，长得端正、魁梧，神采奕奕。他的脸色红润，留着两撇雪白的、à la Nicolas l[2] 尖端鬈曲的唇髭和同样雪白的、跟唇髭连成一片的络腮胡子，两鬓的头发向前梳着，他那明亮的眼睛里和嘴唇上也像他女儿一样露出亲切快乐的微笑。他生就一副堂堂的仪表，宽阔的胸脯照军人的派头高挺着，胸前挂了不多几枚勋章，此外他还有一副健壮的肩膀和两条匀称的长腿。他是一位具有尼古拉一世风采的宿将型的军事长官。

"我们走近门口的时候，上校推辞说，他对于跳舞早已荒疏，不过他还是笑眯眯地把手伸到左边，从刀剑带上取下佩剑，交给一个殷勤的青年人，右手戴上麂皮手套，'一切都要合乎规矩。'他含笑说，然后握住女儿的一只手，微微转过身来，等待着拍子。等到玛祖尔卡舞曲开始的时候，他灵敏地踏着一只脚，伸出另一只脚，于是他的魁梧肥硕的身体就一会儿文静从容地，一会儿带着靴底踏地声和两脚相碰声，啪哒啪哒地，猛烈地，沿着舞厅转动起来了。瓦莲卡的优美的身子在他的左右翩然飘舞，她及时地缩短或放长她那穿白缎鞋的小脚的步子，灵巧得叫人难以察觉。全厅的人都在注视这对舞伴的每个动作。我不仅欣赏他们，而且受了深深的感动。格外使我感动的是他那用裤脚带[3] 扣得紧紧的靴子，那是一双上好的小牛皮靴，但不是时兴的尖头靴，而是老式的、没有后跟的方头靴。这双靴子分明是部队里的靴匠做的。'为了把他的爱女带进社交界和给她穿戴打扮，他不买时兴的靴子，只穿自制的靴子。'我想，所以这双方头靴格外使我感动。他显然有过舞艺精湛的时候，可是现在身体发胖，要跳出他竭

1　法语：我亲爱的。
2　法语：尼古拉一世式的。
3　缝在裤脚口的带子，捆在鞋跟和鞋掌之间的地方，以免人坐下时裤脚往上吊，露出袜子来。

力想跳的那一切优美快速的步法，腿部的弹力已经不够。不过他仍然巧妙地跳了两圈。他迅速地叉开两腿，重又合拢来，虽说不太灵活，他还能跪一条腿。她微笑着理了理被他挂住的裙子，从容地绕着他跳了一遍，这时候，所有的人都热烈鼓掌了。他有点吃力地站立起来，温柔亲热地抱住女儿的后脑，吻吻她的额头，随后领她到我身边，他以为我要跟她跳舞，我说，我不是她的舞伴。

"'呃，反正一样，您现在跟她跳吧。'他说，一边亲切地微笑着，将佩剑插进刀剑带里。

"瓶子里的水只要倒出一滴，其余的便常常会大股大股地跟着往外倾泻，同样，我心中对瓦莲卡的爱，也把蕴藏在我内心的全部爱的力量释放出来了。那时我真是用我的爱拥抱了全世界。我也爱那戴着头饰、露出伊丽莎白式的胸脯的女主人，也爱她的丈夫、她的客人、她的仆役，甚至那个对我板着脸的工程师阿尼西莫夫。至于对她的父亲，连同他的家制皮靴和像她一样的亲切的微笑，当时我更是体验到一种深厚的温柔的感情。

"玛祖尔卡舞结束之后，主人夫妇请客人去用晚饭，但是Б上校推辞说，他明天必须早起，就向主人告别了。我唯恐连她也给带走，幸好她跟她母亲留下了。

"晚饭以后，我跟她跳了她事先应许的卡德里尔舞，虽然似乎已经无限地幸福，而我的幸福还是有增无减。我们完全没谈爱情。我甚至没有问问她，也没有问我自己，她是否爱我。只要我爱她，在我就足够了。我只担心一点——担心有什么东西破坏我的幸福。

"等我回到家中，脱下衣服，想要睡觉的时候，我就看出那是绝不可能的事。我手里有一小片从她的扇子上扯下的羽毛和她的一只手套，这只手套是她离开之前，我先后扶着她母亲和她上车时，她送给我的。我望着这两件东西，不用闭上眼睛便能清清楚楚地回想起她来：或者是当她为了从两个男舞伴中挑选一个而猜测我的代号，用可爱的声音说出'骄傲，是吗?'，并且快活地伸手给我的时候，或者是当她在晚餐席上一点一点地呷着香槟，皱起眉头，用亲热的眼光望着我的时候，不过我多半是回想她怎样跟她父亲跳舞，她怎样在他身边从容地转动，露出为自己和为他感到骄傲与喜悦的神态，瞧了瞧欣然赞赏的观众。我不禁对他和她同样产生柔和温婉的感情了。

"当时我和我已故的兄弟单独住在一起。我的兄弟向来不喜欢上流社会，不参加舞会，这时候又在准备学士考试，过着极有规律的生活。他已经睡了。我看看他那埋在枕头里面、叫法兰绒被子遮住一半的脑袋，不觉对他动了怜爱的心。我怜悯他，因为他不知道也不能分享我所体验到的幸福。服侍我们的农奴彼得鲁沙拿着蜡烛来接我，他想帮我脱下外衣，可是我遣开了他。我觉得他睡眼惺忪的面貌和蓬乱的头发使人非常感动。我极力不发出声响，踮起脚尖走进自己房里，在床沿坐下。不行，我太幸福了，我没法睡。加之我在炉火熊熊的房间里感到闷热，我就不脱制服，轻轻地走入前厅，穿上大衣，打开通向外面的门，走到街上去了。

"我离开舞会是四点多钟，等我到家，在家里坐了一坐，又过了两个来钟头，所以，我出门的时候，天已经亮了。那正是谢肉节的天气，有雾，饱含水分的积雪在路上融化，所有的屋檐都在滴水。当时 Б 家住在城市的尽头，靠近一大片空地，空地的一头是人们游息的场所，另一头是女子中学。我走过我们的冷僻的胡同，来到大街上，这才开始碰见行人和装运柴火的雪橇，雪橇的滑木触到了路面[1]。马匹在光滑的木轭下有节奏地摆动着湿漉漉的脑袋，车夫们身披蒲席，穿着肥大的皮靴，跟在货车旁边扑嚓扑嚓行走，沿街的房屋在雾中显得分外高大，——这一切都使我觉得特别可爱和有意思。

"我走到 Б 宅附近的空地，看见靠游息场所的一头有一大团黑乎乎的东西，听到从那边传来笛声和鼓声。我一直满心欢畅，有时玛祖尔卡舞曲还在我耳边

1　说明春天来到，积雪不深。

萦绕。但这里是另一种音乐，一种生硬难听的音乐。

　　"'这是怎么回事？'我想，随即沿着空地当中一条由车马辗踏出来的溜滑的道路，朝着发出声音的方向走去。走了一百来步，我开始从雾霭中看出那里有许多黑色的人影。显然是一群士兵。'大概在上操。'我想，便跟一个身穿油迹斑斑的短皮袄和围裙、手上拿着东西、走在我前头的铁匠一起，更往前走近些。士兵们穿着黑军服，面对面地分两行持枪立定，一动也不动。鼓手和吹笛子的站在他们背后，不停地重复那支令人不快的、刺耳的老调子。

　　"'他们这是干什么？'我问那个站在我身边的铁匠。

　　"'对一个鞑靼逃兵用夹鞭刑[1]。'铁匠瞧着远处的行列尽头，愤愤地说。

　　"我也朝那边望去，看见两行士兵中间有个可怕的东西正在向我逼近。向我逼近的是一个光着上身的人，他的双手被捆在枪杆上面，两名军士用这枪牵着他。他的身旁有个穿大衣、戴制帽的魁梧的军官，我仿佛觉得面熟。受刑人浑身痉挛着，两只脚扑嚓扑嚓地踩着融化中的积雪，向我走来，棍子从两边往他身上纷纷打下，他一会儿朝后倒，于是两名用枪牵着他的军士便把他往前一推，一会儿他又向前栽，于是军士便把他往后一拉，不让他栽倒。那魁梧的军官迈着坚定的步子，大摇大摆地，始终跟他并行着。这就是她的脸色红润、留着雪白的唇髭和络腮胡子的父亲。

　　"受刑人每挨一棍子，就好像吃了一惊似的，把他的痛苦得皱起来的脸转向棍子落下的一边，露出一口雪白的牙齿，重复着两句同样的话。直到他离我很近的时候，我才听清这两句话。他不是说话，而是呜咽道：'弟兄们，发发慈悲吧。弟兄们，发发慈悲吧。'但是弟兄们不发慈悲，当这一行人走到我的跟前时，我看见站在我对面的一名士兵坚决地向前跨出一步，呼呼地挥动着棍子，使劲朝鞑靼人背上噼啪一声打下去。鞑靼人往前扑去，可是军士们拽住了他，

　　1　沙皇军队中惩罚兵士的笞刑。受罚者行经两排手持鞭条的兵士中间，受每人的抽打。

接着，同样的一棍子又从另一边落在他的身上，又是这边一下，那边一下。上校在旁边走着，一会儿瞧瞧自己脚下，一会儿瞧瞧受刑人，他吸进一口气，鼓起腮帮，然后噘着嘴唇，慢慢地吐出来。这一行人经过我站立的地方的时候，我向夹在两行士兵中间的受刑人的背脊扫了一眼。这是一个斑斑驳驳的、湿淋淋的、紫红色的、奇形怪状的东西，我简直不相信这是人的躯体。

"'天啊！'铁匠在我身边说道。

"这一行人慢慢离远了，棍子仍然从两边落在那跟跟跄跄、浑身抽搐的人背上，鼓声和笛声仍然鸣响着，身材魁梧端正的上校也仍然迈着坚定的步子，在受刑人身边走动。突然间，上校停下来，快步走到一名士兵跟前。

"'我要让你知道厉害！'我听见他用气呼呼的声音说，'你还敢糊弄吗？还敢吗？'

"我看见他举起戴麂皮手套的有力的手，给了那惊慌失措、没有多大气力的矮个子士兵一记耳光，只因为这个士兵没有使足劲儿往鞑靼人的紫红的背脊打下棍子。

"'来几条新的军棍！'他一边吼叫，一边回头观看，终于看见了我。他假装不认识我，可怕地、恶狠狠地蹙起眉头，连忙转过脸去。我觉得那样羞耻，不知道往哪里看才好，仿佛我有一桩最可耻的行径被人揭发了似的，我埋下眼睛，匆匆回家去了。一路上我的耳边时而响起鼓声和笛声，时而传来'弟兄们，发发慈悲吧'这两句话，时而又听见上校充满自信的、气呼呼的吼声：'你还敢糊弄吗？还敢吗？'同时我感到一种近似恶心的、几乎是生理上的痛苦，我好几次停下脚步，觉得我马上就要把这幅景象在我内心引起的恐怖统统呕出来了。我不记得是怎样到家和躺下的。可是我刚刚入睡，就又听见和看到那一切，我索性一骨碌爬起来了。

"'他显然知道一件我所不知道的事情，'我想起上校，'如果我知道他所知道的那件事。我也就会了解我看到的一切，不致苦恼了。'可是无论我怎样反复思索，还是无法了解上校所知道的那件事，我直到傍晚才睡着，而且是上一位朋友家里去，跟他一起喝得烂醉以后才睡的。

"嗯，你们以为我当时就断定了我看到的是一件坏事吗？绝不。'既然这是带着那样大的信心干下的，并且人人都承认它是必要的，那么可见他们一定知道一件我所不知道的事情。'我想，于是努力去探究这一点。但是无论我多么努力，始终探究不出来。探究不出，我就不能像原先希望的那样去服军役，我不但没有进军队供职，也没有在任何地方供职，所以正像你们看到的，我成了一个废物。"

"得啦，我们知道您成了什么'废物'。"我们中间的一个男人说，"您还不如说：要是没有您，有多少人会变成废物。"

"得了吧，这完全是扯淡。"伊万·瓦西里耶维奇真正懊恼地说。

"好，那么，爱情呢？"我们问。

"爱情吗？爱情从这一天起衰退了。当她像平常那样面带笑容在沉思的时候，我立刻想起广场上的上校，总觉得有点别扭和不快，于是我跟她见面的次数渐渐减少，结果爱情便消失了。世界上就有这样的事情，它使得人的整个生活发生变化，走上新的方向。你们却说……"他结束道。

鉴评：忽然不爱了

这是外国古典文学中一篇典范的爱情故事，说它典范是指以下两方面的意义而言。

第一方面的意义是，它显示出对爱情的一种传统理解，即产生于中世纪的骑士爱情观。

骑士爱情，狂热、浪漫、荒诞。由于骑士取得他特定的地位与称号，并非靠血统与世袭的特权，而往往要靠自己的武艺本领与勇气胆略，这样就产生了骑士的荣誉观，由这种荣誉观又派生出对品德的重视，而这种荣誉观与对品德的追求，在欧洲贵族讲究礼仪的宫廷府第的华贵环境里，自然又发展为一种对风雅高华的行为格调的讲究。所有这一切表现于两性关系中，表现在骑士对贵妇、对名媛的关系里，就有了一系列相当动人的行为准则与风度：尊重妇女、忠诚不渝、彬彬有礼、风度翩翩、谈吐文雅等等。真没有想到人类中这种文明的男人习性竟产生于落后的中世纪之时，它一旦产生，就像任何风习与格调一样，脱离了它原来的阶级生活内容而具有独立的生命，越过时空的界限而延续传播，于是我们在那以后的人类社会生活中，从男性对妇女的行为态度里，经常可以看到一种颇为可爱的东西：骑士风度。

这篇小说里的男主人公伊万·瓦西里耶维奇，就属于骑士爱情观的传统，他在恋爱的方式上保持着一种典范的风格，即使处于热恋中也彬彬有礼，其行为举止均符合礼仪规范；他在与对方单独相处时，绝口"没谈爱情"；他在舞会上搂抱着一个轻盈柔软的少女躯体起舞时，内心里也并未感到"肉体的存在"；与那些"眼里只有肉体"，总习惯于在想象中把妇女"剥得精光"的"现代青年"相反，他宣称"我爱得越强烈，就越是不注意她的肉体"。他这话说得颇为符合实际，在人身上，这种强烈情感占优势的时候，往往足以抑制任何肉体的骚动。至于他所信奉的那句名言，"我的恋爱对象永远穿着一身铜打的衣服"，虽然表现了他骑士般的对所爱对象的仰慕尊敬与他感情真纯的程度，但却有点显得夸张过分，而当他表白自己在想象中"不是把她脱得精光，而是极力遮盖她赤裸的身体，像诺亚的好儿子一样"，这就有点从骑士风度走向禁欲主义了。而这，则与托尔斯泰本人衔接起来了。

作品中的人物或主人公并不等于作者本人，但人物或主人公的思想行为方式却往往有作者本人的成分。这篇小说是托尔斯泰于晚年一九〇三年写的，这时，他早已告别了青年时期的一段"放荡的岁月"，已经是一个充满了忏悔意识、要"实行道德上自我完成"的老人，他在这个短篇里对符合典雅规范的骑士风度之爱表示倾心、对"现代青年"所追求的肉体之爱表示反感也就是自然的了。

第二个方面的意义，则是它把爱情置于一种从属于社会正义感、道德良知感的地位，而没有把它置于一种至高无上、君临一切的地位。在这里，爱情的性质是符合规范的道德伦理思想的，它只在正常的条件下生存发展，一旦遇见社会的不正义，一旦遇见不人道的现象，它就枯萎了、凋谢了，小说的主人公正是在发现他所爱的小姐的父亲原来是一个凶暴残酷的行刑头目之后，埋葬了自己的爱情。通过这个故事，托尔斯泰既提出了一个高于爱情的社会正义、道德良知的准则，又使爱情具有了一种崇高的意境，它在这里被视为一种绝对纯洁的事物，不能容忍任何人间的残暴与不公，不能与任何卑劣、虚假、丑恶并存，如果它碰上了这些，就会悄然离去。这种爱情观，正是托尔斯泰作为一个伟大现实主义作家的表现之一。

小说所采用的基本艺术手法是对照，作者利用主人公叙述中旁观者的插话，把两种不同的爱情观对照地展出，而时间的对照、舞会前与舞会后的对照、场景上的对照即豪华热烈的舞会与野蛮残酷的鞭打两个场面的对照，则形成强烈的反差，在这种反差中，小说的主题以简洁有力的方式表现了出来，并且达到了极为鲜明醒目的程度。

弗洛里昂咖啡馆的椅子

[意大利] 马里奥·索尔达蒂
蔡蓉 译

作者简介

　　马里奥·索尔达蒂（1906—1999），意大利作家、编剧、导演。出身于一个作家家庭，毕业于都灵大学文学系，后又再获深造，十八岁即发表了戏剧作品。一生文学创作业绩颇丰，曾多次获奖，主要作品有《卡不里岛来信》《演员》《冬天的五十个故事》等。

　　弗兰齐丝·布尔凯在学院桥[1]的高处停住脚步，这才意外地发现自己现在是独自一人。她的十个女伴刚刚走完了大桥石级的一半。夕阳宁静的光辉和河水粼粼的波光，划破了笼罩周围的温煦的暮霭。她们头戴小巧的帽子，脖子上围着纱巾，身穿毛外套，肩上背着小提包，手里拎着折叠小凳、护膝的苏格兰毛毯和乐谱，拄着拐杖，缓慢地朝桥顶走去。她们多像一支全副武装的小分队，最后

---

[1] 横跨威尼斯大运河的石桥，通往威尼斯美术学校。

一支娇弱的然而却是顽强的英国王朝的后卫队，弗兰齐丝露出一丝微笑，这么暗暗思忖。

随即，她察觉到这种不沉着的举动会暴露自己的反常。直到眼下为止，上帝保佑，一切都进行得很顺当，前一个晚上也过得安宁无事，没有发生任何可能妨碍或影响她的计划实施的意外事故。最后一夜终于幸运地来临了。她将在这个夜晚采取行动。只消再等待两三个钟点，至多三个半钟点……

她后悔自己走得太快，特别是她显得那么冲动，竟一口气就登上了学院桥顶，这股劲头跟她在音乐会结束后在女伴们面前假装的劳累是很不协调的。当她们纷纷拿起折叠小椅和护膝的苏格兰小毛毯，站在新省督府和阿内先奥街之间的长廊下的时候，他们就像听到一声口令，一齐转过身来，朝充满熙熙攘攘人群和灯火辉煌的广场投去了最后的一瞥。是的，对于他们来说，是最后的一瞥，而对于她却并非如此。再过两三个钟点，至多三个半钟点，她就将重新见到这个广场，空空荡荡的、不像眼下这般光彩夺目的广场。啊，我的上帝，她会有这样的勇气吗？

"已经半夜了，真困得要命！我累得骨头都要散架了！您呢？"弗兰齐丝禁不住打了一个呵欠，大声地说，一面留心观察弗蕾赛是否听见了她的话。弗蕾赛住在她隔壁的房间，每个晚上，在她回到自己的房间就寝以前，总是以一种难以抗拒的盛情（除非你很不礼貌地予以拒绝），邀请她喝一杯用大理石小柜上的电炉煮出来的菊花茶。

弗兰齐丝出于迫不得已的经济原因而参加了这次集体旅行。她想不出别的法子重返威尼斯。但她事先查阅了女伴的名单，没有发现一个熟人。但眼下弗蕾赛偏偏成为她的邻居，而且努力做出一副要成为她的好朋友的样子！或许，弗兰齐丝·布尔凯叹了一口气，暗暗自言自语，或许弗蕾赛发现了她的秘密和计划，所以才受好奇心的驱使如此紧紧地缠住她。每当遇见那双像貂一样的小眼睛，那副锐利的目光，弗兰齐丝不禁惶恐起来，她一点也不排除这样的可能，这个讨厌的弗蕾赛在最后时刻兴许会成为最难以克服的障碍，就像二十九年前可怜的彭斐[1]一样。

在学院桥顶，弗蕾赛是第一个赶上她的女伴。弗兰齐丝想以某种方式放慢急急匆匆赶路的速度，便在折叠小凳上坐下，等候女伴们。弗蕾赛朝她弯下腰去，细细地打量她，在汽船码头耀眼灯光的投照下，她变成了一条又细又长的黑影。弗兰齐丝忽然觉得，她此刻好像完完全全暴露在光天化日之下，丧失了任何自卫的能力。受好奇心驱使的弗蕾赛显得有点神秘莫测；也许，她不怀任何恶意，也没有疑神疑鬼，而只是弗兰齐丝越来越厉害的、不由自主的焦虑心理在暗暗作怪。

"今晚上您精神真好！"弗蕾赛开口说道。她说话的声调和语句叫人不能不察觉到一种嘲笑的暗示。

"正相反，"弗兰齐丝回答说，"我走得这样快，就因为我困极了，想快点上床睡觉。今晚上，亲爱的，我不想喝菊花茶了。"

困倦和睡意，确实，对整个旅行集体来说，再也没有比这更自然、更普遍的感觉了。她们一共十一个人，老处女，或者寡妇，或者离了婚的妇女，全是单身的、五十岁左右的女人。而她，弗兰齐丝，年纪一点也不比她们小。

她们当中的每一个人，都忠实地遵循英格兰人的品格行事，深信自尊自重是一种美德。她们当中的每一个人，在参观博物馆、教堂、威尼斯市区和近郊古迹的精疲力竭的一个星期中，都努力维护自己的尊严，从不吐露怨气，从不提出异议。一切按照旅行社制定的日程行动。她们信任旅行社。它保证她们只消破费五十二英镑十二先令便可度过一个愉快的假期，这个奇迹般低廉的数目包括一切花费，从伦敦到威尼斯的往返火车票，扎泰列[2]旅馆的单人包房，参观门票，汽艇、海轮费，还有小费。

1　弗兰齐丝青年时代的女友。
2　威尼斯的一条街道，位于大运河畔。

每天傍晚，是最困难的时刻，在参观了一个博物馆或一座王宫以后，导游走在前头，领着她们在威尼斯小巷和小广场的迷宫中穿行，在令人吃力的小桥上上上下下，按照日程的安排，一直走到教堂前面；在那儿，导游又开始讲解。她的英语是那样生硬，所有的辅音都念得那么刺耳，这自然大大伤害了她们的感情，于是这十一位身穿苏格兰呢套裙的老姑娘，高傲地挺直身子，用手杖或小洋伞支撑着。尽管她们已经累得摇摇晃晃，随时随地都会倒下来，但是她们决意不流露出一丝一毫疲倦的样子。她们那尖尖的、玫瑰色的鼻子不知疲劳地向上翘着，她们那淡蓝的、碧绿的、铁灰的、银白的或北海海水般蔚蓝色的眼睛，固执地圆睁着，凝视教堂屋檐下的精致建筑和鸽子巢，而当她们垂下目光时，又不禁相互斜睨一眼。期望发现对方疲劳的神情，但最终她们又相互交换祝贺的眼色，因为她们看到了对方是那样顽强地克制着。她们的嘴唇微微嚅动，喃喃低语地互相勉励，眼睛紧紧盯住同伴的瞳孔。

　　"您怎么样，亲爱的?"或者说，"您这样坚强，真叫人钦佩，我的朋友。"

　　弗兰齐丝登上桥顶时显示出来的充沛精力，很可能会被令人讨厌的弗蕾赛当作是英国人通常所特有的傲慢。这种掩饰看来是必要的。她方才就故意向同伴制造了这种错觉，现在又用假装困倦得直想睡觉来掩饰内心的激动。

　　其实，弗兰齐丝此刻的自我感觉挺好。夜幕降临，她采取行动的时刻来到了。当然，她舍不得离开威尼斯，返回伦敦，重新开始她以前那种阴暗的、艰难的生活，她将是很难受的。她立即不寒而栗，只要一想到她将乘公共汽车在西威克厄姆区下车，穿过伦敦有名的林区公园，冒着肯定会遇上的细雨，登上林荫小路尽头的四级大理石台阶，然后坐在那白色屋子里一把金属椅子上等待，直到透过玻璃门看见从走道上走过来那可怜的、无精打采的菲力浦，他带着冷漠的微笑，手里提着他的装满衣服的小包。菲力浦是她生病的弟弟，她一辈子都在照料他。只要眼前一幻显出菲力浦的形象，她便感到一阵绝望得揪心的痛楚。然而……

　　然而，这一次，感谢上帝，一切都将与往日不同，说得更确切些，一切都将一成不变，然而有一个微小的细节是例外。她将和菲力浦先搭乘公共汽车，然后换乘地铁，穿过半个伦敦，一直走到肯兴顿区。她几乎确信，她在坐落于卡尔维尔广场的阴暗住宅里，将能发现一样新鲜的事，发现新的现实，发现一种微小的、特殊的安慰。

　　她将发现的莫非是一件珍品？或者一种象征？毋庸置疑，没有什么东西能比这更美妙的了。她不是一个弱智的女人，像她的兄弟那样，更不是疯人。弟弟在一生中对任何东西都兴趣索然，一无所求，她不记得他曾爱过什么或者渴望得到什么。而这，正如大夫所说，是他的毛病所在。

　　不，她恰恰相反，她晓得，生活中的幸福是能够获得的。许许多多人不断获得幸福。她晓得，她自己也曾经获得过幸福，但只有一次，一次，仅仅一次。它是那么短暂，而且是发生在很多很多年以前，确切地说，二十九年以前。如今，她需要一种证明，一件标志，一样具体的东西，需要某种能够看得见、摸得着的东西，以这种或那种方式，把她和那遥远的时刻联系起来。否则，随着岁月的流逝，记忆的衰退，她将逐步逐步地对自己产生怀疑，怀疑自己只是向往过幸福，而不曾亲身享有过幸福。她担心，这样长此以往，她也将慢慢地变成疯人。

　　这是一件珍品，一种象征，或者更确切地说，这是一个"纪念"。它不是一个偶像，在任何情况下，更不可能是拜物教徒盲目崇拜的对象。

　　如果说使她获得那件纪念品，并把它带回伦敦的计划是离奇古怪和难以实现的，那么正是她第一个明白了这一点。然而，这又绝对不是一项荒唐、愚蠢的计划，她暗暗对自己这样说。相反，这计划既是合乎情理的，又是深思熟虑的。目的很简单，只是为了不落得个菲力浦那样的结局，为了摆脱精神的不健康状态，从而拯救自己。事实上，目的正是这样。"把我从疯狂中拯救出来。"在那个蓝皮小笔记本的第一页上，弗兰齐丝表达了她今年采取行动的决心。

　　那件珍贵的纪念品，鲜红鲜红的颜色，炽热而充满生机，将放置在科尔维尔广场上那个住宅里靠近窗户的地方，在写字台和钢琴之间。午饭以后，她将把自己锁在房间里，等候下午的第一个学生。菲力浦有时时刻刻趿着拖鞋在屋子里转悠的恶习，他会在你听不见他脚步声的时候悄悄地踅进屋里来。多少年来，弗兰齐丝一直要他改掉这个毛病，但始终不见成效，如今也就随他去了。她将把自己锁在房间里，躺在地毯上。但她先得用一只手帕，或者用铺在钢琴上的长巾，挂在锁眼上，菲力浦也有从锁眼往屋子里窥视的恶习。她躺在地毯上，将往低处借助走道尽头留着道道雨痕的玻璃窗来观察菲力浦的动静；平时，她通过这些玻璃窗，模模糊糊地可以瞧见漫长的冬天里肯兴顿区纷乱而干枯的黑树枝……在科尔维尔广场上，在她的家里，她终于将有威尼斯弗洛里昂咖啡馆的小椅子了！

　　从学院桥到靠近杰苏阿蒂教堂的扎泰列街，旅馆就坐落在那里，步行用不了十分钟。弗蕾赛始终缠着她，一直跟她走到过道、房门口。弗兰齐丝打开自己的房门，转过身来，果断地向她道了晚安。弗蕾赛竟然亲昵地伸出一只手来，搂住弗兰齐丝，几乎从套裙下面摸到了她的腰。弗兰齐丝知道自己是坚强的，她已经五十六岁了，不管发生什么情况，她都没有什么可以畏惧的。二十九年以前的幸福不曾留下任何不愉快的疤痕，也没有遭到任何损害，确确实实是一种独特的、无与伦比的情感，它犹如茫茫沙漠中一根高高耸立的飘荡着彩旗的旗杆。她为此而感到骄傲。

　　突然，她觉得弗蕾赛身上的神秘性消失了。可不是，弗蕾赛这个可怜的女人，性格并不多疑，也不是什么危险人物，简单地说，她大约属于那种随和型的女人。弗兰齐丝挺直了身子，左手轻轻抓住弗蕾赛细瘦的手腕，把她推开，脸上甚至露出吟吟微笑，好像是为了表示歉意，又好像是作为补偿，也好像是做作出来的一种抗拒的娇态，又稍稍在她的脸颊上吻了一下。

　　"晚安，亲爱的。"弗兰齐丝说完，便走进房间，立即把门锁上。

　　她看了看手表：十二点半。她熄了灯，和衣躺在床上，一动不动。隔壁房间里的弗蕾赛即使正在屏息凝神地细听她的动静，那也会以为她由于极度困倦已经酣然入睡了。不存在任何危险。她觉得自己非常清醒。她在黑暗中睁开双眼，紧张地思索着，凝望着天花板。在窗户的上方，运河的流水在路灯的照耀下映显出片片长方形、菱形的亮光，犹如金色的鳞片，不停歇地跳跃、变幻。那无比甜蜜的幻景，不啻是她的幸福。如果她能经常在威尼斯生活，而不是在伦敦，毫无疑问，她也就不必去进行她筹划的那件绝望的事情了。在威尼斯，幸福就蕴含在空气中，在万紫千红的色彩中，在碧波清水的倒影中，在高高低低的音波中，在周围的万千事物中。往昔似乎永远不会一去不复返，也永远不会是非现实的。往昔无须借助"纪念品"存在；幸福就在眼前。它难以言喻和捉摸不定，但并不因此而丧失真实性和令人神往的魅力，它恰似运河的潺潺流水映射出来的那种起伏不定的、宁静的喜悦……

怎样才能摆脱弗蕾赛呢？那太简单了！比当年摆脱彭斐要更加简单得多。二十九年以前，彭斐是她最要好的女朋友，早在学生时代，她们就形影不离。她们在一起度过暑假，到一个又一个意大利城市去游览。她们住在同一间客房里，两张床紧紧挨着，这自然不是出于经济上的原因。在威尼斯，她们下榻于卡瓦莱托旅馆。晚上，她们躺在各自的床上。就像她现在这样，在黑暗中睁大两眼，海阔天空地闲聊，不知度过了多少个钟点！她们的友情达到了彼此绝对信任的地步，直到弗兰齐丝凭着毋庸置疑的直觉发现自己被一名年轻的堂倌以某种方式看上的时候为止。那时候，每个晚上，她都和彭斐上弗洛里昂咖啡馆去，在一张小圆桌旁坐下，品尝冰激凌。

这个堂倌也很讨她的喜欢。她觉得对他产生了一种特殊的激情，或许她因此对彭斐保守口如瓶。她对彭斐保守秘密并不是因为堂倌的卑贱地位感到耻辱，而是出于羞怯，出于爱情，是为了牢牢保守这种感情。

堂倌是个身材瘦小的年轻人，脸孔的皮肤呈现出紫铜色，一双绿眼睛，牙齿洁白，那狡黠的微笑既富于男子汉的阳刚之美，又充满少年的稚气，她的目光只要一接触到这微笑，就觉得头晕目眩。他看来也体验到了她对他所怀有的同样感情。这从他一瞧见她们光临就搬动椅子，为她们准备座位的利落劲儿看得出来。另外，再明显不过的是，他欣赏的对象不再是彭斐，要不为什么他伺候她们的时候，他总是故意站在彭斐的身后，这样可以毫无顾忌地、好生地注视她的眼睛。他的脸上溢出微笑，露出一口雪白的牙齿，他那嘴唇引诱得她简直想去亲吻。

不过，却是彭斐在一个晚上开了个头，和堂倌攀谈起来。她们得知，他现在二十四岁，刚刚在海军服完兵役，是贝鲁诺[1]人。

"当然，他一点也看不出来是堂倌，也一点不像是意大利人。"彭斐说道，"如果看见他的穿着像一般人一样，不听他开口说话，你准会以为他是苏格兰人呢！"

而弗兰齐丝竟不晓得他的姓名，也不晓得他的教名……他不曾告诉她自己的名字。因此，在弗兰齐丝隐藏的深深的秘密记忆中，他的名字就是"堂倌，弗洛里昂咖啡馆的堂倌"。有时候，她也把他当作"贝鲁诺的苏格兰人"。

"苏格兰人"，有好多次，弗兰齐丝思念起他的时候，这么暗暗自言自语。不错，这是彭斐这么叫他们的。而她，弗兰齐丝，按父亲的血统来说，是爱尔兰人，可从母亲的血统来说，她却又是半个苏格兰人，打幼年时代起，她就深深地热爱着苏格兰的一切。

只有一样事情把她跟彭斐区别开来，她是天主教徒，彭斐不是。离开威尼斯前夕，傍晚时分，弗兰齐丝在广场上来来回回地踱步，她确信堂倌正在上班。她找了个借口，说她要去忏悔，便说服彭斐先回旅馆，说然后她再去接她吃晚饭。

她只身一人，立即几乎是一溜小跑地去见堂倌。她的注意力被他吸引了，

1　意大利北部城市，贝鲁诺省省会。

竟忘记像平时那样在广场的一张小桌子旁边坐下，而是在长廊下的一个角落里拣了个座位。当他走过来听候吩咐的时候，她便对他说了一些话。她已不再记得究竟对他说了些什么。她当时是那样激动，以至于很快就什么也想不起来了。不过，她让他明白，她对他怀有好感。她要求今晚再和他见面。于是，那年轻人和她约好半夜三点，就在长廊下的这个角落见面。

而今，整整二十九年的时光流逝了。弗洛里昂咖啡馆在半夜三点终于打烊了。一九五三年和一九六一年的两次旅行中她就注意到了这一点。半夜三点，最晚不过三点钟，广场上就空空荡荡的，阒无一人。连巡逻队和宪兵也不打这儿经过。只偶尔有个把醉鬼，不过那没有什么可怕的。小椅子都留在原来长廊下靠墙的地方：没有谁去碰它们，尽管这些小椅子全是年代古老的，至少是十九世纪的。在广场上，铸铁圆桌子周围是藤椅和塑料椅，而大理石柱廊下的小圆桌子和小椅子却跟咖啡馆里面的小圆桌和小椅子一个样。桌子都是清一色圆形的，大理石的。小椅子是用核桃木制作的，修饰得很漂亮，闪闪发光，椅座铺着深紫红色的天鹅绒。"贝鲁诺的苏格兰人"正在一根廊柱下的影子中等待她。他换下了堂倌的衣着，身穿一件领子一直遮到脖子的天蓝色厚毛衣，就像一个真正的苏格兰人。他立刻把她搂住，亲吻她。他并不比她矮小，他们一般高……

"我们上哪儿去?"过了一会儿，弗兰齐丝从他的怀抱里挣脱出来，好像透过一重轻纱瞧着明亮、空旷的广场，轻声问道。

作为回答，堂倌紧紧搂着她的腰，慢慢地带着她朝咖啡馆的玻璃门走去。他始终是默默地不作声，停下脚步，仔细地向周围打量了一番，然后猛地推开玻璃门让她进去。他进来后，随即把门锁上。

大厅里面一片黑暗，然而从玻璃门和窗户射进来的灯光足以引导他们走到大厅里最远、最隐蔽的角落。即便对面长廊上有人经过，无意把鼻子贴在玻璃门上朝里窥望，他们也确信不会被发现。他俩坐在同一张椅子上，紧紧搂在一起，借着无比柔和的亮光，却能清清楚楚地注视对方的眼睛……直到黎明的第一缕凄惨的、无法抗拒的曙光显现，才把他们拆开。

她一生中的欣悦全都存留在这回忆之中，存留在那再也没有重复过的幸福的时刻之中。后来，在整整二十九年的时光里，她教授钢琴，照顾年迈的母亲，直至母亲去世，又照顾年幼的弟弟，却没有别的生活内容了。每隔三四年，她把积累的储蓄拿出来，到国外去做一次短暂的假期旅行。在这种情况下，她自费把兄弟送到精神病医院，一从国外回到伦敦，她马上去把弟弟接回家里……

如今，她终于决定偷一把弗洛里昂咖啡馆的小椅子。当然不会是二十九年以前的那把小椅子，但和它是相似的一把。

她已经周密考虑和算计好，并做好了一切准备。她随身带了一只没有装什么东西的大箱子。她可以把椅子的座位和椅背拆开，这样就很容易装进箱子。回到伦敦，在离家几步远的旧货市场，只要花很少的几个先令，她就可以请一个古董商把小椅子重新装配好。

时钟刚敲两点半，她马上起床洗脸，为了不惊醒弗蕾赛，她小心翼翼地不发出声响，她换了一双旅游鞋，虽然式样陈旧难看，但很舒适，穿上它就是跑步也不会觉得累人。为了行动自如，她把手提包留在客房里。她只带了一块手绢和一些零钱，揣在外套口袋中。还带了护照，以备万一被逮住时用。是的，应当预防可能发生的意外，她甚至想好了，一旦出现意外情况，她就说："我是一个上了岁数的，有着特殊癖好的英国女人，家境不富裕，但是爱上了你的古董。"

她确信自己能获得成功。谁能发现她和阻止她呢？前两个晚上，她已经两次在这个时间起身，到现场去察看动静，仔细地研究经过的路线，在任何情况下，可能出现危险的只是开头的一百步路线，沿着从阿先西奥街到弗洛里昂咖啡馆，只要走到圣摩西广场就万无一失了。只要弗洛里昂咖啡馆的玻璃门窗和那些小椅子瞧得清楚就行了。谁敢阻止她呢！她是一个上了年纪的英国女游客，带着她自己的小椅子回旅馆去。有多少上年纪的英国女游客有这样的习惯，在夏日的夜晚，手提一只小椅子，到广场去听音乐会，除了时间晚点以外，没有什么会让人感到奇怪的。

一切都进行得很顺利，直至她拿起小凳子的时候。她瞧了瞧手表，正是三点十七分。她又一次仔细地环视周围。她绝对确信自己没有被人发现：在这时刻，圣·马科广场上没有一个人。

于是，她迅速伸出手去，拿起一把小椅子，把它紧紧地贴在胸前，急忙走开。她放开步子，但不是奔跑，朝阿先西奥街走去。可是，她还没有走出两步远，忽然玻璃门发出一声很响的声音，竟使她惊吓得站在原地动弹不得。她一点也不明白发生了什么事，呆呆地转过身去，浑身颤抖。那声响究竟是怎么回事？那是弗洛里昂咖啡馆的玻璃门被人打开了。一个男人，夜间守门人从咖啡馆里面走出来，走到她的跟前，问道：

"您干什么？请您放下，那不是您的东西！"

守门人是个四十开外的男子，身材魁梧，脸色黝黑。凑巧的是，他也穿着一件领子一直遮到脖子的天蓝色厚毛衣。

弗兰齐丝把小椅子放回原处。她只走了两步。她拿的是前面一排的一把椅子，为的是离开时最方便。

守门人继续神情严肃、一动不动地盯着她，她嗫嗫嚅嚅地说：

"请原谅……我不知道……我只是想坐到广场那儿去看看月亮。"

"是吗？"男人说道。

弗兰齐丝从他那嘲讽的声调中猛然想起，这天是月初。但她不想去纠正，只是说：

"请原谅。晚安。"

她匆匆地奔跑着，很快走远了。

一生只够爱一人　　117

鉴评：人生是海，幸福是岸

　　独身的老小姐，是英国十九世纪以来文学作品中常见的一种特别有意思的人物类型，很多作家都喜欢描写这种人物，她们大都属于中产阶级，个别也有很富裕的。终身未婚，是她们共同的特点，至于其具体原因，则各有各的不同，然而不同之中，却往往又有一个不可忽视的相同点，那就是她们在自己的娘家缺乏强有力的经济地位与优越的条件，这在女子须有陪嫁的婚姻市场上几乎可说是一个致命的弱点了。这种嫁不出去的命运所带来的长期独身生活，在她们身上总要打下深深的烙印，使她们不论在生活方式、行事处世方式以及思维方式上，往往形成一些古怪、特异、孤僻的脾性，人物有这种脾性，正可以给文学作品提供幽默的色彩。而这些老小姐由于青年时期都受过良好的教育，一般都有相当高的文化知识水平、绝不贫乏的内心生活以及堪称敏锐的生活感受，这也使她们成为大可描写一番的人物，这就是一些作家喜欢描写这种人物的原因。

　　英国作家喜欢描写他们的独身老小姐，这是很自然的事，但一个意大利作家也对英国的独身老小姐感兴趣，也把这样的人物当作自己作品的主人公，这就有点令人惊奇了。而更使人惊奇的是，这个意大利人居然把英国的老小姐描写得这样出色，其传神之技艺甚至超过英国同行。当然，这种文化现象终究并非不可理解。我们知道，在二十世纪，最出色的一部美国史是出自法国作家之手，而法国伟人拿破仑的一部重要传记，倒是英国学者所作。

《弗洛里昂咖啡馆的椅子》，首先使我不能释手的就是它对英国独身老小姐的描写。十一个当代的英国老小姐，组成一个旅游团来到了意大利的威尼斯。作者在小说开始不久对这个小小的群体有两段概略的描写，就把英国老小姐那种矜持可笑的劲头写得再精彩不过：如她们当中每个人如何"遵循英格兰人的品格行事"，"深信自尊自重是一种美德"，在这个廉价的旅行团里，"从不吐露怨气"，"从不提出异议"。如她们在意大利导游那口发音生硬的英语面前，如何感到自己的民族感情被伤害了。她们如何在疲劳中硬支撑着听导游讲解的情景更是有趣：

> 这十一位身穿苏格兰呢套裙的老姑娘，高傲地挺直身子，用手杖或小洋伞支撑着。尽管她们已经累得摇摇晃晃，随时随地都会倒下来，但是她们决意不流露出一丝一毫疲倦的样子。她们那尖尖的、玫瑰色的鼻子不知疲劳地向上翘着，她们那淡蓝的、碧绿的、铁灰的、银白的或北海海水般蔚蓝色的眼睛，固执地圆睁着，凝视教堂屋檐下的精致建筑和鸽子巢，而当她们垂下目光时，又不禁相互斜睨一眼。期望发现对方疲劳的神情，但最终她们又相互交换祝贺的眼色，因为她们看到了对方是那样顽强地克制着。她们的嘴唇微微嚅动，喃喃低语地互相勉励，眼睛紧紧盯住同伴的瞳孔。
>
> "您怎么样，亲爱的？"或者说，"您这样坚强，真叫人钦佩，我的朋友。"

当然，从这个群体中特别突现出来的，是小说的主人公弗兰齐丝·布尔凯，在这一天整个旅游参观的过程中，她一直心不在焉，不停地打着小算盘，策划着夜晚将采取的行动，并且几乎每走一步都在为这一夜她将采取的行动埋下伏笔，做好准备。从作者所设置的关于何种预谋的悬念中，读者见识到了一个英国老小姐那精细而又烦琐、得体而又蹊跷、周到而又偏颇的行事方式与思维方式，从中就已经感到有点古怪的气味，及至读者知道她预谋的行动，就是要在深夜到弗洛里昂咖啡馆偷走一把普通的椅子，并把它运回英国的时候，就对一个英国老小姐可以古怪到什么程度不会有任何怀疑了。回过头来再看她事前一系列周密的策划与这样一个荒唐目的的对立，她那矜持的风度与这样一个出格行为的对立，又不禁要深叹这位英国老小姐天真到了幼稚、偏执到了愚蠢的地步。

然而，几乎与此同时，我们知道了她要偷咖啡馆里一把椅子的原委：那是二十九年前一个深夜，她在这家咖啡馆的一把椅子上有过一次浪漫的私情，她一生中唯有的一次私情。当知道这个原委之后，我们对这位英国老小姐原有的看法就受到了根本性震撼，她原来是为了缅怀、为了追忆、为了纪念，更重要的是为了确认她的那一次恋爱，而这正是人类最正常不过的一种感情。

一个人故地重游，在当年与恋人喁喁情话的树下，摘取一片树叶带回去，这是一种最简单、最普通的纪念方式，当然还有其他不同凡响的方式。法国十九世纪浪漫主义诗人拉马丁为缅怀他前一年与情人朱丽·查理夫人月夜泛舟于萨瓦湖上的幸福，在他的《湖》一诗里，呼唤"湖呀，沉默的岩石、山洞、阴郁的森林"以及"飘飘而去的微风""以淡淡银辉铺洒湖面的月轮""叹息哽咽的芦苇"所有这一切当时的风物，都来"记住我们的良宵""铭记当时的情景"，都来证实"他们曾经相爱"，这种纪念确认的方式就比较高级了，此诗也成为文学史上的绝唱。法国二十世纪诗人阿波利奈尔，为了不让"流走的岁月"把他与少女玛丽·罗朗在米拉波桥上"面对面手相握"的幸福情景带走，用《米拉波桥》一诗将它塑铸成型，该诗也成为脍炙人口的名作。所有这些例子，不论是初级形式的还是高级形式的，都不过是对过去幸福爱情的一种缅怀，一种要把那种幸福爱情再一次确认下来、证实下来的努力，似乎唯恐无情的岁月会把它冲得无影无踪，也似乎是害怕总有一天自己的错觉会把那场幸福当作并未存在过的幻景。

　　拉马丁有他的湖光月色作为见证，阿波利奈尔也有他的米拉波桥作为他回忆的支撑点，但弗兰齐丝·布尔凯既没有她的湖，也没有她的桥，她只有威尼斯一家咖啡馆里的普通椅子。拉马丁与阿波利奈尔可以把他们的湖上景色与桥头风光铸造成永恒的诗歌形式，而弗兰齐丝·布尔凯只有一个办法：想方设法把那把并非故物、仅仅相似的一把椅子偷回家去！多么惨的一个故事。不过，她那把椅子，的的确确就是她的诗，多么感人的一个故事！

　　幸福爱情对人的吸引力是如此强大，即使时过境迁，人为了抗拒时光的侵蚀与记忆的无情，缅怀、纪念、确认与再证实这种幸福并非虚幻而做出的努力，又是如此强拗、执着，这都已经是现实生活中的常情了。但是，弗兰齐丝·布尔凯二十九年前的那一次幸福爱情究竟是怎样的一次幸福爱情呢？客观地说来，实在有点可怜，只是在夜深人静的时候，躲在咖啡馆的一个阴暗的角落里，在一张椅子上过了几个钟头，而其对象，只是刚认识不几天的咖啡馆里的一个堂倌！而且是一个不知姓名的堂倌！这样一次爱情在她心里能有这么顽强的生命力？能有这样大的影响？值得她如此缅怀纪念？值得她竭其心智、做出如此顽强的努力、做出如此大的牺牲去再加以证实、去再搜集"物证"，以致她宁可放弃她民族自尊自重的特性——矜持，而像小偷一样去偷一把椅子？

　　这正是问题的所在，或者说正是作者企图向读者提出来的问题。对此，如果他自己不做解答，他笔下的弗兰齐丝·布尔凯在读者看来几乎就会像是一个有偷窃癖的怪人。他做出了解答。

　　他的解答其实是对现实生活更深一层的挖掘，他的解答方式是以简练的描述向读者展示出可怜的弗兰齐丝·布尔凯那像沙漠一样的人生，像一块灰布一样晦暗的生活：清寒的家境，沉重的负担，先是要照顾年迈的母亲，而后又要照顾长期有病的弟弟。正是在这样的沙漠人生中，她对弗洛里昂咖啡馆里的那张椅子，就产生了这样一种拜物教的感情，"它犹如茫茫沙漠中一根高高耸立的飘荡着彩旗的旗杆。她为此而感到骄傲"；也正是在这人生荒漠的一片灰暗的压力与包围下，她产生了一种需要确认与证实自己确曾有过幸福的强烈冲动：

> 她自己也曾经获得过幸福，但只有一次，如今，她需要一种证明，一件标志，一样具体的东西，需要某种能够看得见、摸得着的东西，以这种或那种方式，把她和那遥远的时刻联系起来。否则，随着岁月的流逝，记忆的衰退，她将逐步逐步地对自己产生怀疑，怀疑自己只是向往过幸福，而不曾亲身享有过幸福。她担心，这样长此以往，她也将慢慢地变成疯人。

小说以不长的篇幅，容纳了丰富深刻的民族性格、人物心理、人生意义与现实生活的多方面内容，还有作者溢于言表的意蕴，所有这些，水乳交融，浑然一体，具有幽默柔和的色彩与亲切的温情的感人力量，多情的读者掩卷之后，亦当"江州司马青衫湿"。

法尼娜·法尼尼

——教皇治下发现的烧炭党人末次密会的详情

[法国] 司汤达

李健吾 译

作者简介

　　司汤达（1783—1842），法国杰出的批判现实主义作家。原名马利-亨利·贝尔，从小深受 18 世纪启蒙思想家的影响，中学毕业后，来到巴黎，参加了拿破仑的军队，曾转战全欧。1814 年拿破仑垮台、波旁王朝复辟后，他旅居意大利七年之久，在这期间开始写作。1830 年七月革命推翻波旁王朝后，他被任命为驻意大利西维达-维基雅的领事，一直到逝世。

　　主要作品有：游记《罗马、那不勒斯和佛罗伦萨》，小说《阿尔芒斯》《红与黑》《巴马修道院》《吕西安·娄凡》，批评论著《罗西尼传》《论爱情》《英国通讯集》《拉辛与莎士比亚》等。

　　这是一八二七年春天的一个夜晚。罗马全城轰动：著名的银行家 B 公爵，在威尼斯广场他的新邸举行舞会。为了装潢府邸，凡是意大利的艺术、巴黎和伦敦所能生产的最名贵的奢华物品，全用上了。人人抢着赴会。高贵的英吉利的金黄头发而又谨饬的美人们，千方百计以获得参加舞会资格为荣。她们来了许多。罗马的最标致的妇女跟她们在比美。一个少女由她父亲陪伴着进来，她的亮晶晶的眼睛和黑黑的头发说明她是罗马人。人们的视线全集中到她身上。她的一举一动都显示出一种罕见的骄傲。

可以看出，舞会的华贵震惊了前来赴会的外国人。他们说："欧洲任何国王的庆典都赶不上它。"

国王们没有罗马式的宫殿，而且只能邀请宫廷的命妇。B公爵却专邀漂亮的妇女。这一夜晚，他在邀请妇女上是成功的，使得男人们几乎眼花缭乱了。值得注目的妇女是那样多，要说出谁最美丽可就成为问题了。选择一时决定不下来。最后，法尼娜·法尼尼郡主，那个头发乌黑、目光明亮的少女，被宣布为舞会的皇后。马上，外国和罗马的年轻男子，离开了所有别的客厅，聚到她待着的客厅里。

她的父亲堂·阿斯德卢巴勒·法尼尼爵爷，要她先陪两三位德意志王公跳舞。随后，她接受了几个非常漂亮、非常高贵的英吉利人的邀请。可是她讨厌他们的虚架子。年轻的堂·里维欧·萨外里似乎很爱她，她仿佛也更喜欢折磨他。他是罗马最头角峥嵘的年轻人，而且也是一位爵爷。不过，谁要是给他一本小说读，他读上二十页就会把书丢掉，说看书让他头疼。在法尼娜看来，这是一个缺点。

将近半夜的时候，一个新闻传遍舞会，相当轰动。一个关在圣·安吉城堡的年轻烧炭党人，在当天夜晚化装逃走了，当遇到监狱最后的守卫队，他竟像传奇人物一样胆大包天，拿一把匕首袭击警卫。不过他自己也受了伤，警卫正沿着他的血迹在街上追捕。人们希望把他捉回来。

就在大家讲述这件事的时候，堂·里维欧·萨外里正好同法尼娜跳完舞。他醉心于她的风姿和她的胜利，差不多爱她爱疯了，送她回到她原来待着的地方，对她道："可是，请问，到底谁能够得到你的欢心呢?"

法尼娜回答他道："方才逃掉的那个年轻烧炭党人。至少他不是光到人世走走就算了，他多少做了点事。"

堂·阿斯德卢巴勒爵爷来到女儿跟前。这是一个二十来年没有同他的管家结过账的阔人。管家拿爵爷自己的收入借给爵爷，利息很高。你要是在街上遇见他，会把他当作一个年老的戏子，不会注意到他手上戴着五六只镶着巨大钻石的戒指。他的两个儿子做了耶稣会教士，随后都发疯死掉。他也把他们忘了。但是，他的独养女法尼娜不想出嫁，使他不开心。她已经十九岁，拒绝了好些最煊赫的配偶。她的理由是什么？和西拉[1]退位的理由相同：看不起罗马人。

舞会的第二天，法尼娜注意到她的一贯粗心大意、从不高兴带一次钥匙的父亲，正小心翼翼地关好一座小楼梯的门。这楼梯通到府里四楼的房间。房间的窗户面向点缀着橘树的平台。法尼娜出去做了几次拜访，回来的时候，府里正忙着过节装灯，把大门阻塞住了，马车只好绕到后院进来。法尼娜往高处一望，惊讶起来了，原来她父亲小心在意关好了的四楼的房间，有一个窗户打开了。她打发走她的女伴，上到府里顶楼，找来找去，找到一个有栅栏的小窗户，开向点缀着橘树的平台。她先前注意到的开着的窗户离她两步远。不用说，这屋子住了人。可是，住了谁？第二天，法尼娜想法子弄到一把开向点缀着橘树的平台的小门的钥匙。

窗户还开着，她悄悄溜了过去，躲在一扇百叶窗后面。屋子靠里有一张床，有人躺在床上。她的第一个动作是退回来。可是她瞥见一件女人袍子，搭在一张椅子上。她仔细端详床上的人，看见这个人是金黄头发，样子很年轻。她断定这是一个女人。搭在椅子上的袍子沾着血。一双女人鞋放在桌子上，鞋上也有血。不相识的女人动了动。法尼娜注意到她受了伤，一大块染着血点子的布盖住她的胸脯，这块布只用几条带子拴住。拿布这样捆扎，一看就知道不是一个

1　西拉（公元前136—公元前78），罗马共和国的独裁者，在他得势的末年（公元前79年）忽然宣布退位，退位的理由成了一个隐谜。本文所举的退位理由只是一种推测。

外科医生干的。法尼娜注意到，每天将近四点钟，父亲就把自己锁在自己的房间里，然后去看望不相识的女人，不久他又下来，乘马车到维太莱斯基伯爵夫人府去。他一出去，法尼娜就上到小平台，她从这里可以望见不相识的女人。她对这个十分不幸的年轻女人起了深深的同情，很想知道她的遭遇。搭在椅子上的沾着血的袍子，像是被刺刀截破的。法尼娜数得出截破的地方。有一天，她更清楚地看见不相识的女人：她的蓝眼睛盯着天看，好像在祷告。不久，眼泪充满了她美丽的眼睛。年轻的郡主眼巴巴直想同她说话。第二天，法尼娜大起胆子，在她父亲来以前，先藏在小平台上，她看见堂·阿斯德卢巴勒走进不相识的女人的屋子。他提着一个小篮子，里头装着一些吃的东西。爵爷神情不安，没有说多少话。他说话的声音低极了，虽说落地窗开着，法尼娜却听不见。没有多久他就走了。

法尼娜心想：

"这可怜的女人一定有一些很可怕的仇人，使得我父亲那样无忧无虑的性格，也不敢听信别人，宁愿每天不辞辛苦，上一百二十级楼梯。"

一天黄昏，法尼娜拿头轻轻伸向不相识的女人的窗户，她遇见了她的眼睛：全败露了。法尼娜跪下来，嚷道："我喜欢你，我一定对你忠实。"

不相识的女人做手势叫她进去。

法尼娜嚷道：

"你一定要多多原谅我，我的胡闹和好奇一定得罪了你！我对你发誓保守秘密。你要是认为必要的话，我就绝不再来了。"

不相识的女人道：

"谁看见你会不高兴？你住在府里吗？"

法尼娜回答道：

"那还用说。不过我看，你不认识我。我是法尼娜，堂·阿斯德卢巴勒的女儿。"

不相识的女人惊奇地望着她，脸红得厉害。她随后说道：

"希望你肯每天来看我。不过，我希望爵爷不晓得你来。"

法尼娜的心在怦怦地跳，她觉得不相识的女人的态度非常高尚。这可怜的年轻女人，不用说，得罪了什么有权有势的人，或许一时妒忌，杀了她的情人？她的不幸，在法尼娜看来，不可能出于一种寻常的原因。不相识的女人对她说：她肩膀上有一个伤口，一直伤到胸脯，使她很痛苦，她常常发现自己一嘴的血。

法尼娜嚷道：

"那你怎么不请外科医生？"

不相识的女人道：

"你知道，在罗马，外科医生看病必须一一向警察厅详细报告。你看见的，爵爷宁可亲自拿布绑扎我的伤口。"

不相识的女人神气委婉温柔，对自己的遭遇没有一句哀怜的话。法尼娜爱她简直发狂了。不过，有一件事很使年轻的郡主奇怪：在这明明是极严肃的谈话之中，不相识的女人费了很大劲才抑制住一种骤然想笑的欲望。

法尼娜问她道：

"我要是知道你的名字，我就快乐了。"

"人家叫我克莱芒婷。"

"好啊！亲爱的克莱芒婷，明天五点钟，我再来看你。"

第二天，法尼娜发现她的新朋友情形很坏。法尼娜吻着她道：

"我想带一个外科医生来看你。"

不相识的女人道：

"我宁可死了，也不要外科医生看。难道我想连累我的恩人不成？"

法尼娜连忙道：

"罗马总督萨外里·喀唐萨拉大人的外科医生，是我们的一个听差的儿子，他对我们很忠心。由于他的地位，他谁也不怕。我父亲对他的忠心没有足够认识。我叫人找他来。"

不相识的女人嚷道：

"我不要外科医生！看我来吧。要是上帝一定要召我去的话，死在你的怀里就是我的幸福。"

她的急切倒把法尼娜吓住了。

第二天，不相识的女人情形更坏了。法尼娜离开她的时候道：

"你要是爱我，你就看外科医生。"

"要是医生一来，我的幸福就全完啦。"

法尼娜接下去道：

"我一定打发人去找他来。"

不相识的女人什么话也没有说，留住她，拿起她的手吻了又吻，眼里汪着一包泪水。许久，她才放下法尼娜的手，以毅然就死的神情，向她道：

"我有一句实话对你讲。前天，我说我叫克莱芒婷，那是撒谎。我是一个不幸的烧炭党人……"

法尼娜大惊之下，往后一推椅子，站了起来。

烧炭党人继续说道：

"我觉得，我一讲实话，我就会失去唯一使我依恋于生命的幸福。但是，我不应该欺骗你。我叫彼耶特卢·米西芮里，十九岁，父亲是圣·盎其洛·因·伐图的一个默默无闻的外科医生，我呢，是烧炭党人。官方破获了我们的集会。我被戴上锁链，从洛马涅[1]押解到罗马，关在白天黑夜都靠一盏油灯照明的地牢里，过了十三个月。一个善心的人想救我出去，把我装扮成一个女人。我出了监狱，走过末道门的警卫室，听见一个卫兵在咒骂烧炭党人，我打了他一巴掌。我告诉你，我打他并不是炫耀自己胆大，仅仅是一时走神罢了。惹祸以后，一路上

1　洛马涅，古时意大利北部一个省区。

被人追捕，我让刺刀刺伤，已经精疲力竭了，最后逃到一家大门还开着的人家的楼上，听见后面卫兵也追了上来，我就跳进一个花园，跌在离一个正在散步的女人几步远的地方。"

法尼娜道：

"维太莱斯基伯爵夫人！我父亲的朋友。"

米西芮里喊道：

"什么！她说给你听啦？不管怎么样，这位夫人把我救了。她的名字应当永远不讲出来才是。正当卫兵来到她家捉我的时候，你父亲让我坐着他的马车，把我带了出来。我觉得我的情形很坏：好几天了，肩膀挨的这一刺刀，让我不能呼吸。我快死了。我挺难过，因为我将再也看不见你了。"

法尼娜不耐烦地听过以后，很快就走出去了。米西芮里在她那美丽的眼睛里看不出一点点怜悯，有的也只是那种自尊心受到伤害的表情。

夜晚，一个外科医生出现了；只他一个人。米西芮里绝望了，他害怕他再也看不到法尼娜。他问外科医生，医生只是给他放血，不回答他的问话。一连几天，都这样渺无声息。彼耶特卢的眼睛不离开平台的窗户，法尼娜过去就是从这里进来的。他很难过。有一回，将近半夜了，他相信觉察到有人在平台的阴影里面。是法尼娜吗？

法尼娜夜夜都来，脸庞贴住年轻烧炭党人的窗玻璃。

她对自己说："我要是同他说话，我就毁啦！不，说什么我也不应当再和他见面！"

主意打定了，可是她不由自主地想起，在她糊里糊涂地把他当作女人的时候，她已经爱上了他。在那样亲亲热热了一场之后，难道必须把他忘掉？在她头脑最清醒的时候，法尼娜发现自己来回改变想法，不禁害怕起来。自从米西芮里说出他的真实姓名以后，她习惯于思索每一件事，全像蒙上了一层纱幕，隐隐约约只在远处出现。

一个星期还没有过完，法尼娜面色苍白，颤颤索索地同外科医生走进年轻烧炭党人的屋子。她来告诉他，一定要劝爵爷换一个听差替他来。她待了不到十分钟。但是，过了几天，出于慈心，她又随外科医生来了一回。一天黄昏，虽说米西芮里已经转好，法尼娜不再有为他的性命担忧的借口，她却大着胆子一个人走了进来。米西芮里看见她，真是喜出望外。但是，他想隐瞒他的爱情，尤其是，他不愿意抛弃一个男子应有的尊严。法尼娜走进他的屋子，涨红了脸，生怕听到爱情的话。然而他接待她用的高贵、忠诚而又并不怎么亲热的友谊，却使她惶惑不安。她走的时候，他也没有试着留她。

　　过了几天，她又来了，看到的是同样的态度，同样尊敬、忠诚与感激不尽的表示。倒不用约制年轻烧炭党人的热情，法尼娜反问自己：是不是她自己一个人在单相思。年轻的姑娘一向傲气十足，如今才痛心地感到自己的痴情发展到了何等地步。她故意装出快活、甚至于冷淡的模样，来的次数少了，但是还不能断然停止看望年轻的病人。

　　米西芮里热烈地爱着。但是，想到他低微的出身和他的责任，决心要法尼娜连着一星期不来看他，他才肯吐露他的爱情。年轻郡主的自尊心正在步步挣扎。最后她对自己道："好啊！我去看他，是为了我、为了自己开心，说什么我也不会同他讲起他在我心里引起的感情。"于是她又来看米西芮里，而且一待就许久。但是他同她谈话的神情即使有二十个人在场也无伤大雅。有一天，她整整一天恨他，决定对他比平时还要冷淡，还要严厉，临到黄昏，却告诉他她爱他。没有多久，她也就做不出什么事来拒绝他了。

　　法尼娜很痴情，必须承认，法尼娜非常幸福。米西芮里不再想到他自以为应该保持的男子的尊严了。由于"激情、爱"而生的种种思虑，使他不安到了这种程度：他对这位傲气冲天的年轻郡主讲起他用过的要她爱他的手段。他的过度的幸福使他惊讶。四个月很快就过去了。有一天，外科医生允许他的病人自由行动。米西芮里寻思：我怎么办？在罗马最美的美人家里藏下去？那些混账的统治者，把我在监狱里头关了十三个月，不许我看见白昼的亮光，还以为摧毁了我的勇气！意大利，你真太不幸了，要是你的子女为了一点点小事就把你丢了的话！

法尼娜相信彼耶特卢的最大幸福是永远同她在一起待下去。他像是太快乐了。但是波拿巴[1]将军有一句话，在年轻人的灵魂里面，引起痛苦的反应，影响他对妇女的全部态度。一七九六年，波拿巴将军离开布里西亚，陪他到城门口的市府官吏对他说："布里西亚人爱自由，远在其他所有意大利人之上。"他回答道："是的，他们爱同他们的情妇谈自由。"

米西芮里模样相当拘束，向法尼娜道：

"天一黑，我就得出去。"

"千万留意，天亮以前回到府里，我等你。"

"天亮的时候，我离开罗马要好几里地了。"

法尼娜不动感情地道：

"很好，你到哪儿去？"

"到洛马涅，报仇去。"

法尼娜露出最平静的模样，接下去道：

"我，我希望你接受我送的军火和银钱。"

米西芮里不改神色，望了她一会儿，随后，他投到她的怀里，向她道：

"我的命根子，你让我忘掉一切，连我的责任也忘掉。不过，你的心灵越高贵，你越应当了解我才是。"

法尼娜哭了许久。他们讲定，他推迟到后天才离开罗马。

第二天她向他道：

"彼耶特卢，你常常对我讲起，假如奥地利有一天卷入一场离我们老远的大

1　即拿破仑一世。

战的话，一位有名望的人，例如，一位拿得出大批银钱的罗马爵爷，就可以为自由做出最大的贡献。"

彼耶特卢诧异道：

"那还用说。"

"好啊！你有胆量，你缺的只是一个高贵的地位。我嫁给你，带二十万法郎的年息给你。我负责取得我父亲的同意。"

彼耶特卢扑通跪了下去。法尼娜心花怒放了。他向她道：

"我热爱你。不过，我是祖国的一个可怜的仆人。意大利越是不幸，我越应当对它忠心到底。要取得堂·阿斯德卢巴勒的同意，就得好几年扮演一个可怜的角色。法尼娜，我拒绝你。"

米西芮里急于拿这话约束自己，他的勇气眼看就要丧失了，他嚷道：

"我的不幸就是我爱你比爱性命还厉害，就是离开罗马对我是最大的刑罚。啊！意大利从野蛮人手里早点解放出来该多好啊！我跟你一起搭船到美洲过活，该多快活啊！"

法尼娜心冷了。拒绝和她结婚的话激起她的傲气。但是，不久，她就投到米西芮里的怀里。她嚷道：

"我觉得你从来没有这样可爱过。是的，我的乡下的小外科医生，我永远是你的了。你是一个伟大人物，就和我们古代的罗马人一样。"

所有关于未来的想法，所有理性的伤心的启示，全无踪无影了；这是一刻完美无缺的爱情。等他们头脑清醒过来以后，法尼娜道：

"你一到洛马涅，我差不多也就来了。我让医生劝我到波赖塔浴泉去。靠近佛尔里，我们在圣·尼考洛有一座别墅，我在别墅住下来……"

米西芮里喊道：

"在那边，我跟你一起过一辈子！"

法尼娜叹了一口气，接下去道：

"从今以后，我命里注定要无所不为。为了你，我要毁掉自己，不过，管它呢……你将来能爱一个声名扫地的姑娘吗？"

米西芮里道：

"你不是我的女人、一个我永远膜拜的女人吗？我知道怎么样爱你，保护你。"

法尼娜必须到社会上走动走动。她才一离开，米西芮里就开始感觉他的行为不近情理。他向自己道：

"祖国是什么？不就像一个人一样，一个人对我们有过恩，我们就应当感恩图报，万一他遭到不幸，我们并不感恩图报，他就可能咒骂我们。祖国与自由，就像我穿的外套，对我是一件有用的东西。我父亲没有遗留给我，不错，我就应当买一件。我爱祖国与自由，因为这两件东西对我有用。要是我拿到手不懂得用，要是它们对我就像八月天的一件外套一样，买过来有什么用，何况价钱又特别高？法尼娜长得那样美！她有一种非凡的天资！人家一定要想法子得她的欢心的，她会忘记我的。谁见过女人从来只有一个情人？作为公民，我看不起这些罗马爵爷，可是他们比我方便多了！他们一定是很可爱的！啊！我要是走的话，她就忘记我了，我就永远失掉她了。"

半夜，法尼娜来看他。他告诉她，他方才怎样犹疑不决，怎样因为爱她，研究过祖国这伟大的字眼。法尼娜很快乐。她心想：

"要是必须在祖国和我之间决然有所选择的话，他会选我的。"

附近教堂的钟在敲三点，最后分别的时间到了。彼耶特卢挣出女朋友的怀抱。他已经走下小楼梯了，只见法尼娜忍住眼泪，向他微笑道：

"要是一个可怜的乡下女人照料你一场，你不做一点什么谢谢她吗？你不想法子报答报答她吗？你此去前途茫茫，吉凶未卜，你是要到你的仇人中间去旅行呀。就算谢我这个可怜的女人，给我三天吧，算你报答我的照料。"

米西芮里留下了。三天之后，他终于离开了罗马。仰仗一张从一家外国大使馆买到的护照，他到了他的家乡。大家喜出望外，因为全以为他已经死了。朋友们打算杀一两个宪兵，表示欢迎庆祝。

米西芮里道：

"没有必要，我们不杀一个懂得放枪的意大利人。我们的祖国不是一座岛，像幸运的英吉利。我们缺乏兵士抵抗欧洲帝王的干涉。"

过了些时候，宪兵们四处搜捕米西芮里，他用法尼娜送给他的手枪杀死了两个。官方悬赏捉拿他。

法尼娜没有在洛马涅出现。米西芮里以为她忘了自己。他的虚荣心受了伤。他开始想到他和他的情妇之间地位上的悬殊。一想起过去的幸福，他又心软了，真想回罗马看看法尼娜在做什么。这种疯狂的念头眼看就要战胜他所谓的责任了。忽然有一天黄昏，山上一座教堂怪声怪调地传出晚祷的钟声，就像敲钟的人心不在焉的样子。这是烧炭党组织集会的一种信号。米西芮里一到洛马涅，就和烧炭党组织有了联系。当天夜晚，大家在树林里的一座道庵聚会。两位隐修士让鸦片麻醉住，昏昏沉沉，一点也意识不到他们的小房子在派什么用场。米西芮里闷闷不乐地来了。在集会上他得知首领被捕，而他——一个不到二十岁的年轻人，被推为首领。在这个组织里，有的成员五十多岁，从一八一五年缪拉[1]远征以来就入党了。得到这意想不到的荣誉，彼耶特卢觉得他的心在跳。剩下他一个人的时候，他决定不再思念那忘了他的罗马姑娘，把他的思想全部献给"从野蛮人手里解放意大利"[2]的责任。

作为首领，大家一有关于当地人员来往的报告，就送给米西芮里看。集会以后两天，他从报告上看到法尼娜郡主新近来到她的圣·尼考洛的别墅。

读到这名字，他心里的骚乱要比快乐大。他拿定主意当天黄昏不到圣·尼

1　缪拉（1767—1815），拿破仑的妹夫，在那不勒斯当国王，烧炭党就是为了反对他的统治而开始组织的。

2　原注："这是佩塔尔克在1350年讲的话……"

考洛别墅去，以为这就保证了他对祖国的忠心。他疏远法尼娜。但是，她的形象妨碍他按部就班地完成他的任务。第二天他见到了她。她像在罗马一样爱他。她父亲要她结婚，延迟了她的行期。她带来两千金币。这意想不到的捐助，大大提高了米西芮里在新职位上的声望。他们在考尔夫定做了一些刺刀；他们收买了奉命搜捕烧炭党人的教皇大使的亲信秘书，这样，他们把给政府做奸细的堂长的名单也弄到了手。

就是在这时候，在多灾多难的意大利，一个最不轻率的密谋计划完成了。我这里不详细叙述，详细叙述在这里也不相宜。我说一句话就够了：起义要是成功了，大部分的荣誉要属于米西芮里。在他的领导之下，只要信号一发，几千起义者就会起来，举起武器，等候上级领导来。然而事情永远是这样子，决定性的时刻到了，由于首领被捕，密谋成了画饼。

法尼娜一到洛马涅，就看出对祖国的爱已经让她的情人忘掉还有别的爱。罗马姑娘的傲气被激起来了。她试着说服自己，无济于事。她心里充满了郁郁不欢：她发现自己在咒骂自由。直到现在为止，她的骄傲还能够控制她的痛苦。但是，有一天，她到佛尔里看望米西芮里，再也控制不住了。她向他道：

"说实话，你就像一个做丈夫的那样爱我，我指望的可不是这个。"

不久，她的眼泪也流下来了。但是，她流泪是由于惭愧，因为她居然自贬身价，责备起他来了。米西芮里心烦意乱地看着她流泪。法尼娜忽然起了离开他、回罗马的心思。她责备自己方才说话软弱，她感到一种残酷的喜悦。静默了没有多久，她下了决心：要是她不离开米西芮里的话，她觉得自己会配不上他。等他在身边找她不到，陷入痛苦和惊慌的时候，她才高兴。没有多久，想到她为这人做了许多荒唐事，还不能够取得他的欢心，她难过极了。于是她打破静默，用一切心力，想听到他一句谈情说爱的话。他神不守舍地同她说了一些很温存的话。但是，只有谈起他的政治任务，他的声调才显出深厚的感情。他痛苦地喊道：

"啊！这件事要是不成功，再被政府破获的话，我就离开党不干了。"

法尼娜一动不动地听着。一小时以来，她觉得她是最后一回看见她的情人。他这话就像一道不幸的光，照亮了她的思路。她向自己道："烧炭党人收了我几千金币。他们不会疑心我对密谋不忠心的。"

法尼娜停住幻想，只向彼耶特卢说：

"你愿意到圣·尼考洛别墅和我过二十四小时吗？你们今天黄昏的会议用不着你出席。明天早晨，在圣·尼考洛，我们可以散散步，这会让你安静下来；遇到这些重大的情况，你需要冷静的。"

彼耶特卢同意了。

法尼娜离开他，做旅行的准备，和往常一样，把他锁在藏他的小屋子里头。

她有一个使女，结了婚，离开她，在佛尔里做小生意。她跑到这女人家，在她屋子里面找到一本祷告书，在边缘连忙写下烧炭党人当天夜晚集会的准确地点。她用这句话结束她的告密："这个组织是由十九个党员组成的，这里是他们的姓名和住址。"这张名单很正确，只有米西芮里的名字被删去了。她写完名单，对她信得过的女人道：

"把这本书送给教皇大使红衣主教，请他念一下写的东西，再把书还你。这里是十个金币。教皇大使要是说起你的名字，你就死定了。不过，我方才写的东西，你给教皇大使一念，你就救了我的性命。"

一切进行圆满。教皇大使由于畏惧，做事一点也没有大贵人的气派。他允许求见的民妇在他面前出现，不过要戴面具，而且还得把手捆起来。做生意的女人就在这种情形下，被带到大人物面前：她发现他缩在一张铺着绿毯子的大桌子后头。

教皇大使唯恐吸进了容易感染的毒药，把祷告书捧得远远的。他读过那一页，就把书还给做生意的女人，也没有派人尾随她。法尼娜看到她的旧使女转回家，相信米西芮里从今以后完全成了她的。离开她的情人不到四十分钟，她又在他的面前出现了。她告诉他，城里出了大事，宪兵从来不去的街道，有人注意到他们也在来回巡逻。她接下去道：

"你要是相信我的话，我们马上就到圣·尼考洛去。"

米西芮里同意了。年轻郡主的马车和她的谨慎而报酬丰厚的心腹女伴，在城外半英里的地方等她。他们步行到马车那边。

由于行动荒诞，法尼娜心不安了，所以到了圣·尼考洛别墅，对她的情人就加倍温存起来。但是，同他说到爱情，她觉得她就像在做戏一样。前一天，派人告密的时候，她没有想到自己会后悔。现在，把情人搂在怀里，她默默想道："有一句话可以同他讲，可是一讲出口，他马上而且永远就厌恶我了。"

临到半夜，法尼娜的一个听差撞进了她的屋子。这人是烧炭党，而她并不疑心他是，可见米西芮里对她保留秘密，尤其是在这些细节上。她哆嗦了。这人来警告米西芮里，夜晚在佛尔里，十九个烧炭党人的家被包围，他们开完会回来，全被捕了。虽说事出仓促，仍然逃掉了九个人。宪兵捉住十个，押到城堡的监狱。进监狱的时候，其中有一个人跳进井里，并非常深，死了。法尼娜张皇失措起来，幸而彼耶特卢没有注意到她，否则往她眼里一看，他就可以看出她的罪状。……听差接下去说，眼下佛尔里的卫兵，排在所有的街道。每一个兵士离下一个兵士近到可以交谈。居民不能够穿街走，除非是有军官的地点。

这人出去以后，彼耶特卢沉思了一会儿，最后道：

"目前没有什么可做的啦。"

法尼娜面无人色，在情人视线之下哆嗦着。他问她道：

"你到底怎么啦？"

随后，他想着别的事，不再望她。将近中午的时候，她大着胆子向他道：

"现在又一个组织被破获了，我想，你可以安静一些时候了。"

米西芮里带着一种使她战栗的微笑，回答她道：

"安静得很。"

她要对圣·尼考洛村子的堂长做一次不可少的拜访：他可能是耶稣会方面的奸细。七点钟回来用晚饭的时候，她发现隐藏她情人的小屋子空了。她急死了，跑遍全家寻他，没有一点踪迹。她绝望了，又到那间小屋子，这时候，她才看到一张纸条子，她读着：

　　　我向教皇大使自首去。我对我们的事业灰心了。上天在同我们作对。谁出卖我们的？显然是投井的混账东西。我的生命既然对可怜的意大利没有用，我不要我的同志们看见只我一个人没有被捕，以为是我出卖了他们。再会了，你要是爱我的话，想着为我报仇吧。铲除、消灭出卖我们的坏蛋吧，哪怕他是我的父亲。

法尼娜跌在一张椅子上，几乎晕了过去，陷入最剧烈的痛苦。她一句话也说不出口，她的眼睛是干枯、炙热的。

最后，她扑在地上跪下来，喊道：

"上帝！接受我的誓言，是的，我要惩罚出卖的坏蛋。不过，首先必须营救彼耶特卢。"

一小时以后，她动身去了罗马。许久以来，父亲就在催她回来，她不在的期间，他把她许配给了里维欧·萨外里爵爷。法尼娜一到，他就提心吊胆地说给她听。他怎么也意想不到，话才出口，她就同意了。当天黄昏，在维太莱斯基伯爵夫人府，父亲近乎正式地介绍堂·里维欧给她。她同他谈了许久。这是最风流倜傥的年轻人，有着最好的骏马。不过，尽管大家认为他很有才情，可是，性格轻狂，政府对他没有一点点疑心。法尼娜心想，让他先迷上她，之后她就好拿他做成一个得心应手的眼线。他是罗马总督萨外里·喀唐萨拉大人的侄子，她揣测奸细不敢尾随他的。

一连几天，法尼娜都待可爱的堂·里维欧很好，过后却向他宣告，他永远做不了她的丈夫，因为照她看来，他做事太不用心思了。她向他道：

"你要不是一个小孩子的话，你叔父的工作人员也就不会有事瞒着你了。好比说，新近在佛尔里破获的烧炭党人，他们决定怎么样处置呢?"

两天以后，堂·里维欧来告诉她，在佛尔里捉住的烧炭党人统统逃走了。她显出痛苦的微笑，表示最大的蔑视，大黑眼睛盯着他看，一整黄昏不屑于同他说话。第三天，堂·里维欧红着脸，来对她实说：他们开头把他骗了。他向她道：

"不过，我弄到了一把我叔父书房的钥匙。我在那里看到文件，说有一个什么委员，由红衣主教和最有势力的教廷官员组成，在绝对秘密之下开了会，讨论在腊万纳还是在罗马审问这些烧炭党人。在佛尔里捉住的九个烧炭党人，还有他们的首领、一个叫米西芮里的，这家伙是自首的，蠢透了，如今全关在圣·莱奥城堡。"

听到"蠢"这个字，法尼娜拼命拧了爵爷一把。她向他道：

"我要亲自看看官方文件，随你到你叔父书房去一趟。你也许看错了。"

听见这话，堂·里维欧哆嗦了。法尼娜几乎是向他要求一件不可能的事。可是这年轻姑娘的古怪天资让他加倍爱她。过不了几天，法尼娜扮成男子，穿一件萨外里府佣人穿的漂亮小制服，居然在公安大臣最秘密的文件中间待了半小时。她看到关于刑事犯彼耶特卢·米西芮里的每日报告，快活得要命。她拿着这件公文，手直哆嗦。再读这名字，她觉得自己快要病倒了。走出罗马总督府，法尼娜允许堂·里维欧吻她。她向他道：

"我想考验考验你，你居然通过了。"

听见这样一句话，年轻爵爷为了讨法尼娜欢心，会放火把梵蒂冈烧了的。当天晚上，法兰西大使馆举行舞会。她跳了许久，几乎总是和他在一起。堂·里维欧沉醉在幸福里面了。必须防止他思索啊。

法尼娜有一天向他道：

"我父亲有时候脾气挺怪，今天早晨他辞掉了两个底下人。他们哭着来见我。一个求我把他安插到罗马总督你叔父那边，另一个在法兰西人手下当过炮兵，希望在圣·安吉城堡做事。"

年轻爵爷急忙忙道：

"我把两个人全用过来就是了。"

法尼娜高傲地回道：

"我这样求你来的？我是对你照原来的话重复两个可怜的人的请求。他们必须得到他们要求的事，别的事不相干。"

没有比这更难的事了。喀唐萨拉大人不是一个随随便便的人，他不清楚的人家里是不用的。在一种表面上充满了种种欢愉的生活当中，法尼娜被悔恨折磨着，非常痛苦。进展的缓慢把她烦死了。父亲的经纪人给她弄到了钱。她好不好逃出父亲的家，跑到洛马涅，试一下她的情人越狱？这种想法尽管荒谬，她打算付诸实践。就在她跃跃欲试的时候，上天可怜她了。

堂·里维欧向她道：

"米西芮里一帮烧炭党人，要押解到罗马来了，除非是判决死刑之后，在洛马涅执行，那就不来了。这是我叔父今天黄昏奉到的教皇旨意。罗马只有你我晓得这个秘密，你满意了吧？"

法尼娜回答：

"你变成大人了，拿你的画像送我吧。"

米西芮里应当来到罗马的前一天，法尼娜找了一个借口去齐塔·喀司太拉纳。从洛马涅递解到罗马的烧炭党人，就被押在这个城的监狱过夜。早晨米西芮里走出监狱的时候，她看见他了：他戴着锁链，一个人待在一辆两轮车上。她觉得他脸色苍白，但是一点也不颓丧。一个老妇人扔给他一捧紫罗兰，米西芮里微笑着谢她。

法尼娜看见她的情人，她的思想似乎全部换成了新的，她有了新的勇气。许久以前，她曾经为喀芮院长谋到过一个好位置。她的情人要关在圣·安吉城堡，而院长就是城堡的神甫。她请这位善良的教士做她的忏悔教士，做一位郡主、总督的侄媳妇的忏悔教士，在罗马不是一件小事。

佛尔里烧炭党人的讼案并不延宕。极右派不能够阻止他们来罗马，为了报复起见，就让承审的委员会由最有野心的教廷官员组成。委员会的主席是公安大臣。

镇压烧炭党人，律有明文。佛尔里的烧炭党人不可能保存任何希望。但是他们并不因此就不运用一切可能的计谋，卫护他们的生命。对他们的审判不单判决死刑，有几个人还赞成使用残酷的刑罚，像把手剁下来等等。公安大臣已经把官做到头了（因为他卸任下来，只有红衣主教可做），所以绝不需要把手剁下来。他带判决书去见教皇，把死刑全部减成几年监禁。只有彼耶特卢·米西芮里例外。公安大臣把这年轻人看成一个热衷革命的危险分子，而且我们先前说过，他杀死过两个宪兵，早就被判处死刑了。公安大臣朝见教皇回来没有多久，法尼娜就晓得了判决书和减刑的内容。

第二天，将近半夜的时候，喀唐萨拉大人回府，不见他的随身听差来。大臣诧异之下，按了几次铃，最后出现了一个糊里糊涂的老听差。大臣不耐烦了，决定自己脱衣服。他锁住门。天气很热。他脱掉衣服，卷在一起，朝一张椅子丢了过去。他使大了力气，衣服丢过椅子，打到窗户的纱帘，纱帘后显出一个男子的形体。大臣赶快奔向床，抓起一管手枪。就在他回到窗边的时候，一个年纪很轻的男子，穿着他佣人的制服，端着手枪，走到他面前。大臣一看情形不好，就拿手枪凑近眼睛，准备开枪。年轻人向他笑道：

"怎么？大人，你不认识法尼娜·法尼尼啦？"

大臣发怒道：

"什么意思，要这样恶作剧？"

年轻女孩子道：

"让我们冷静下来谈谈吧。首先，你的手枪就没有子弹。"

大臣吃惊了。弄清楚这是事实，他从背心口袋里抽出了一把匕首。

法尼娜做出一种神气十足、妩媚可爱的模样向他道：

"让我们坐下吧，大人。"

于是她安安静静地坐到一张安乐椅上。

大臣道：

"至少，就只你一个人吧?"

法尼娜喊道：

"绝对只我一个人，我向你发誓!"

这是大臣所要仔细证实的：他兜着屋子走了一圈，四处张望，然后他坐在一张椅子上，离法尼娜三步远。

法尼娜露出一种温和、安静的模样道：

"弄死一个心性平和的人，换上来一个性子火暴、足以毁掉自己又毁掉别人的坏家伙，对我有什么好处?"

闹情绪的大臣道：

"你到底要什么，小姐? 这场戏对我不相宜，拖长了也不应该。"

法尼娜忽然忘记她温文尔雅的模样，傲然道：

"我下面的话，关于你比关于我多。有人希望烧炭党人米西芮里能够活命。他要是被处死了的话，你比他多活不了一星期。这一切跟我没有任何关系。你嫌胡闹，其实我胡闹首先是为了消遣，其次是为了帮我一个女朋友的忙罢了。我愿意……"

法尼娜恢复了她上流社会的风度，继续道：

"我愿意帮一个有才的人的忙，因为不久他就要做我的叔父了，而且就目前情形看来，家业兴旺正依靠他呢。"

大臣不再怒形于色了。不用说，法尼娜的美丽是有助于这种迅速的转变的。喀唐萨拉大人对标致妇女的喜好，在罗马是人所皆知的，而法尼娜装扮成萨外里府的跟班，丝袜平平整整，红上衣，绣着银袖章的天蓝小制服，端着手枪，是十分迷人的。

大臣几乎是笑着道：

"我未来的侄媳妇，你胡闹到了极点，不会是末一回吧。"

法尼娜回答道：

"我希望这样懂事的一位人物帮我保守秘密，特别是在堂·里维欧那方面。为了鼓励你的勇气，我亲爱的叔父，你要是答应我的女朋友保护的人不死的话，我就吻你一下。"

罗马贵族妇女懂得怎样用这种半开玩笑的声调应付最大的事变。法尼娜就用这种声调继续谈话，终于把这场以手枪开始的会见变成年轻的萨外里夫人对她叔父罗马总督的拜访。

喀唐萨拉大人不久就以高傲的心情抛却自己受畏惧挟制的思想，和侄媳妇谈起营救米芮里性命的种种困难。大臣一边争论，一边和法尼娜在屋里走动着。他从壁炉上拿起一瓶柠檬水，倒进一只水晶杯子里。就在他正要拿杯子举到嘴边的时候，法尼娜把杯子抢过来，举了一会儿工夫，好像一失手，让它掉在花园里。过了些时候，大臣从糖盒取了一粒巧克力糖，法尼娜一把夺过来，笑着向他道：

"你要当心呀，你屋里的东西全放上毒药了，因为有人要你死。是我救下了我未来叔父的性命，免得嫁到萨外里家，无利可图。"

喀唐萨拉大人大惊之下，谢过侄媳妇，对营救米芮里的性命，表示很有希望。

法尼娜喊道：

"我们的交易达成啦！证据是，现在就有报酬。"

她一边说话，一边吻他。

大臣接受了报酬。

他接下去道：

"你应当知道，我亲爱的法尼娜，就我来说，我不爱流血。而且，我还年轻，虽说你也许觉得我老了，我可以活到今天，流的血将会玷污我的名誉的时代。"

午夜两点，喀唐萨拉大人一直把法尼娜送到花园小门口。

第三天，大臣觐见教皇，想着他要做的事，相当为难。但是圣上向他道：

"首先，有一个人我请你从宽发落。佛尔里那些烧炭党人，有一个还是判了死刑，想起这事，我就睡不着觉：应当救了这人才是。"

大臣一看教皇站在他这方面，就提出了许多反对意见，最后写了一道谕旨，由教皇破例签字。

法尼娜先就想到，她的情人可能得到特赦，不过，是否会有人要毒死他可就难说了。所以，前一天，她通过忏悔教士喀芮院长送了米西芮里若干小包军用饼干，叮咛他千万不要动用政府供应的食物。

过后，听说佛尔里的烧炭党人要移到圣·莱奥城堡，法尼娜希望在他们路过齐塔·喀司太拉纳的时候，设法见到米西芮里一面。她在囚犯来前二十四小时到了这个城里。她在这里找到喀芮院长，他前几天就来了。他得到狱吏许可，米西芮里半夜可以在监狱的小教堂听弥撒。尤其难得的是：米西芮里要是肯同意拿锁链把四肢捆起来的话，狱吏可以退到小教堂门口，这样可以看得见他负责监视的囚犯，却听不见他在说什么。

决定法尼娜命运的一天终于到了。她从早晨起，就把自己关在监狱的小教堂里。谁猜得出这整整一天她的起伏的思绪？米西芮里爱她爱到能够饶恕她吗？她把他们的组织告发了，但是她也救下了他的性命呀。在这苦闷的灵魂清醒过来的时候，法尼娜希望他会同意和她离开意大利。她从前要是犯了罪的话，也是由于过分爱他的缘故呀。钟敲四点了。她听见石道上远远传来宪兵的马蹄声。每一声似乎都在她心里引起回响。不久，她听出递解凶犯的两轮车在滚转，它们在监狱前面的小空场停住。她看见两个宪兵过去搀扶米西芮里，他一个人在一辆车上，戴了一大堆脚镣手铐，简直动弹不得。她流着眼泪，向自己道："至少他还活着，他们还没有毒死他！"黄昏黯淡凄凉。圣坛的灯放在一个很高的地方，又因为狱吏省油，灯光微弱，只这一盏灯照着这阴沉的小教堂。几个中世纪的大贵人死在附近的监狱，法尼娜的眼睛在他们的坟上转来转去，他们的雕像有一种恶狠狠的神情。

　　一切嘈杂的声音早已停止。法尼娜是一脑子的忧郁的思想。半夜的钟声响了不久之后，她相信听见轻轻的响声，像是一只蝙蝠在飞。她想走动，却昏倒在圣坛的栏杆上。就在这时，两个影子离她很近，站在一旁，她先前并没有听见他们来。原来是狱吏和米西芮里。米西芮里一身锁链，活像一个裹着襁褓的小孩。狱吏弄亮一盏手提灯，放在圣坛的栏杆上，靠近法尼娜，好让他清清楚楚看见他的囚犯。随后，他退到紧底，靠近门口。狱吏刚刚走开，法尼娜就扑过去，搂住米西芮里的脖子。把他搂在怀里，她感觉到的只是他的冰凉的坚硬的锁链。她心想：谁给他戴这些锁链的？她吻她的情人，却得不到一点快感。紧跟着是一种更锐利的痛苦：他的接待十分冰冷，她有一时真以为米西芮里晓得了她的罪状。

　　他最后向她道：

　　"亲爱的朋友，我怜惜你爱我的感情；我有什么好处能够使你爱我，我找不出来。听我的话，让我们回到更符合基督精神的感情吧。让我们忘记从前使我们走上岔路的幻景吧。我不能归你所有。什么缘故我起义，结局经常不幸，说不定就是因为我经常处在罪不可道的情形的缘故。其实只要凡事谨慎，也就行了。为什么在佛尔里不幸的夜晚，我不和我的朋友一道被捕呢？为什么在危险的时候，我不在我的岗位上？为什么我一不在就会产生最残忍的猜疑呢？因为在要求意大利自由之外，我另有一种激情。"

　　米西芮里的改变太出法尼娜的意外，她呆住了。他不算太瘦，不过，模样却像三十岁的人。法尼娜把这种改变看成他在监狱受到恶劣待遇的结果。她哭着向他道：

"啊！狱吏再三答应他们会好好儿待你的。"

事实是，年轻烧炭党人濒近死亡，可能和要求意大利自由的激情协调的宗教原则，统统在他心里再现了。法尼娜逐渐看出，她的情人的惊人改变完全是精神上的，一点不是身体受到恶劣待遇的结果。她以为她已经苦到不能再苦了，想不到还要苦上加苦。

米西芮里不言语。法尼娜哭得出不来气。他有点感动的样子，接下去道：

"我要是在人世爱什么东西的话，那就是你，法尼娜。不过，感谢上帝，我这一辈子如今只有一个目的：我不是死在监狱，就是想法子把自由给予意大利。"

又是一阵静默。法尼娜显然开口不得：她试了试，无济于事。米西芮里讲下去：

"责任是残酷的，我的朋友。可是，完成责任，不经一点点苦，英雄主义呢？答应我，你今后别再想法子看我了。"

锁链把他捆得十分紧。他尽可能挪动一下手腕，把手指头伸给法尼娜。

"你要是允许一个你亲爱的人的劝告的话，你父亲要你嫁的有地位的人，你就听话嫁了他吧。你的不愉快的事不必告诉他。另一方面，永远不要想法子再看我了。让我们从今以后彼此成为陌生人吧。你给祖国捐献了一大笔款子，有一天它要是得到解放的话，一定要用国家财产偿还这笔款子的。"

法尼娜五内俱裂了。彼耶特卢同她说话，只有提到"祖国"的时候，眼睛才亮了亮。

骄傲终于来援助年轻的郡主了，她带了金刚钻和小锉刀。她不回答米西芮里，把它们送给了他。

他向她道：

"由于责任的缘故，我接受了，因为我必须想法子逃走。不过，我永远看不见你了，当着你新送的东西，我发誓。永别了，法尼娜！答应我永远不给我写信，永远不想法子看我。把我完全留给祖国吧。我对你就算死了，永别了！"

气疯了的法尼娜道：

"不，我要你知道，我在爱你的心情之下，做了些什么。"

于是，自从米西芮里离开圣·尼考洛别墅去见教皇大使自首以来她做的事，她一五一十讲给他听。说完这段话，法尼娜道：

"这都算不了什么。为了爱你，我还干别的事来着。"

于是她告诉他，她出卖他的事。

"啊！混账东西！"

彼耶特卢喊着，他气疯了，扑向她，想拿他的锁链打她。

要不是狱吏一听见喊叫就跑过来的话，他就打到她了。狱吏揪住米西芮里。

"拿去，混账东西，我什么也不要欠你的！"

米西芮里一边对法尼娜说着，一边尽锁链给他活动的可能，把锉子和金刚钻朝她扔过去，迅速走开了。

法尼娜失魂落魄地待着。

她回到罗马。报纸上登出，她新近嫁了堂·里维欧·萨外里爵爷。

鉴评：爱不是全部

　　司汤达如果不是文学家中对爱情问题最有研究者，至少也是最有研究者之一，中国读者都熟知他是著名的小说《红与黑》和《巴马修道院》的作者，而不太知道他是一部理论著作《论爱情》的作者。这是一部很有分量的心理学巨著，洋洋万言，厚厚的一大册。专门就爱情这种人类的特定的感情写出如此规模巨大的论著，对这种心理做出那么系统的论述和分析，就充分说明了作者对此具有广博而精深的研究。这样一部著作，不论在文学史上还是在心理学史上，都是罕见的。

　　可以想见，这样一位精于爱情心理分析的文学家必然会留下不少动人的爱情篇章。事实正是如此。在十九世纪法国作家中，司汤达的确是最善于描写爱情的一个。他在爱情描写方面，除了他那众所周知的特点即具有深刻细致的心理深度外，还有一个值得注意的特点，那就是爱情描写的多样性。虽然他没有一部作品是专门写爱情故事的，但他每一部作品都有爱情描写，而且这些爱情都有不同的社会阶级内容，不同的表现形式，不同的心理状态，以至于有不同的格局和不同的结果，这就呈现出了多种多样的爱情。

本来爱情就多种多样，因人而异，司汤达在他的《论爱情》里，就对爱情做过种种分类，像植物学家对植物的类别、科属加以区分一样，例如"理智的爱""精神的爱""肉欲的爱""激情的爱"等等。当然，我们不能完全按司汤达的分类法去对他笔下的爱情进行分类，而应根据我们对于人的性格和心理活动规律的认识去做出区分。

《法尼娜·法尼尼》是司汤达著名的短篇，它虽然后来被收入了《意大利遗事》这个短篇集，但实际上写于一九二九年，比这个集子中其他篇时间要早得多，在司汤达的短篇中占有一个特殊的独立的地位。它是司汤达最好的短篇小说，也是他写爱情写得特别有意义的力作。

《法尼娜·法尼尼》作为爱情小说所具有的特殊意义是什么呢？那就是作品中高昂的民主主义的理想和热情，使得这个爱情故事发出了异彩。

这里所说的异彩，并非说男女主人公达到了完满的结合，相反倒恰巧是悲剧，是破裂；但这悲剧、这破裂却正显示出了一个民主主义革命者感人的形象，显示出一种把国家利益置于个人的爱情之上的崇高的精神境界。

男主人公米西芮里，他是意大利烧炭党中的一位英雄。他的故事发生在一八二九年，即法国波旁王朝复辟的后期。正是从波旁王朝一八一四年复辟时起，意大利又重新沦入神圣同盟的重要成员国奥地利的统治下，因此，这一时期意大利烧炭党人奋斗的目标就是谋求祖国从奥地利统治下得到解放。米西芮里是为这艰巨的任务而斗争不懈的战士。司汤达在写这个人物的时候，并不仅仅满足于从革命斗争生活来表现这个英雄的坚强，他让他经受一个更大的矛盾的考验，即爱情与革命的矛盾。整个故事一开始男主人公就被作者放在这一个矛盾之中，而且是多么尖锐的矛盾啊！他在受伤被追捕时几乎像传奇一样遇见了法尼娜·法尼尼，两人成了热恋的情人。就法尼娜·法尼尼的美貌来说，似乎足以"倾国倾城"，完全可以把米西芮里永远完全吸引在她身旁；就她的地位和财富来说，她是高贵的郡主，拥有的家财不可数计，完全可以为米西芮里提供享受不尽的荣华富贵，安逸欢乐；特别重要的是她对米西芮里的一片热烈的感情，这种感情使她对他体贴照顾得无微不至，使她可以为他做出最大的牺牲，包括抛弃自己的财富、地位和名誉，可以使她不畏任何艰难险阻，这种真挚的热爱在米西芮里的周围织成了一层厚厚的温馨、舒适、甜美的氛围，足以使他心畅意酣地在其中待上一辈子。总之，作者安排了一个十全十美的爱情的"天堂"来考验他的主人公的革命意志，唯其如此，这爱情的"天堂"愈是十全十美，令人"乐不思蜀"，它与米西芮里立志从事的解放斗争的矛盾就愈是尖锐，米西芮里所面临的考验就愈是严酷。

然而，这美好的"天堂"却没有使米西芮里忘却充满血和污泥的"尘世"，他不仅没有忘却，而且毅然决然地走出了这令人心醉的温柔乡，又回到了崎岖险阻的革命道路上。矛盾还有进一步发展：他落入监狱，法尼娜·法尼尼进行了营救，他本来可以获得特赦出狱，但他得知法尼娜·法尼尼为了永远得到他而曾损害烧炭党的革命事业时，坚决与法尼娜·法尼尼做了最彻底的决裂，宁可牺牲在监狱里。至此，司汤达通过男女主人公的相遇与相爱，他们的热恋和矛盾，最后一直到他们的决裂，写出了一个很不平凡的爱情故事。

裴多菲有诗曰："生命诚可贵，爱情价更高；若为自由故，两者皆可抛。"在传统文学里，表现爱情价更高、为了爱情而牺牲生命的作品数量很多，不胜枚举。因此，看来在作品里表现出这样一个主题，并不是作家精神境界特别超拔的标志。但裴多菲的诗更重要的还是后两句，而在传统的文学中，能表现出后两句名诗那样的主题的，则为数极少了。这里所说的"自由"，如果一定要扩大一些加以理解的话，那么，不外有个人自由与正义的自由事业两种含义。最突出地表现为个性的自由而宁可牺牲生命与爱情的，莫过于梅里美笔下的卡门这个形象了，这使得《卡门》这个中篇成为一篇不同凡俗的爱情小说。

　　裴多菲这首诗以最简练的语言完美地、典型地表现了一个民主主义作家的人生观，表现了一种高昂的民主主义热情。司汤达的这篇小说所表现的，也正是这种思想内容，高昂的民主主义的热情，就是这篇小说的基调。而且，这种充满革命精神的思想内容，是通过传奇性的爱情事件、色彩鲜明的人物形象、引人入胜的故事情节、巧妙有致的艺术结构来表现的，既有现实主义的细节描写，也有浪漫主义理想的光彩。

三个卢布

[俄国] 蒲宁
戴聪 译

作者简介

　　蒲宁（1870—1953），俄国著名作家。出身于破落贵族家庭，青年时期过着清贫的生活，从事过各种职业。他很早就致力于文学创作，最初是作为诗人登上文坛的，他的第一个诗集曾得到高尔基的好评。

　　蒲宁是 20 世纪俄国文学中批判现实主义的重要代表。他的成就主要是在小说方面，重要作品在十月革命以前就已问世，如：《冬苹果》《梦》《扎哈尔·沃罗比耶夫》《兄弟们》《旧金山来的绅士》《乡村》等。蒲宁十月革命时的作品真实地反映了沙皇俄国黑暗落后的社会现实，同时，又流露出他个人低沉消极的情绪。他逃亡国外后，继续以俄语进行写作，写作量甚为丰富，但作品中苦闷、悲凉和绝望的情绪愈益严重。1933 年，获得诺贝尔文学奖。

　　在那个夏日的黄昏，我由乡下乘火车去县城。到达时虽已八点多了，却仍然溽暑蒸人，天空由于乌云密布而昏暗下来，眼看就要下雷雨了。当马车载着我，由火车站沿着暮色渐浓的田野，扬起一团团尘土，风驰电掣地朝前奔去的时候，蓦地里，身后迸射出一道金黄色的闪光，于一刹那间，照亮了前面的道路，接着响起了隆隆的雷声，豆大的雨点旋即稀疏而又急速地打在尘埃中和四轮马车上，但立刻又停了。不一会儿，马车便沿着松软的道路，冲下了缓斜的山坡，辚辚地驶过架在干涸的小河上的石桥。桥堍下黑黢黢地耸立着县里的几家铁匠铺，散发出金属的气息。上山的路上，闪烁着一盏落满尘土的煤油路灯……

我像每次进城时一样，在城里最好的一家旅馆——沃罗比尧夫旅馆开了一间连卧室的套间。套间里两扇窗都关得严严实实，还蒙着白洋布窗帘，因此热得就像在火炉里一般。我吩咐侍者把窗户统统打开，把茶炊拿来，就三脚两步走到窗口，因为屋里闷得透不过气来了。此时窗外已经伸手不见五指，闪电不时划破夜空，现在闪电的光芒已经是瓦蓝色的了，而雷声就好似贴着坑坑洼洼的地面滚过。我至今还记得，我当时曾这样想过："这个城镇渺小到了无可再渺小的地步，因而很难理解，这般壮丽的蓝色光芒有何必要在这个小城的上空如此可畏地闪耀，又有何必要如此威严地隆隆作响，震撼着黑得叫人看不见的天空。"我走进隔着一道板壁的里间去，脱掉上装，解掉领带。这时我听到侍者用托盘端着茶炊快步走进外间，把它放到沙发前的圆桌上。我往外看了一眼：只见除了一个茶炊、一个涮杯缸、一只玻璃杯、一碟小白面包外，托盘上还有一只茶杯。

"为什么还要一只茶杯？"我问。

侍者挤了挤眼睛，回答说：

"鲍里斯·彼得罗维奇，有位小姐要找您。"

"什么小姐？"

侍者耸了耸肩膀，做出一副笑脸，说：

"那还用问。她苦苦求我放她进来，说是如果能挣到点钱的话，一准送给我一个卢布。她看到您乘着马车来旅社的……"

"这么说，是个街头的神女啰?"

"可不。这种女人我们旅馆里还从没见过哩，向来是客人打发我们上安娜·玛特维耶芙娜那儿把姑娘叫来，可这一位却自个儿上门……身材倒挺棒的，像是个念书的女学生。"

我想到今宵的寂寞无聊，便说:

"这倒可以散散心。让她进来吧。"

侍者兴冲冲地走了。我刚转过身去动手斟茶，就有人敲门了。令我吃惊的是，没等我回答，一个身材高大的女郎，穿着褐色的女学生制服，戴顶一侧缀有一束假的矢车菊的草帽，迈着一双大脚，脚上穿的是破旧的粗麻布便鞋，竟旁若无人地走进屋来。

"路过这儿，看到灯还亮着，就顺便来拜访您。"她的乌黑的眼睛望着一旁，试图以一种讥嘲的口吻说道。

所有这一切全然不像我所预料的，我不免有点慌了手脚，以致用喜出望外的有失身份的口气回答说:

"欢迎之至。请脱掉帽子，坐下来用茶。"

这时窗外掠过一道宽阔的紫色闪电，随即就在附近什么地方响起了一个惊天动地的霹雳，仿佛是要告诫切莫作孽似的，一阵风吹进了屋里，我急忙去关窗，很高兴有这么个机会可以掩饰一下自己手足无措的窘态。当我回身来时，她已摘掉帽子，坐在沙发上，举起一只细长而黧黑的手，把剪得短短的头发往后掠去。她头发很浓密，呈栗色，颧骨略嫌阔了点，脸上有雀斑，双唇丰满，但是却发紫，一双乌黑的眼睛凛若冰霜。我开玩笑地向她抱歉说，衣冠不整，没有穿上装，可是她却冷冷地瞥了我一眼，问:

"您愿意付多少钱?"

我仍然用那种造作出来的玩世不恭的口吻，回答:

"忙什么，我们还有的是时间来谈价钱！先喝茶吧。"

"不，"她紧蹙着双眉，说，"必须先讲好条件。少于三个卢布，我是无论如何不愿意的。"

"三个卢布就三个卢布。"我仍然用那种愚蠢的玩世不恭的口气讲着。

"您是说着玩的吗?"她严峻地问。

"绝对不是。"我回答说，心里打算让她喝完一杯茶，就给她三个卢布，打发她走。

她舒了口气，合上了眼睛，头向后一仰，靠到沙发背上。我望着她没有血色的发紫的双唇，心想她大概饿了，便给她斟了杯茶，把盛着面包的碟子推到她面前。然后也坐到沙发上，碰了碰她的手，说：

"请用吧。"

她睁开眼睛，默默地喝着茶，吃着面包。我凝视着她那晒黑了的手和端庄地垂下的乌黑的睫毛，思忖：这事已经越来越荒唐了。便问她：

"您是本地人吗?"

她一面摇了摇头，一面仍然就着茶，吃着面包，并回答说：

"不，是从远地……"

但是只讲了半句就默不作声了。后来，她把面包屑从膝盖上抖掉，霍地站了起来，眼睛不望着我，说：

"我脱衣服去。"

这可是我最最意料不到的。我想说句什么，可她却不容分说地止住了我的话，说：

"去把门锁上，把窗帘放下来。"

说罢，就走到板壁后边去了。

我以一种身不由己的顺从心理，慌忙去放下窗帘，窗外，一道道闪电的光束越来越宽阔，似乎竭力想更深地窥探我的房间，震耳欲聋的雷声也更其顽固地滚滚而来。我放下窗帘后，又急急地去锁上房门，自己也不明白为什么要这么做，正当我打算装出几声笑来，把所有这一切当作一场玩笑了事，或者，推诿说我头疼得厉害，将她打发走的时候，她却从板壁后面大声唤道：

"您来吧……"

我又身不由己地顺从了她，走到板壁后面，发现她已经上床：她躺在那里，被子一直拉到下颌上，用两只变得完全墨黑的眼睛古怪地望着我，咬紧着正在上下颤抖的牙齿。张皇和情欲使我失去了理智，我一把将被子从她手里掀掉，露出了她那只穿有一件破旧的短汗衫的身子。而她呢，只来得及举起赤裸的手臂，拿过挂在床头的梨形木塞，把灯火压熄……

事后，我摸黑站在打开的窗旁，贪婪地抽着烟，听着滂沱的大雨如何在漆黑的夜空中，伴着稍纵即逝的紫罗兰色的闪电和远处隆隆的雷声瓢泼似的倾泻到死寂的城里。我一面呼吸着雨天清新的、然而又掺杂着被阳光烤灼了一天的城市的各种气味的空气，一面心里想：是啊，世上万事的结合真是不可思议——这个可怜荒僻的小县城竟会有这么一场神圣、威严、声震天地、令人目眩的蔚为壮观的豪雨——而越来越使我诧异和惊骇的是：我无论如何也不明白这个和我萍水相逢的女郎是个什么样的人，为什么只要三个卢布就肯出售她的童贞！是的，童贞！她在唤我了：

"关上窗，雨声太吵了，上我这儿来。"

我摸黑走到板壁后面，坐到床上，摸到了她的手，一面吻着，一面讷讷地说：

"请您原谅，请您原谅我……"

她恬静地问：

"您原先一定以为我真的是个妓女，而且还是个非常之蠢的或者是有精神病的妓女吧？"

我急忙回答：

"不，不，我并没有认为您是有精神病的。我只是想，您是初出茅庐的，虽说您已经知道，那种地方的一些姑娘好作女学生打扮。"

"为什么要作女学生打扮?"

"可以使人觉得她们天真无邪，更富魅力。"

"不，我不知道这种事。我只不过是没有其他的衣服罢了。我是今年春上才从中学毕业的，那时我父亲突然暴病而死——我妈妈早就过世了——我只得从诺沃契尔卡斯克来这里投亲，请他荐我个职业。我住在他家里，他却乘机来调戏我，我打了他，从此就在县公园的长凳上过夜……我眼看就要活不下去了，所以才来找您。可是到了这儿之后，却发觉您并无留我的意思。"

"是的，我那时正是进退维谷。"我说，"我让您进来，只是因为我实在无聊，我是从来不拈花惹草的。我本以为来找我的不过是个平常的卖笑姑娘，我就请她喝杯茶，跟她聊聊，解解闷，然后送给她两三个卢布，请她动身……"

"是啊，可是来找您的却是我。我直到最后一分钟，脑子里只想着一桩事：三个卢布，三个卢布。然而结果却同我原先想象的完全不同。现在，我已经什么都不明白了……"

什么都不明白的还有我：我不明白周遭怎么会一片漆黑，窗外怎么会有雨声，而卧榻上怎么会有一个诺沃契尔卡斯克的女学生睡在我身旁，可我却直到此刻甚至还不知道她姓甚名谁……最后，我不明白我对她的依恋之情怎么会一分钟比一分钟更其强烈……我好不容易才问出了一句话：

"您不明白什么呢?"

她没有回答。我立刻点亮了灯——呈现在我面前的是她那噙满了泪水的炯炯闪光的乌油油的大眼睛。她猛地坐了起来，咬着嘴唇，把头扑到我肩上。她那件破汗衫已从肩上滑了下来，我抱住她高大的身子，轻轻地扳开她的头，吻着她那抽搐着的沾满泪水的双唇，怀着一种极度的怜悯和柔情，审视着她那双沾满了尘土的少女的脚……后来，当朝阳的光辉已透过窗帘洒满了整个房间的时候，我们还仍然坐在圆桌后的沙发上，轻声地絮语着，一面互相吻着对方的手。她由于饥饿，喝完了昨晚剩下的冰凉的茶，吃完了一个面包。

她留在旅馆里，我则乘车去乡下一趟，第二天我俩就一齐出发到矿泉去了。

本来我们打算到莫斯科去度过秋天，可是不仅秋天，连冬天我们都不得不滞留在雅尔达——因为她开始发烧并且咳嗽，我俩的屋里弥漫着甲氧甲酚的药味……到了来年开春，我把她埋葬了。

雅尔达的公墓坐落在一座高高的山冈上。从山冈上可以望到远处的海洋，而从城里可以望到山冈上的十字架和墓碑。在这些十字架和墓碑中，有一座大理石十字架树立在我所最珍贵的那座坟墓上，大概直到现在它仍在闪烁着乳白色的光芒吧。可是我今生却再也看不到它了——上帝慈悲，饶恕了我，使我无从再去看望它。

鉴评：如风过耳

在蒲宁的短篇小说中，被评论家认为优秀之作的，几乎全是爱情小说：《米佳的爱情》《中暑》《幽暗的林间小径》《乌鸦》《在巴黎》《三个卢布》等。

蒲宁笔下的爱情大致上可以说都是邂逅之情、"露水"之情，它往往是在生活的某一时期一瞬而逝永不复归的：《幽暗的林间小径》写一个贵族少爷和一个农奴少女曾有过一段短暂的私情，而后就像那个时代经常有的那样，少爷永远"告别了"；《乌鸦》写一个少年和他父亲雇用的一个少女恋爱，刚一开始就被父亲发觉制止，并被打发离开了家，永远失去了他的初恋；《在巴黎》写一个流亡者的一段艳遇，但他的幸福没有持续多久，他就暴病而亡，永远离开了他心爱的妇人。在写这些爱情故事的时候，蒲宁似乎不打算表现任何主题思想，如果有所表现的话，这些故事看来有一个共同的主题，即爱情与幸福的短暂。

与此同时，蒲宁似乎也并不打算对人物的情感和行为加以任何道德的评判，他只致力于描写人物思想情感的情状，因而感情描写的细腻构成了他爱情小说的一个明显的特点，而他小说中人物的思想感情，又像那爱情故事一样，也是过眼烟云，留下来的只是一种感情上的陈迹。作者如同描写一件精美的、体现着动人回忆的古物一样，去写这已经逝去的爱情故事和已成陈迹的爱恋之情，这又使他的小说中回荡着一种对往昔的略带哀愁的怀念、一种凄清的情调、一种对幸福生活的虚妄感。在《中暑》中，那个刚与情妇分了手的中尉，突然从欢乐的情欲中掉进了难挨的寂寞，"感觉自己一下子就衰老了十年"；在《幽暗的林间小径》中，贵族少爷与农奴姑娘的充满诗意的私情早已成为古老的过去，剩下来的是女方的哀怨和男方混合着怀念、羞愧和无情的复杂心情；在《乌鸦》中，一对青年人动人的初恋像梦一样逝去了，代替它的是那么丑恶的现实——那少女竟嫁给了青年人的父亲，那个像一只乌鸦的老官僚，而她居然还"轻松自若""兴致勃勃"；在《在巴黎》中，男女主人公的幸福生活很快就成了泡影，最后是女主人公莫大的悲痛。

蒲宁的小说，就是这样描写爱情上、感情上的"沧桑"，他小说的戏剧性就是建立在这种"沧桑"的变化上，并且从这些小说的结局来说，这些"沧桑"的变化几乎都是悲剧性的，总充满了一种凄凉的味道，传达出作者那种人生变幻无常的感受，这是蒲宁爱情小说所共有的一个基调。

为什么总是响着这个基调呢？这似乎与作者本人的身世有关：他出身于一个破落的贵族家庭，早年又有过清贫而不安定的生活，他成为一个名作家后，对革命又不理解，十月革命天翻地覆的变化使他感到惊慌失措，以致走上了流亡的道路，从此，过着精神上空虚孤独的生活。他从自己的生活经历中最易于体验到的，当然就是那种人生多蹇、命运无常的感受，他把这种感受带进自己后期创作的爱情小说里，因而形成了多少有些消沉、凄切、颓唐的情调。他写爱情上的"沧海桑田"，往往只追求人物在这种"沧海桑田"前后的变化和对比，而不着意于表现他们感情的社会内容和道德意义，更是很少表现自己评判的态度，肯定或否定，赞赏或批贬。

　　《三个卢布》与作者的其他小说有某些相同之处。出人意料的变化，是这篇小说首先吸引人的地方。故事一开始，似乎将是一个妓女的登场，然而出现的是一个奇特的女学生；本来，读者以为只是一桩少女卖笑的故事，结果却大出意料——从那个时代社会常见的出卖肉体与购买肉体的卑劣的交易中，却产生了真正的纯洁的爱情。正当读者为男女主人公的真挚结合而松了一口气时，却又是女主人公的死亡。所有这些，都多少传达出了作者惯有的那种人生变幻无常的感受。不过，《三个卢布》也有自己的特点：在这里，作者并没有放弃他作为作家的社会意识和道德感，而表现了自己对事件的感情和态度。他通过小说中的"我"那种开始是轻松自在，而后是严肃沉重的语调，叙述了一个双重的悲剧：一个父母双亡、无依无靠、流落街头的少女如何被迫出卖自己肉体的悲剧和一对在奇特的情境中相识后产生真挚爱情的情侣，最后仍未能白头偕老的悲剧。如果说后一重意义上的悲剧还有一点蒲宁的爱情小说所常有的那种色调的话，那么前一重意义上的悲剧，则接触到了蒲宁所生活过的旧俄时代黑暗的社会现实，这个女学生为了不至于饿死，仅仅只要三个卢布就出卖自己的青春，该是一件多么悲惨的事！它正反映了那个时代千万因衣食无着而被迫沦落的妇女的辛酸和不幸，只不过这个可怜的女孩子幸运地碰上了一个好人，而没有陷入被践踏的污泥里而已。作者满怀着同情写出这个少女的遭遇，写出"我"基于一种人道的感情、一种怜悯、一种柔情，而与这个"风尘女子"建立了深厚爱情的故事，所有这一切，又都表现了作家本人纯正的感情与良知。

永远占有

［英国］格雷厄姆·格林
杜渐 译

作者简介

格雷厄姆·格林（1904—1991），英国作家，青年时代在牛津大学求学，大学毕业后在报馆里当记者，后又在《泰晤士报》当编辑。第二次世界大战期间，他在外交部工作，战后，转入英国出版界。

格林是一个多产作家，他从事过长篇小说、短篇小说、游记以及影评的写作。主要作品有《斯坦布尔列车》《布赖顿硬糖》《权力与荣耀》《问题的核心》《爱情的结局》《沉静的美国人》等。他的作品故事性强，情节紧凑生动，又具有哲理和对人类社会现实问题的严肃思考。晚年，他的风格向幽默诙谐方面发展，剖析人性，带有讽嘲，短篇集《可以把你的丈夫借给我们吗》就是这种风格的代表作，《永远占有》即选自这个集子。

卡特四十二岁结婚时，对他来说，这是一次多么有安全感的名副其实的婚姻啊。他甚至顶欣赏教堂婚礼仪式的每个时刻，只除了当他扶着茱莉亚走下前廊时，看到了若瑟芬在抹眼泪。这完全是那种典型的新的坦诚的关系，若瑟芬才会到这里来的。他对茱莉亚并没有秘密，他们也曾常常谈起他同若瑟芬一起度过的饱受折磨的十年，谈及她那过分的妒忌心，还有她那种很有节奏的歇斯底里大发作。茱莉亚很理解地争辩说："这全是由于她缺乏安全感。"她还确信用不了多久是可能同若瑟芬建立起友谊来的。

"亲爱的，我对此怀疑。"

"为什么呢？我无法不喜欢任何一个爱过你的人的。"

"那可是一种相当残酷的爱呢。"

"也许到最后她知道要失去你时是这样吧，不过，亲爱的，你们也曾有过幸福的岁月啊。"

"是的。"不过，他要忘却在爱茱莉亚以前也曾爱过任何人了。

她那种宽宏大量有时真使他惊愕。在他们蜜月的第七天，当他们在苏尼姆海滩旁的一家小餐室喝酒时，他偶然地从口袋中掏出的一封若瑟芬的来信。信是昨天收到的，他一直藏着它，怕伤茱莉亚的心。这是典型的若瑟芬的作风，她连这短暂的蜜月时期也不肯放过他的。现在甚至她的笔迹也令他感到厌恶，字迹十分工整，很小，是用她头发那种颜色的黑墨水写的。茱莉亚是金黄色头发，他过去怎么会认为黑头发是美的呢？甚至还曾急不可待去看那些用黑墨水写的情书呢？

"是什么信？亲爱的，我不知来过信嘛。"

"是若瑟芬寄来的，昨天收到的。"

"但你仍没有拆阅呢！"她并无责备之意地说道。

"我根本不想去想起她。"

"可是，亲爱的，可能是她病了呢。"

"她不会的。"

"或者，经济有困难吧。"

"她那些服装设计赚的钱比我写小说赚的要多得多。"

"亲爱的，仁慈点，别那么刻薄，我们帮得起忙的。我们是这样幸福。"

于是他打开了信，信中很热情，没有抱怨，但他读起来觉得倒胃。

　　亲爱的菲立普，我不想在送行酒会上当个不识趣的人，所以我没有机会向你们告别和祝你们两个得到最可能大的幸福。我觉得茉莉亚的样子非常漂亮，而且是这样的非常非常年轻。你必须小心照顾她。亲爱的菲立普，我深知你是能很好地做到的。当我看到她时，我忍不住想，为什么你花那么久才下定决心离开我呢？菲立普你真傻，行动迅速不是减少些痛苦吗？

　　我想你现在是没有兴趣听我谈我近日的情况了，不过若是你稍微为我担心，你知道，你是个爱担忧的人，我就告诉你，我正拼命工作，正在为——猜猜是什么，是为法国服装杂志 Vogue 画一整套设计。她们用法郎付稿费，我简直连想不愉快的事都没时间了。我回去过一次，希望你别介意，我回到我们的寓所（说走了嘴了!），因为我遗失了一幅关键性的速写。我在我们通用的抽屉背后找到了它。那通用抽屉，是思想银行，你还记得吧？我想我已把我所有的杂物都取走了，但它却夹在你在那良辰美景的夏天于纳波内开始写的那篇至今未完成的小说稿里。现在我写得杂乱无章了，我真正想说的是，祝你们俩幸福。爱你们。

　　　　　　　　　　　　　　　　　　　　　　若瑟芬

卡特将信递给茉莉亚，说道："它可能更糟的。"

"她会喜欢我看它吗?"

"哦，它是给我们两人的。"他又再想到没有隐私是多么好啊。在过往那十年里，有那么多的秘密，为了怕引起误会，怕若瑟芬发怒或沉默，有些甚至是无辜的隐私。现在他什么也不必再害怕了，甚至是罪恶的秘密，他也能信赖茉莉亚的同情和理解。他说："我昨天不把信给你看真太傻气了，我以后再也不会做这样的蠢事啦。"他回想起史宾塞的诗句："……狂风暴雨之后，从大海回到港湾。"

当茱莉亚看完信后，说："我想她是一个很妙的女人，她写这样一封信，心地是多么多么好啊，你也知道我的，虽然只是有时也会有点替她担忧，不管怎么说，要是我，跟你生活了十年之后也是不愿意失掉你的。"

当他们坐出租汽车回雅典时，她说："你在纳波内时很幸福吗？"

"是的，我想是吧，我已记不起来了，它跟这次不一样的。"

他以情人的触角，感觉到她移身离开他，虽然他们的肩膀还接触着。从苏尼姆回去的路上阳光普照，真使人昏昏欲睡，但是……他问道："亲爱的，有什么事吗？"

"没什么……只是……你没有想有朝一日也会像谈起纳波内那样谈起雅典？'我已记不起来了，它跟这次不一样的。'"

"你真是个小傻瓜蛋！"他说着吻了她。他们在回雅典的路上，在出租汽车里亲热了一番，等车到市街时，她坐起来，梳好头发，问道："你并不是个冷酷的男人啊，你是吗？"他知道一切都和好如初了。这全是若瑟芬的错，使他们片刻之间有一点小小的不和。

当他们从床上起来去吃晚餐时，她说："我们一定得回封信给若瑟芬。"

"哦，别写！"

"亲爱的，我知道你会有怎样的感受，但它真的是一封很美妙的信啊。"

"那么，就写张明信片吧。"

于是他们达成了协议。

当他们回到伦敦来，倏忽间已是秋天了，若说还未到冬天，那飘落的冷雨落在沥青路上已经有点结冰了。他们已忘了在家乡很早就要上灯，经过基列特、卢科萨特和史密斯薄饼店，任何地方也再看不见巴台农神庙了。BOAC [1] 的海报招贴画看起来比通常更凄凉呢："BOAC 带你到那儿，又带你回家。"

1　"英国海外航空公司"的缩写。

卡特说："我们一到家，就把所有的电炉子点着，否则不知要多久才能暖和了。"不过当他们打开公寓的门时，却发现电炉全都早已点着了。在客厅和睡房深处，小电炉在幽暗中迎接他们。

"准是有神仙做出这等事来的。"茱莉亚说。

"不是什么鬼神仙。"卡特说。他早已看见摆在火炉头上那个用黑墨水写着"致卡特夫人"的信封了。

亲爱的茱莉亚，你不会介意我叫你茱莉亚吧，你会吗？我发觉我们有很多共同之处，我们都爱同一个男人。今天的天气是那么冰冷，我忍不住想到你们两个是从阳光普照的温暖地方回到一个寒冷的楼房（我深知这座楼有多冷，我们每年从法国南部回来我总要着凉的），所以我做了一件自以为是的事，我溜了进来，点着电炉。不过让你知道，我以后不会再做这种事了，我把我的钥匙藏在门外的草席下面。为了预防你们的飞机会在罗马或某个地方逗留，我将打电话去问机场你们会不会迟回来。如果是这样，我会回来把电炉熄掉，以保证安全。（也为了经济！电费贵得要命！）希望你在你的新家有个非常温暖的夜晚。爱你。

若瑟芬

再者：我留意到咖啡罐已空了，所以留了一包蓝山牌咖啡在厨房里，这是菲立普唯一真正喜欢的咖啡。

茱莉亚笑道："好啊，她什么都想到了。"

卡特说："我但愿她别再理我们就好了。"

"若真如你所说，我们就不会像现在这么温暖，早餐也没咖啡喝了。"

"我感觉她就潜伏在什么地方，随时都会走进来，就等我亲你的时刻，她会闯进来的。"他张开一只眼小心地望着门口，一边吻着茱莉亚。

"亲爱的，你可有点不公道了，不管怎样，她已将钥匙放在草席下了啊。"

"她不会另配一把备用钥匙吗？"

她用一吻封住了他的口。

"你留意到坐了几个钟头飞机,弄得你多易动情吗?"卡特问。

"是啊。"

"我想是因为受到颤动之故。"

"亲爱的,我们亲热亲热吧。"

"我可要先看看草席底下,确定她并没说谎。"他享受这次婚姻,他多责怪自己何以不早点结婚,竟忘了如果这样,那他就要跟若瑟芬结婚了。他结识茱莉亚时,她并没有自己的工作,他几乎是不可思议地随时可以找到她,更没有女佣人用习俗来妨碍他们的关系。由于他们经常在一起,在鸡尾酒会,在餐室,在小型宴会,他们只要互相看一眼就行了……茱莉亚很快就有了个娇美而易累的名声,他们经常参加酒会一个半小时后或在晚宴连咖啡也不喝就走掉,"亲爱的,真抱歉,我突然头疼,我真糊涂。菲立普,你得留下来……"

"当然,我不留下来了?"

有一次他们在楼梯口差点被人揭穿,当时他们溜出来正在那儿捧腹大笑,他们的主人家跟着他们走出来,请他们代寄一封信。茱莉亚在那关键时刻将大笑变成某种像是歇斯底里的样子……过了好多个礼拜,于是就有了一次真正成功的婚姻……他们经常会喜欢讨论这婚姻的成功,各人都把优点归功于对方。

茱莉亚说:"我常想你应该跟若瑟芬结婚的,为什么你不跟若瑟芬结婚呢?"

"我想在我们心坎里都知道,它是不会持久的。"

"那我们会持久吗?"

"如果我们不会,那就没有人会了。"

那是十一月初,定时炸弹开始爆炸了。无疑它本是计划早点爆炸的,但若瑟芬没有计算到他习惯暂时的改变。过了好多礼拜,他才偶然打开了过去他们同居时称之为思想银行的抽屉。他习惯把小说的笔记、听到的对话速写一类东西放在那儿,她则放那些时装广告的粗略速写造意图。

他一打开抽屉就直接看见她的信了。上面用黑墨水粗粗地写上"绝密"的标记，加上一个异想天开的画出来的感叹号，这感叹号画着一个有大眼睛的女孩子，像魔神从一个瓶子升出来似的。他极端倒胃口地看了那封信：

亲爱的，你想不到在这儿找到我吧？不过，经过十年后，我还时不时会说声晚安或早安的，你好吗？祝福你。真正地和真实地非常爱你。

你的若瑟芬

那"时不时"的威胁是无可疑问的，他砰的一声用力将抽屉关上，大骂了一声"他妈的"，骂得那么大声，引起了茱莉亚注意。"亲爱的，是怎么回事？"

"又是若瑟芬！"

她看了那信，说道："你知道，我可以理解她那种感情，可怜的若瑟芬。你要把它撕掉吗？亲爱的。"

"你还以为我会怎样处置它？留下来，收辑成一本她的书信集吗？"

"这样讲有点不太仁慈吧。"

"我对她不仁慈，茱莉亚，你根本不知道我们过的那些岁月是怎样一种生活，我可以让你看看伤疤：当她发怒时，她把烟头到处乱捻。"

"亲爱的，她发觉她在失去你，所以绝望，全是我的错，这些疤痕，它们每一个都是我的错。"他看得出她眼中那种有趣的思索，总是得出同样结论的。

才过了两天，第二个定时炸弹又爆炸了。当他们起床时，茱莉亚说："我们真该调转一下床垫了，我们俩都跌进中间那类似凹洞的地方了。"

"我没有注意到。"

"有好多人是每礼拜调转一次床垫的。"

"是啊，若瑟芬常常这样做。"

他们掀起了床单，开始调转床垫，放在弹簧垫上的是一封给茱莉亚的信，卡特先看到它，想一把将它扫走，但茱莉亚已看到它了。

"那是什么？"

"当然，又是若瑟芬啦。用不了多久就有很多信，足够成一卷了。我们得把它们像给乔治·艾略特的书信集那样交由耶鲁出版社编辑成书。"

"亲爱的，这封是写给我的，你打算怎样处置它？"

"秘密地毁灭它。"

"我想我们之间不应有秘密的。"

"我可不把若瑟芬也算在内。"

她第一次在打开信前犹疑不决了。"放一封信在这儿实在有点古怪，你以为它是偶然落在这里的吗？"

"我认为绝非偶然。"

她看了那封信，并把它递给他。她松了口气说："啊，她解释了为什么了，真的是很自然的。"他看那信：

> 亲爱的茱莉亚，我是多么希望你是在晒着真正的希腊的阳光。别告诉菲立普（哦，当然，你现在还不会有隐私），但我从未去过法国南部。总是那么凛冽的北风，吹干了皮肤。我真高兴你不用在那儿受苦，我们常常计划如果抽得出时间就要到希腊去，所以我知道菲立普很快活的。我今天来找一张速写，就想起床垫至少有半个月没调转了。你知道，最后那几个礼拜我们还生活在一起的，我们都很心烦意乱。不管怎样，我不能忍受想到你从莲花群岛回来，第一晚就发现床上高低不平，所以我为你调转了床垫。我建议你每个礼拜都调转一下床垫，否则中央会弄成一个凹洞的。另外我已挂上了冬天的窗帘，将夏天用的送到布济姆普顿路153号的洗衣店去了。爱你。
>
> 　　　　　　　　　　　　　　　　　　若瑟芬

"如果你还记得，她曾写信给我说过，在纳波内曾有过良辰美景的时光呢。"他说，"那书信集编辑将会加上一条注释作互相参证了。"

茱莉亚说："你真有点儿铁石心肠，亲爱的，她只不过是想帮忙罢了，否则，我真不知道窗帘或床垫的事呢。"

"我想你准要写一封亲切的回信给她，里面全是些主妇的废话。"

"她已等了好几个礼拜，想得到回信了，这可是一封很久以前的信呢。"

"我可在想还会有多少封这种旧信在等着冒出来呢。老天啊，我要把全屋搜完又搜，从阁楼一直搜到地下室去。"

"我们不必吧。"

"你知道我指的是什么?"

"我只知道你是言过其实，小题大做。你的所作所为，就真像在惧怕着若瑟芬似的。"

"哦，见鬼!"

茱莉亚一扭身走出房间去了，他没法工作。那天晚些时候，又一个炸弹爆炸了。当然并不严重，但已使他情绪很差。他想找国外电报和电话号码，发现号码簿第一卷插有一页按字母次序排列的号码，是用若瑟芬的打字机打出来的，其中那个"0"字常常打不清楚，这是一整张他最常用的电话名单。跟在哈罗德家的电话之后，有他的老朋友约翰·休士的，还有最近的电召出租汽车站、药房、猪肉店、银行、洗衣店、水果蔬菜店、卖鱼店、他的出版商和经纪人、伊丽莎白·雅顿化妆品店和当地的美发店等等的电话号码。末后这一项下面还加了注（"茱：请记住，相当可靠并且非常便宜。"）。他这时才开始留意，他们两个名字的首字母都是"j"字。

茱莉亚发觉他找到了这电话名单，就说："她真是个天使般的女人，我们把这名单钉在电话旁边吧，它真是太完整了。"

"在她上一封信那种挑拨离间之后，我真不敢想象她还有什么鬼主意了。"

"亲爱的，那不是挑拨离间，它只不过是实事求是的表白罢了。如果我不是稍有点钱，说不定我们也会到法国南部去呢。"

"我想你不会以为我跟你结婚就是为了要游希腊吧。"

"别那么笨，你根本对若瑟芬毫不理解，总是把她的好意加以歪曲。"

"好意?"

"我想是一种罪恶感作怪吧。"

这以后，他真的开始一番大搜索了。他打开香烟盒、抽屉、档案柜，搜过所有留在家里的西装袋，他打开电视机柜的后板，掀起抽水马桶的蓄水箱盖，甚至连厕纸也另换一卷（换一卷新的比解开整卷容易些）。当他搜查厕所时，茱莉亚走来看着他，一点也不同情。他搜过窗帘上的木框。（谁知道送了窗帘去洗后还会有什么古怪?）他把他们的脏衣服从篮子里倒出来，以防漏看了篮底会有什么。他手脚着地趴在厨房地上，看过煤气炉底，这次他终于找到有一片纸卷着煤气管子了，他不由得胜利地大叫一声，但它根本不是什么，只不过是防漏员留下的废纸罢了。下午的邮差插信进信箱，茱莉亚从客厅里喊他："哦，真好啊，你从来没告诉我你订了法国的时装杂志。"

"我没订。"

"对不起，在另一个信封里有张圣诞卡一类的东西，这本是赠阅的，赠阅人是若瑟芬·赫斯多·钟斯小姐。我只能说她太好了。"

"她卖了一套设计给他们，我不要看!"

"亲爱的，你真孩子气，你以为她会停止不再看你的书吗?"

"我只要求不要再来理我和你，就几个礼拜也好，这要求并不过分嘛。"

"亲爱的，你有点太利己主义了。"

那天傍晚，他觉得安静和疲累，但心里倒也轻松了一点，他搜索得十分全面，在吃晚饭的时候，他记起结婚礼物还包着放在那儿，因为没地方又未拆开，但他仍一定要去看清楚它们仍然是打着包，没有被打开，才放了心。他知道若瑟芬不会使用螺丝旋子，怕弄伤手指，而且她怕锤子的。他们终于有了一个安静的单独相对的夜晚了，那是一种脆弱的安宁，他们都知道任何时刻只要用手一碰，它就会改变的。他引用一句诗对她说："我今晚平静得有如老年。"

"谁写的诗句?"

"白朗宁。"

"我不懂白朗宁,你念些给我听吧。"

他喜欢大声朗读白朗宁的诗,他有一个念诗的好嗓子,这正是他的无伤大雅的自我陶醉的本事。"你喜欢它吗?"

"是的。"

他警告她道:"我过去常念诗给若瑟芬听呢。"

"关我什么事?我们是没办法不做某些相同的事的,亲爱的,我们可能吗?"

"这儿有一些是我从来不念给若瑟芬听的,即使是在我爱她的时候,它们也是不适合的。我们过去那段爱情不是持久的。"他开始念起来:

> 我知道得多清楚我要做什么
>
> 当漫长的秋夜来临之际……

他自己深为自己的朗诵所感动,他从来没有像在这一刻那样深爱着茉莉亚。这儿是家,没有了她,这儿岂不只是一间旅舍了。

> ……我现在将说话了,
>
> 不再望着你坐在那儿
>
> 就着火光读书,那眉毛
>
> 和那心灵的小手插进了它,
>
> 我的心无言沉默却知道怎么办。

他真希望茉莉亚真的在读着书,不过那样的话她就不可能以那样崇拜的样子听他诵诗了。

> ……如果两个生命结合,那将会有疤痕。
>
> 它们是一个又一个,还有一个隐约的第三个:
>
> 一个接近一个已是相距太远了。

他翻过一页,这里有一张纸(如果她是将它装上信封的话,他应该在读诗

之前就发现它的),上面又是那黑色的工整的笔迹:

　　　　亲爱的菲立普,我只是在你我最喜欢的书的书页中向你道一声晚安。我们真走运是以我们这方法来了结我们的爱情,有着共同的回忆,我们永远都有着一点接触的。爱你。

　　　　　　　　　　　　　　　　　　若瑟芬

他把那书和那张纸扔在地板上,说道:"这母狗,这该死的母狗!"

"我不准你用这样的粗话骂她。"茉莉亚带着令人吃惊的力量说道,她捡起了那张纸看完了它。

"这有什么不对?"她问道,"你憎恨回忆吗?那我们这段日子将来回忆起会是怎样?"

"可你还看不出她耍的鬼把戏吗?你不明白?茉莉亚,你是个傻瓜吗?"

那晚他们躺在床上,背对着背,甚至连脚也不相碰,这是他们回家以后第一晚没有亲热,而且也都睡得很少。第二天早晨,卡特在最显眼的地方发现了一封信,他怎么一直没有发现它呢!它就写在他常用来写小说的还未用过的单行稿纸上,它是这样开始的:"亲爱的,我肯定你不会介意我仍用这旧称呼来叫你……"

鉴评：前任攻略

　　这篇小说的标题是意译而不是直译，但很切合故事的内容：搞文学创作的卡特和一个从事服装设计的女人若瑟芬同居了十年，这十年中不断出现感情的纠葛和风暴，卡特最后下定决心离开了若瑟芬，与另一个女子茱莉亚结了婚。若瑟芬似乎对他的婚姻采取了赞助的态度，并且对新婚夫妇关怀得无微不至，以至他们的蜜月生活中到处都有若瑟芬的影子。于是，这种关怀很快就显露出它实际上的目的和性质，它并非真正的关怀，而是一种特殊的手段，就像游击战一样出没无常，扰乱了这一对新婚夫妇的幸福。若瑟芬正是用这种手段，顽强地不退出阵地，她要在新婚夫妇中打下楔子，她要像幽灵一样无处不在，她要继续控制和影响卡特的精神和感情，她要"永远占有"。

　　这种"占有"与中世纪文学中的"骑士之爱"似乎是相对的。中世纪的"骑士之爱"，当时被贵族阶级美称为"典雅爱情"，这种爱情崇尚男方对女方的唯命是从和无保留的献身，由此观念而来，男子就必须具备"英雄的行为""高贵的品德""文明的风度""典雅的谈吐",总之,爱情被蒙上了一层温情脉脉、诗意盎然的文明化的外衣,把那些实质性的东西都掩盖起来了。

格林这篇小说,成功地塑造了一个"占有欲"极为强烈的女性(虽然她并未出场),特别是成功地写出在女性的眼泪、善意的关怀、友情的表示的后面所进行的斗争和争夺的实质,揭示了温情脉脉的纱幕之下两性关系中那种尖锐的矛盾、无情的真相。值得肯定的是作者的态度,他并没有降低到他刻画的人物的水平,卷入他们的是非,在两者之间进行选择和褒贬,而是站在一定的高处,以幽默的眼光看着这两个人物之间"占有"与"反占有"的斗争,从而使短篇保持了一种超脱的讽刺的基调。

娜薏·米枯伦

［法国］左拉

毕修勺 译

作者简介

左拉（1840—1902），法国杰出作家。出身于工程师家庭，童年丧父，过着贫困的生活，中学毕业后，独自谋生，曾在书店里当工人、职员，后从事文学创作。

左拉是自然主义创作论的倡导者，主张把医学和实验科学的方法用于文学创作，并强调文学描写的准确、详尽、客观。他的理论对19世纪后期法国小说创作有很大的影响。

左拉早期的作品有浪漫主义的色彩。他在文学史上的重要地位是靠《卢贡-马卡尔家族》奠定的，这是他根据统一的构思写出的二十部互有联系的长篇小说的总称，其中著名的小说有：《卢贡家的命运》《崩溃》《女福公司》《金钱》《小酒店》《萌芽》《娜娜》《家常琐事》等。左拉的小说创作，并没有完全贯彻他自然主义的文学主张，而具有批判现实主义的价值。他在19世纪末法国著名的冤案德雷福斯事件中做的正义斗争，更使他获得崇高的声誉。

一

　　果子成熟的季节，一个皮肤棕色黑发散乱的女孩子，每月到哀克斯的一个律师——罗斯丹先生家里来，手上费力地提着一大篮杏子或桃子。她留在宽大的进口走廊上，得到通知的全家人都走下楼来迎接她。

　　"啊！是你，娜薏。"律师说，"你把果子拿给我们。好，你是一个勇敢的女孩子……米枯伦老爹呢？他好吗？"

　　"好，先生。"女孩子回答，露出她的两排白齿。

　　于是罗斯丹太太命她进入厨房，问她橄榄树、胡桃树与葡萄树的情形。最大的事情是要知道海岸的一角，罗斯丹领有"布朗卡特"产业，且由米枯伦一家耕种的伊斯塔克是否下过雨。那里其实只有数十株胡桃树与橄榄树，然而雨的问题在这干旱的地方还是顶重要的。

　　"下过一点，"娜薏说，"葡萄正需要水呢！"

　　待她报告过消息之后，她就吃一块面包和少许剩余的牛肉；她重新动身，搭着每半月到哀克斯一次的一个屠夫的小车，回到伊斯塔克去。她时常带来海货，一只大海虾，或一条美味的海鱼，因为米枯伦老爹下海捕鱼的时间，其实是多于从事耕种的。她若在暑假期间来，律师的儿子佛雷岱列克便一跃走进厨房，向她报告他的一家人不久就要到"布朗卡特"去避暑，命她准备他的渔网与钓线。他以"你"称她，因为他很小的时候就与她一起玩耍，自从十二岁以后，为着表示尊敬，她才称他为"佛雷岱列克先生"。米枯伦老爹每次听她用"你"与他主人的儿子说话时，总重重地给她一个巴掌。但是这不能阻止这两个孩子仍是很好的朋友。

"不要忘记修补渔网。"中学生重复说。

"不要怕，佛雷岱列克先生，您尽管来吧。"娜薏回答。

罗斯丹先生很有钱。他以贱价买得中学路上一幢很大的公馆。在十七世纪最后数年造成的高门大宅，有着十二窗户的正面，其中的房间足以容纳很多的人口。他们的一家，连两个老的女仆都计算在内，仅有五人，所以他住在这些广大的房间中，好像遗失在空屋里一样，非常寂寞，律师夫妇只住第一层楼。楼下与第二层，贴出招租，经过十年，找不到房客。所以他就决定关闭门户，把公馆的三分之二让给蜘蛛。空洞明亮的房子，只要进口走廊里发生些微的声音，便有大教堂似的反应。走廊很宽阔，有巨大的楼梯，人们简直可以在这里建造一座近代的房屋。

在买到之后的第二日，罗斯丹先生即用一层板壁，把十二公尺长、八公尺宽、由六个窗户照亮的大客厅，分成两间。一间作为他的私人办公室，另一间让他的书记们使用。第一层另外还有四间大房子，最小的一间也有七公尺长、五公尺宽。罗斯丹太太、佛雷岱列克与两个老女仆住着像小教堂那么高的房间。律师为用餐比较便利起见，只好把原来是女子化妆室的一间，改做厨房。从前，利用楼下厨房的时候，菜盘经过寒湿的走廊与楼梯，小菜差不多完全冷掉了。最坏的是这过大的房子，只有最简略的摆设，在办公室中，堂绿色的旧家具衬着荷兰的乌得勒支绒，中间有一把长的沙发，八把帝国式的由暗色硬木制成的靠手椅。一张也是帝国时代的三脚独柱的小圆桌，放在这广大的房子中央，简直像孩子们的玩具一样。壁炉上面，只有一个近代大理石的丑陋的座钟放在两只花瓶中间，漆着红色而被擦过的地板，映出粗劣的反光。卧房的器具则更少。人们从这里可以感觉到南方的家庭——就是最富的也一样——在这太阳的幸福之地，过着野外的生活，对于屋内的安适与奢侈，是采取如何轻蔑的态度。罗斯丹一家，对于这些大房间所引起的忧郁和死也似的沉寂，以及缺乏家具所增加的像破产一般的凄凉，一定是没有什么感觉的。

　　然而律师是一个很精明的人。他的父亲把哀克斯最好的一个事务所留给他。他努力以稀有的活动，在这懒惰的区域，增加他的主顾。身材小，性好动。生着一副黄鼠狼似的狡猾面孔，他专心于他事务所的职务，他关心自己的财产尤其占去他全部的时间，他连一份报纸都不看，他把稀有的空闲钟点都花在俱乐部中。反之，他的夫人则被视为本城聪明而杰出的女子之一。她生于维尔蓬纳，这给她以高贵的光环，虽然她所嫁的丈夫配不上她的门第。但是她显露那样过分的严肃主义，她以那样狭隘的固执，实行她的宗教义务，使她在自己所过的拘谨的生活中，简直像失了生气的枯木一样。

　　至于他们的儿子佛雷岱列克，他在这非常忙碌的父亲与这极端严肃的母亲中间，长大起来。在中学的几年，他是出名的懒惰学生，他在母亲面前战栗，可是他那样厌恶工作，他晚上在客厅中，总是鼻子向着他的书本，精神昏乱地待几个小时，而不读一行文字。他的父母见他如此，都以为他在认真地做着功课。觉察到他的懒惰而发怒之后，他们终于送他到学校里去寄宿；他还是一样的不用功，学校里的管束比较松懈，他觉得很快活，此后再也没有严厉的眼睛时常监视着他了。因他的行为逐渐放纵，他们又惧怕起来，他们终于不再让他寄宿，重新把他放在自己的戒尺之下。结束修辞级课业的前后，他被督促得那么严密，他最后也只好用功了，他的母亲检阅他的簿子，强迫他背诵功课，时时跟在他的后面，简直像宪兵一样。靠着这样的监督，佛雷岱列克毕业考的时候，只有两次没有及格。

　　哀克斯有一所著名的法学院，罗斯丹的儿子当然进入这个学校。在这议会的古城中，几乎只有律师与公证人之类，集合在法院的周围。先读他的法律吧，以后如何，再作打算。所以他仍继续中学时代的生活，尽可能地少用功，不过竭力要使父母相信他仍在努力读书。罗斯丹太太也无可奈何地只好给他以更多的自由。现在他可随自己的意思出门，只要在吃饭时回家就好了；夜间，除允许他看戏的日子之外，他必须于九点钟返家。于是他便开始过着外省学生不把功用在课本上的那种非常单调与非常放纵的生活。

　　必须认识哀克斯与其长满青草的街道，以及会使全城沉睡的静寂，才能了解这里学生所过的生活的空虚。用功的还有方法在他们的书本上消磨他们的时间；不认真注意功课的人们，则仅有玩牌的咖啡馆和有些比玩牌还要坏的场所，作为消遣解闷的出路。我们所说的这位青年是最喜赌博的一人，他把多数黄昏都花在赌博上，剩下的时间则在到处胡闹。一种逃学中学生的肉欲，使他投入城内所能供给的几个妓院，这里是外省的小城，并没有布满巴黎拉丁区的自由姑娘。待黄昏不够他消遣的时候，则偷窃家中的钥匙，使他可以整夜宿在外边。以这个样式，他侥幸地度过了研读法律的几年。

　　再则，佛雷岱列克也明白自己应该装着是孝顺的儿子。他逐渐学得屈服于恐惧之下的孩子们的全部虚伪。他的母亲现在也宣告满意了：他领她去参加弥撒，保持极其严谨的姿态，并以诚实的样子，安静地对她叙述她一点也不怀疑的欺骗。他变得那么灵巧，他永远不让他的父母看出他的破绽，他时常找到托词，预先造好荒唐的故事，作为辩护的证据。他以借自堂表兄弟的金钱，偿付赌账。一次得到一笔意外的进款，他甚至实现他到巴黎去玩一星期的梦想，他设法使一个在杜朗斯河沿岸拥有产业的朋友，邀他去游览美丽的首都。

　　总之，佛雷岱列克是一个漂亮的青年，身材高大，面貌端正，长着很浓的黑须。他的淫逸特别使他在女子的面前，成为可爱的人物，他的和善态度是一般人所引证的。认识他虚假的人都不免窃笑他；可是，他既有隐藏他一半可疑的行为的本领，他还不致跟有些粗鲁的学生一样，展示他的放荡，引起全城的非议。

　　佛雷岱列克将满二十一岁了。他不久就要结束他的学业。他的父亲还不很老，不愿意立刻把自己的事务所让给他，想催促他去做官。他托巴黎的朋友们替他的儿子活动一个推事的任命。青年不说"不"字；他从来不以公开的方式反对他的父母，但是他的表面微笑却藏着情愿继续非常适意的游惰生活的决心。

他知道他的父亲是富翁，他自己又是独养子，他为什么要做稍微劳苦的事情呢？在等待的时间，他尽可以在热闹的场所抽抽雪茄烟，到邻近的名胜区域去散散步。每日仍暗地里访问淫邪的场所，同时他仍装着和顺的态度，有时遵从他母亲的命令，迎合他母亲的欢心。当淫乐过度，使他的四肢发软、胃口呆滞的时候，他即回到中学路冰冷的大公馆里，安静而愉快地休息着。空洞的房间，从天花板上降下的严肃厌烦，对他好像有着止痛般的清凉。他留在那边，直到他的康健与食欲完全恢复，重新可以再去胡闹的日子，他尽量装着使他母亲相信他是为陪她而不高兴出门。总之，只要人家不妨碍他的作乐，他是世上顶好的孩子。

娜薏每年提着她的果子与她的鱼类到罗斯丹的家里来，而且一年比一年地长大。她恰与佛雷岱列克同一年纪，她比后者只大三个月左右，所以罗斯丹太太每次总说：

"娜薏，你简直长得像一个大姑娘了！"

娜薏微笑，露出她雪白的牙齿。每次来的时候，佛雷岱列克大概都不在那里，但是，一日，他研读法学的最后一年，当他出门的时候，他看见娜薏手里提着她的篮子，立在进门走廊上，他立刻诧异地停了步。他已不认得上一节季他在"布朗卡特"曾经见到的身体瘦长而行动摇摆的女子。现在所见的娜薏完全变了，她的棕色面孔，在暗盔似的厚密黑发下面，非常漂亮；她有强壮的肩膀，圆润的身材，露出两腕美丽的手臂。在一年之内，她像少年的树木似的长大了。

"是你！"他嗫嚅着说。

"是的，佛雷岱列克先生。"她回答，正面注视他，两只大眼里燃着暗火，"我带来海胆……你什么时候来？应该准备渔网吗？"

他仍默察她，好像没有听见似的低声说：

"你很美丽，娜薏！……你怎么长得这样漂亮了？"

这称赞使她笑了。等他像从前两人一起玩耍一样，用游戏的态度，拿起她的两手时，她就严肃起来，她突然以"你"称呼他，她以极低的、有点带嗄的声音对他说：

"不，不，不要在这里……当心！看，你的母亲！"

二

十五天以后，罗斯丹一家就到"布朗卡特"去，律师要等法院放假之后才动身，其实，九月在海边是更有乐趣的。大热已退完了，夜间有着甜美的凉爽。

伊斯塔克是马赛郊外顶远的一个村庄，在关闭海湾的岩石曲坳的深处。"布朗卡特"并不在这村里，它矗立在村外的一个悬崖上。从整个的小海湾中，人们可以看见它的黄色正面，隐在许多大松树中间。这是一个粗笨的，开着许多不匀整窗户的，被普洛温斯人称为"官堡"的方形建筑，在屋的前面，一个宽阔的平台，一直伸向撒满石子的狭小海滩。后面有一块大的园圃，贫瘠的土地，只有几株葡萄、胡桃与橄榄树愿意长在那里。"布朗卡特"最大的不方便，最可忧虑的危险之一是海继续不断地摇动悬崖；来自邻近泉水的渗透，产生于这陶土与岩石的隙缝间；每一节季，都有很多大的石块裂开，以可怖的声音跌在下面的海水里。别墅逐渐被蚀成新月的形状。松树已开始被消灭了。

四十年以来，米枯伦一家是"布朗卡特"的佃户。依照普洛温斯的习惯，他们耕种土地，与他们的地主对分所收得的产物。产物是很贫乏的，假如他们不在夏天捕一些鱼来补充，他们一定会被饿死。在耕作与播种的空余时间，他们到海上去撒网。一家的人口是由四人组成的，首先是米枯伦老爹，一个面皮黑而皱的凶狠老人，全家人在他面前都要发抖；其次是米枯伦嬷嬷，一个被烈日晒黑，被辛苦工作弄成憔悴与蠢笨的大女人；再其次是他们的儿子，他曾在

"亚罗刚"号军舰上服务；最后是娜薏，她除料理家务之外，还被他父亲派到一个瓦厂里去工作。佃户的住宅是靠在"布朗卡特"侧面的一个陋室，很少有笑声或歌声的透露。米枯伦保持着老年野蛮人的缄默，深深地沉没在经验的反视中。两个女子以南方孩子与妻子惧怕家长的可怖尊敬，服从她们的父亲与丈夫，只被她安静母亲见不到娜薏的时候，两拳放在肩部竭力张大喉咙向着四方喊叫："娜薏！娜薏！"的疯狂呼唤所扰乱。娜薏在一公里之外听见之后，总是忍着满腔的愤怒，脸色苍白垂头丧气地踱着回来。

伊斯塔克的人们都称她是漂亮的娜薏，但她并不幸福。她十六岁的时候，她的父亲米枯伦，为着一个"是"字或"否"字，就以巴掌打在她的面上，打得那样重，以致她的鼻中都流出血来；现在她虽然已过了二十岁，她的两肩还留着她父亲打她的青痕，几个星期，不能褪去。她的父亲也不是恶人，他只严格地行使他的"王权"，要别人服从他罢了，他的血中还有古代拉丁民族的强权，对于他的家人，保持着生杀予夺的威风。一日，受着毒打的娜薏，胆敢举起手来自卫时，他几乎把她杀了。少女受到这些惩罚之后，总是战栗地留着。她坐在黑暗角落的地上，两眼无泪地吞下这非礼的耻辱。一种暗恨要她这样留着，数小时不说一句话，心中转着她自己无法实行的报复。这是她父亲的血在身内起了反叛，她有盲目的愤怒，要做强者的疯狂需要。当她看见母亲在米枯伦之前，颤抖而顺从地自愿留于弱者的地位时，她即充满轻蔑地凝视她。她时常说："假如我也有这样的一个丈夫，我一定会把他杀死。"

娜薏还喜欢她被毒打的那些日子，因为她父亲的暴行刺激她，使她的身心发生震动。其他的日子，她过着如此狭隘、如此幽闭的生活，她简直烦闷得要死。她的父亲不准她到伊斯塔克去，他要她在家里做着继续不断的工作；就是没有什么可做的时候，他也要她留在他的眼前。所以她无耐性地等着九月，等主人们住到"布朗卡特"之后，米枯伦的监视就必然会放松了。娜薏替罗斯丹太太购买东西，整年的囚禁，由此得到一些补偿。

一天上午，米枯伦老爹反省，他想到这大女孩子每日能替他赚回三十个钢子，他就解放她，命她到一个瓦厂去做工。虽然工作很粗重，娜薏也很高兴。她从早晨出门到伊斯塔克的另一边去，留在烈日之下，翻晒新瓦，直到晚上回来。她的两手虽然被这粗工的苦役弄疲乏了，可是她不再觉得她的父亲在她背后，她可与青年的男子们自由嬉笑。就在那边，就在这非常劳苦的工作中，她发育了，她成为一个漂亮的姑娘，酷烈的太阳使她的皮肤镀上金色，使她的头颈戴着一条宽阔的琥珀项圈。她的黑发长起来，而且逐渐浓密，仿佛以它们飘动的发丝保护她的头顶。她的身体，在她工作的往来中，继续不断地俯下与摆动，不知不觉间获得青年女战士的柔软与快捷的力量。当她在这硬的铺满红陶土的地上重立起来时，她很像一个硬土烧塑成的古代娘子军，受着自天而降的火雨的燃晒，突然活了起来一样。所以看她这样一天一天地成为漂亮的姑娘，米枯伦往往以他的小眼凝视她。她太会笑了，一个女孩子这样高兴，在他看来，似乎不大自然。他曾打定主意，如果他在她的裙边发现到什么爱人，他一定去扼死他们。

　　爱她的人何止数打！可是娜薏都让他们失望了。她讥笑一切青年。她的唯一好朋友是一个驼背，与她在同一瓦厂里做工的一个矮小男子，他的名字叫驼阿纳，是哀克斯贫儿收容所派到伊斯塔克来的，他就留在这里，做苦工度日。这驼背以他滑稽的侧面，笑得很有趣。娜薏为着他的温柔而容忍他。她要他做什么，他都一一服从，绝不反抗。当她对于父亲的暴行，想要找一人来报复的时候，她往往虐待他，以他为"出气筒"，再则，这也不会有结果的。当地的人们都笑驼阿纳。米枯伦曾说："我让她同驼背来往，我了解她，她太自负了，不会发生什么事情的！"

　　那一年，当罗斯丹太太安顿到"布朗卡特"的时候，她向佃户借用娜薏，因为她的一个女仆病了。恰好瓦厂也停工。再则，米枯伦对家人虽然非常粗暴，待主人却十分恭谨；即使要求不如他的意，他也不会拒绝他的女儿替他的地主太太服务。罗斯丹先生为着重要的事情，必须去巴黎，所以只有佛雷岱列克和他的母亲到乡间来。最初几日，按照习惯，这位青年总先满足身体活动的巨大需要，他为乡间的空气所沉醉，同米枯伦一起撒网与收网，或独自到那些以伊斯塔克为出口的山峡深处，作长的散步。待这热烈的情绪平息之后，他就整日半睡地躺在平台边缘的松树之下，注视着蔚蓝的海面，这单调的蓝色终于使他生起极大的厌烦。大概十五日之后，他再没有办法忍耐"布朗卡特"的逗留。他每天上午总能找到去马赛的托词。

主人们到后的第二日，米枯伦于太阳起山的时候，即喊佛雷岱列克，约他去收渔笼，即一端开着小口、让鱼可以进来而不能出去的长篓。但是青年装着没有听见。捕鱼好像不再使他发生兴趣。等他起来之后，他即到松树底下，目光朝天地仰卧在那里。他的母亲见他不去做那一种使他回来饿得要命的跋涉，觉得非常奇怪。

"你不出去吗?"她问。

"不，母亲。"他答，"爸爸既然不在这里，我留着陪您。"

佃户听到这个回答之后，以土语喃喃地说:

"好吧，佛雷岱列克先生就会到马赛去的。"

然而佛雷岱列克并不去马赛。一星期过去了，他还时常躺着，只太阳晒到他的时候，起来换一下位置。为装装样子，他拿着一本书，可是并不怎样读它;书往往溜到硬地上被晒干的松针之间。他甚至不注视下面的海;脸朝着房子的一边，他好像关心屋里的事情，他窥伺时时经过平台的女仆们的来去。如果是娜薏过去的话，短的火焰，即在她好色小主人的眼里燃烧起来。娜薏于是放缓脚步，以她有节奏的全身摆动，慢慢地走远去，从不向他投射一瞥。

这游戏持续了许多日。在他的母亲面前，他差不多粗暴地对待娜薏，待她像拙笨的侍女。受着责骂的少女，好像颇为享受这些愤怒之乐似的，总以幸福的阴郁，低下眼睛。

一天上午，用午餐的时候，娜薏打碎了一个生菜盆，佛雷岱列克就大发脾气。

"她多么蠢笨！"他喊着说，"她的魂哪里去了？"

他愤怒地立了起来，并继续说，他的裤子已经损坏了。一点油滴在他的右膝上，但是他有意把它造成一件事情。

"你还看我！还不快快给我一块饭巾与水……帮我揩去……"

娜薏把饭巾的一角浸入杯中，然后跪在佛雷岱列克面前，擦抹他的污点。

"让他去，这没有什么关系。"罗斯丹太太重复说。

但是少女仍不放松她小主人的脚腿，她仍继续以她美丽的手臂，用着全力擦抹他的裤子。他呢，他也以严厉的话语继续在斥责她。

"从来没有见过这样的笨拙……她有意拿这生菜盆敲在我的身边……啊！假如她在哀克斯服侍我们，我们的瓷器会很快地敲成碎片了！"

这些斥责与所犯的过错，太不相称。待娜薏不在那里的时候，罗斯丹太太以为应该劝导他的儿子。

"你到底为什么要反对这可怜的女孩子？人家或者会说你不能容忍她呢！……我请你对她比较温和些，好不好？这是你旧日一道游戏的同伴，而且她在这里也不是普通的侍女。"

"唉！她使我讨厌！"佛雷岱列克装着粗暴的态度回答。

就是当天晚上，夜幕已经降下的时候，娜薏与佛雷岱列克相遇于平台尽端的阴暗里。他们还没有单独说过话。在这地方，人们并不能从屋里听见他们。松树在沉寂的空气中，发出热的松香气味。于是她重新以儿时的亲密语气，喃喃地问他：

"你为什么责骂我，佛雷岱列克？……你这人真不好。"

他不回答，他捉住她的两手，拉她到自己胸前，热烈地吻她的两唇。她让他做，然后离开。至于佛雷岱列克，为着不在他的母亲面前露出兴奋的感动，则暂时留着，坐在旁边的栏杆上。十分钟以后，她以稍带自负的镇静，侍候他们吃饭。

佛雷岱列克与娜薏并没有约定幽会的时间，是另外一夜，在悬崖边缘的一株橄榄树之下，他们俩再次相遇。吃晚饭的时候，他们的眼睛，有好几次以热烈的固定，彼此相视。夜很热，佛雷岱列克在他的窗口抽着纸烟，两眼探询下面的阴暗，直到深夜一点钟。到一点钟，他瞥见一个模糊的影子，溜过平台。于是他不再犹疑了。他跳到一个厂棚的屋顶，再以放在那边角上的一根长竿，立刻跳到地上；这样，他不怕惊醒他的母亲。到了下面之后，他就一直向着一株老的橄榄树走去，确信娜薏就在那边等候他。

"你在那里吗？"他以极轻的声音问道。

"是的。"她简单地回答。

地下全是茅草，他即坐在她的身边；他搂住她的腰身，她则让头靠在他的肩上。好一会儿，他们待着不说一句话。老而多节的橄榄树，以它灰色的叶丛盖着他们。在对面，海漆黑而毫无动静地展布在天边的星星之下。马赛，在海湾的深处，隐蔽于远远的浓雾里；左边只有普拉尼埃的灯塔，时时在转动，以它突然熄灭的黄光穿破空间的黑暗；再也没有什么比这不断地消失于地平线上而又不断地重新出现的光线更温柔，更幽雅了。

"你的父亲不在家吗？"佛雷岱列克再说。

"我从窗口跑下来。"她以严肃的声音回答。

他们不谈他们的爱情，这爱情从远处，从他们的儿时来，现在他们只回忆已有情欲透露的儿时游戏。暗地里交换抚摩与拥抱，这对他们好像是很自然的，他们简直不知道应该说什么话，他们只有我属于你、你属于我的需要。他觉得她很漂亮，以她田间的肤色与气息，激动他的热爱；她则以自己能成为小主人的情人，而感到被虐待女子的骄傲。她把整个的身心都献给他。待他们循着出来的道路，回到各自的房间时，天色已将黎明了。

三

多么可爱的月份！没有一天下过雨。时常晴朗的天空，展布着没有半朵云斑的青缎。太阳在玫瑰色的水晶中起来，在黄金似的尘埃里下去。然而天气并不太热。海的微风与太阳同来，而且与它同去。夜有甜美的凉意，阴暗中到处散满日间被太阳晒热的芬芳植物的香味。

当地的风景非常幽雅。海湾的两边，伸出手臂也似的岩石，至于岛屿，在宽广之处，似乎阻断前面的地平线；海只是广大的湖面，碧绿之水闪烁于晴朗的天气之下。在底面，在山的脚下，马赛的一层一层房子排列在低矮的岗陵上。空气明朗时，人们从伊斯塔克可以看见约里埃特的灰色堤岸和泊在码头的细长的船桅。在后面，保安圣母院的教堂雪白地矗立于空际的高处，它的正面显露于厚密的树丛间。从马赛出发的海岸，在到伊斯塔克之前，弯成宽广的新月形，沿岸的许多工厂有时喷出高的黑烟。当太阳直射下来的时候，几乎是黑色的海，好像睡在两个岩石的海岬中间，岩石由白色被太阳晒成黄色与棕色。松树使淡红的土地点缀着暗绿，这是一幅大的图画：东方风景的一角展布于日光炫目的震颤中。

但是伊斯塔克不止有这海上的远景。靠在山麓的村庄通着许多消失于凌乱岩石之间的道路。自马赛到里昂的铁道蜿蜒于大的石块间，在桥上经过凹地，突然深入岩下，留在这法国最长的纳尔特隧道之下，有五公里左右。没有什么比这些挖掘于岗陵中间的山峡更有险峻的景象，狭的小径辟在深渊的边缘，长着松树的不毛山腰，立着铁锈色与血色的岩壁，有时山峡扩大了，栽种橄榄的贫瘠田亩，占着小山谷的凹地，一座遗失在这里似的房屋，显出它有色彩的闭着窗户的正面。接着，还是布满荆棘的小径，不能穿过的灌木丛，倾坍下来的石堆，干涸的瀑布旧道以及种种只在荒漠行程中才能见到的稀奇东西。在高处，在松树的黑边之上，天展布着它的细致的蓝缎一般的长带。

在岩石与海的中间，还有狭长的海岸，红的泥土，当地最大工业的瓦厂，就在这里挖下大洞，掘出制瓦所必需的陶土。这是到处倾坍与散满裂缝，只种着若干瘦弱的树木的土地，好像热情的气息吹干了它的水源。在路上，人们以为行走于石灰堆上，往往两脚陷入土中，直到脚踝；极小的微风，就扬起灰尘，使路旁的篱笆盖上层泥土。沿着反射出炉火一般热光的墙垣上，睡着灰色的小蜥蜴。成群的蝗虫，则以火花的爆裂之声飞舞于焦黄色的草丛间。昏昏欲睡的中午在沉寂与闷热的空气里，除蝉的单调歌声之外，没有别的生命。

就是在这火热的地方，娜薏与佛雷岱列克相爱了一个多月，好像这天气的全部之火都经过了他们的血液。最初八日的夜间，他们只在悬崖边缘的同一橄榄树之下，重新相会，他们在这里尝着甜蜜的快乐。凉爽的夜，平息了他们的情热，他们有时把他们燃烧也似的面孔和两手，伸展于掠过的微风里，使他们尝到冰冷泉水似的清凉。海在他们的脚下，在岩石的下面，发出情欲的与徐缓的呻吟。海草的刺激气味，使他们沉醉于爱的满足中；接着，彼此感到幸福的疲倦之后，他们互相搂抱着，注视水的那一边，马赛夜间的灯火，码头进口的红光，使海映着血也似的反照，郊外或左或右地亮着的煤气灯像火花一般，划成延长的曲线；中间，在城市之上，闪着活泼的微光，至于波那柏特小岗的花园，则由朝向天边的两排灯火明晰地显示出来。这一切光线，在睡着的海湾之外，好像照耀着一个梦的城市，不久就会被黎明消灭为乌有。开展于地平线黑暗之上的天体，对于他们，好像是诱惑的大魔力——引起他们的不安，使他们格外相爱格外搂紧。流星如雨似的降下。各个星座，在这些普洛温斯的晴朗夜间，发出闪烁的亮光。颤动地留在这些广大的空间之下，他们低下头，他们只注意普拉尼埃灯塔的孤星，它的旋转之光感动他们，要他们再寻对方的两唇狂吻。

但是一夜，他们看见地平线上悬着一个大的月亮，跟黄脸似的凝视着他们。一列亮光照在海里，好像一条大鱼，好像一条大鳗，以它无穷尽之环也似的金鳞，在海的深处滑动；淹没马赛灯火的微光，淹没海湾的岗陵和屈曲的边岸。月亮上升之后，光明随着增加，黑影也更明显了。于是这"证人"开始妨碍他们。他们留在"布朗卡特"这么近的地方，生怕被人发现。在下一次的约会中，他们从倾坍之墙的一角，走出围绕的园地，他们在当地所能供给的一切隐蔽所里，转移他们的爱巢。首先，他们躲在一个废弃瓦厂的深处：坏的厂房在这里构成一个地窖，在这地窖中，瓦窑的两口还是开着。但是这个洞穴惹起他们的忧闷，他们宁喜欢头上展着自由的空间。他们跑到挖过红陶土的地方，他们发现了极好的巢窟，几平方公尺宽的真正旷场；从这里，他们只听见防守小房屋的狗吠。他们走得更远，他们在尼奥垄这一边，沿着岩石的海岸散步，他们还循着山峡的狭路，寻觅辽远的岩穴与隙缝。这在十五天之内，简直是充满游戏与温情的良宵。月亮消失了，天边恢复了黑暗；可是现在他们觉得"布朗卡特"太小了，已容不下他们，他们需要在宽旷的土地上，互相占有。

　　一夜，当他们循着伊斯塔克上面的小路向纳尔特山峡行进时，他们在路边小松林的后面，好像听到有抑住声音的脚步在跟随他们，他们感到不安，他们停止前进。

　　"你听见了吗?"佛雷岱列克问。

　　"听见了，大概是一只迷失的狗在跟随我们吧。"娜薏喃喃地回答。

　　他们继续行走。但在小松林终止的所在，即路的第一转弯之处，他们明晰地瞥见一个黑影，在岩石的后面溜过去。这的确是一个人，不过形状奇特，似乎是一个驼背。娜薏轻轻地喊了一声。

　　"等着我。"她很快地说。

　　她跑去追赶那个黑影，不久，佛雷岱列克听到很快的低语。随后，她回来，态度平静，不过脸色有点苍白。

"是什么东西?"他问。

"没有什么。"她答。

沉默了一下,她再说:

"如果听到有人走路,你不要怕。这是驼阿纳,你知道吗? 就是那个驼背。他愿意监护我们。"

真的,佛雷岱列克有时觉得有人在黑暗里跟着他们,他们周围好像有了保护似的。有好几次,娜薏要驱逐驼阿纳,可是这可怜的生物只要求做她的一只狗。他们不会看见他,不会听到他,为什么不允许他做他自己所愿意做的事呢?从此之后,当这一对爱人在被毁坏的瓦厂之下、偏僻的陶土旷场、辽远的山峡深处,彼此搂着亲嘴的时候,如果他们愿意静听的话,他们一定会听到,他们的背后有抑住声音的呜咽,这就是驼阿纳,他们的守卫之狗,捏紧拳头在哭泣。

他们不仅在夜间相爱,现在他们的胆量大了,他们已利用一切可能的机会。往往在"布朗卡特"的走廊或在他们相遇的某一房间里,他们交换长久的接吻。就是在桌上,当她服侍吃饭,他要一块面包或一只碟子的时候,他也找到方法捏紧她的手指。严肃的罗斯丹太太没有看见什么,她还时常责备她的儿子,对他儿时的同伴太严厉了。一日,她几乎拿住他们。但是听见她衣裳微声的少女立刻俯身下去,以她的手帕揩拭她小主人沾满灰尘的两脚。

娜薏与佛雷岱列克两人还尝着种种小的快乐,往往在晚饭之后,夜晚清凉的时候,罗斯丹太太要到外面去散步,她挽着她儿子的手臂,她要到伊斯塔克去,由于谨慎,她命娜薏拿着她的披肩,跟随他们。三个人就朴素的去看捕沙丁鱼的渔夫们摇着小船回来。海上,许多灯光在摇动;不久,人们可以辨出船的黑影,以粗重的桨声靠近岸头。鱼汛的日子,快乐的声音喊起,带着篮子的女人们跑来,每一船上的三个男子,把堆在凳下的渔网翻了出来。这好像是一条暗色的阔带,全部镶着银的薄片:鳃部挂在网线上的沙丁鱼还在弹动,而且射出金属的反光;最后,在提灯的淡光之下,它们像大批的银币一般,被倾在女人们带来的大篮里。罗斯丹太太往往留在一只渔船前面，欣赏这有趣的景象，她放开她儿子的手臂同渔夫们谈天；至于娜薏身边的佛雷岱列克站在提灯的光线之外，拼命地捏紧她的手腕。

然而米枯伦老爹依然保持着有经验与固执愚夫的沉默。他到海上去，回来仍以他同样的阴险态度，锄种土地。但好些日子以来，他的灰色小眼已有忧虑。他以斜的目光看着娜薏，嘴里不说一句话。在他看来，她好像变了，他嗅到她最近的举止是他所不能明白的。一天，她竟敢对他反抗。米枯伦给她以那么重的巴掌，竟使她的嘴唇都被打破了。

夜间，当佛雷岱列克在一个亲吻之下，觉得娜薏的嘴有点浮肿时，他便紧迫地询问她。

"这没有什么，这是我父亲给我的一个巴掌。"她说。

她的声音显露忧郁。青年发怒，说要加以干涉，她就表示反对说：

"不，让他去，这是我的事情……哦！这会完结的！"

她从来不同他谈及她所受的批颊。不过，她父亲打她的日子，她以更多的热情，抱紧她爱人的头颈，好像是向老人报复似的。

娜薏每夜出来，已有三个星期。首先她很当心，接着一种冷静的大胆，使她不顾一切地去赴幽会。当她明白她的父亲已疑心的时候，她又重新变成谨慎了。她有两次不敢践约。她的母亲对她说，米枯伦夜里已不再睡觉了：他起来从这房间走到另一房间。但在佛雷岱列克哀求的目光之前，娜薏又重新忘掉一切戒心。她于十一点钟下来，打算留在外面，至多不过一小时；她希望她的父亲，在最初的睡眠中，不会听到她的动静。

佛雷岱列克在橄榄树下面等候她。不说她的恐惧，她拒绝走得更远。她觉得太疲倦了，她说，这其实是真的，因为她不能像他一样，白天躺着睡觉。他们就在海的上边，光明的马赛之前，他们最初约会的所在躺下。普拉尼埃的灯塔依然照着，凝视着它的娜薏，在佛雷岱列克的肩上睡去了，后者也不再动。渐渐，他也抵不住疲倦，闭了眼睛。两个人就这样交互被搂在彼此的胳臂里，面对面地混着他们的呼吸。

没有一点声音，四周只听见"纺织娘"（绿蚱蜢）的尖锐歌声。海也跟情人们一样安静地睡着。于是一个黑影从昏暗里出来并慢慢走近他们。这就是米枯伦，他被一扇窗的响声惊醒，发现娜薏已不在她的房里。他随手拿着一把小斧头出来。他瞥见橄榄树下有黑的人影，他便捏紧小斧头的木柄。但是孩子们一点也不动，他一直走到他们身边，俯身下去，注视他们的面孔。他不觉吃了一惊，他已认出躺在他女儿怀中的，是他的小主人。不，不，他不能这样杀死他，流在地上的血，将有痕迹，这会使他付出太大的代价。他重新立起，残暴的决心使他老皮的脸上皱起两根愤怒未发的凹纹。一个农民不应该公开杀害他的地主，因为地主就算是掩埋在地下，也时常是较强者。米枯伦老爹摇头，并以狼也似的步伐离开，让两个爱人继续睡觉。

娜薏于将近黎明之前，担心自己留在外面太久，终于决定回去了。她见窗户依然开着，如她出来时的情形一样，用早餐之际，米枯伦平静地看她吃着面包。她安心了，她的父亲一定还没有发现她的秘密。

四

"佛雷岱列克先生，您不再到海上去了吗？"一天晚上米枯伦老爹这样问他。

坐在平台松荫之下的罗斯丹太太，正在刺绣一块手帕，至于躺在她身边的儿子，则以抛掷小石自娱。

"说真的，我不想再去了！我变成一个懒鬼了。"青年回答。

"您错了，"佃户说，"昨天，渔笼中攒满了鱼，这个时候鱼很盛，我们要捉多少，就有多少……这将使您开心。您明早晨跟我来吧。"

　　他的态度那么和善，想到娜薏的佛雷岱列克不愿意违逆他的意思，终于说道：

　　"既是这样，很好！我很愿意去……不过必须唤醒我。我预先通知您，早晨五点钟，我还睡得像死猪一样。"

　　罗斯丹太太停止刺绣，她有些不放心。

　　"你们尤其是要谨慎，"她喃喃说，"你们到海上去，我总时常发抖。"

　　第二天早晨米枯伦徒然喊着佛雷岱列克先生，青年的窗户始终不开。于是他以娜薏没有注意到的、深含讽刺的粗蛮声音，对他的女儿说：

　　"上去，你上去……他或者会听你的话。"

　　那天早晨是娜薏唤醒了佛雷岱列克，还是睡态蒙眬的时候，他拉她到床上的热被窝里去；但是她迅速地还他一吻并立刻逃出房外。十分钟以后，青年出现了，身上穿着灰色帆布的衣服。米枯伦老爹坐在平台的栏杆上，忍耐地等着他。

　　"天已凉了，你应该拿一条围巾来。"他说。

　　娜薏上去寻了一条围巾。然后两个男子走下通到海里的石级，至于立着的少女，则以眼睛随着他们下去。到了下面，米枯伦老爹举起头来，注视他的女儿，两根大的折皱显露于他的嘴角。

　　五日以来，刮着可怕的西南风。昨天，只在晚间停止了。太阳起山之后，风又起来了，不过开始并不厉害。海，在这清早的时刻，激荡于鞭击它的暴烈的气息之下，被划成许多暗蓝的纹路；从斜面照来的刚起山的阳光，使它的每一浪尖，映着细小的火光。天几乎是白的，有水晶一般的纯洁。马赛，在底面显得那么明白，人们简直可以计算房屋正面的窗户；至于海湾的岩石，则照耀着非常细致的玫瑰色彩。

　　"我们回去的时候要被摇动了。"佛雷岱列克说。

"也许如此。"米枯伦简单地回答。

他并不转过头来，他沉默地摇桨。一霎时，青年一面想着他的娜薏，一面注视他的圆背，他只看见老人的焦色后颈和下端悬着金环的绯红耳朵。接着，他俯下身去，注意下面在船底逃去的海的深度。水已混沌，只有大的模糊的海草，像溺死者的头发似的在浮动。这使他忧心，甚至有点害怕。

"请听我说，米枯伦老爹。"他经过很久的沉默之后，开始说道，"看，风逐渐大了。您要当心。……您知道我游泳简直像一只铅马。"

"是的，是的，我知道。"老人以他干脆的声音回答。

他仍以他的机械动作，继续摇桨。船已开始漂荡，浪尖的小花已变成大的泡沫，它们在风的打击之下飞舞。佛雷岱列克不愿意泄露他的惧怕，可是他实在不大放心，只能接近陆地，他情愿给出很多的报酬。不耐烦了，他喊道：

"真奇怪！今天您的渔笼究竟放在哪里？……难道我们要到非洲去吗？"

但是米枯伦老爹并不急忙地回答：

"我们就到了，我们就到了。"

突然，他放下船桨，他站起来，目光向着海岸，看看船与海岸的距离，他必须再摇五分钟，才能到达记着渔笼所在的软木浮标。那里，在拿起笼子之前，他转向"布朗卡特"待了几秒钟不动。佛雷岱列克循着他的目光方向，明晰地看见松树之下还有一个白点。这就是依然靠在平台上的娜薏，人们还辨得出她的鲜色衣裳。

"你有多少渔笼？"佛雷岱列克问道。

"三十五个……工作吧，不应该浪费时间了。"

他拿起最近的浮标，他抽出第一个笼子。深度是很大的，绳子好像抽不完似的。最后，笼子出现了，其中有一块大的石头使它可以沉在海底；待它离开水面时，三条鱼好像鸟在笼中似的，开始跳跃。人们又像听见翼的声音。在第二个笼中，什么都没有。但是，由于相当稀有的凑巧，一只大海虾在第三个笼中暴烈地弹动它的尾巴。从此，佛雷岱列克兴奋起来，他忘掉他的恐惧，俯身到船沿，心头跳动地等着渔笼抽上来。当他听到翼的响声时，他简直受到跟猎人打到猎物似的同样感动。渔笼一个一个地抽到船上，水在流，不久三十五个都上船了。至少捕得十五斤鱼，这在马赛的海湾中是个很好的收获，因为这里有许多原因，尤其是使用网眼太细的渔网，从很多年以来，已使海中的鱼数减少了。

"看，已经完了。"米枯伦说，"现在我们可以回去了。"

他细心地把渔笼放在船的后面，但是待佛雷岱列克见他准备船帆的时候，他又重新担心起来，他说，在这样的大风里，顶好是摇着桨回去。老人耸肩，他知道他自己所做的事情。在挂帆之前，他再向"布朗卡特"那边投射最后的目光。娜薏穿着她的鲜色衣裳，还是站在那边。

于是灾难突然如晴天霹雳似的发生了，后来，当佛雷岱列克要说明当时经过的情形时，他只记得一阵大风突然打在扬起的船帆上，然后一切都倾覆了，除极大的寒冷与极深的恐惧之外，他什么也想不起来。他的生命是靠着一个奇迹拯救回来的：他跌在帆上，帆的宽度维持他在水面。看见出险的许多渔夫赶来，把他以及已向海岸游去的米枯伦老爹救了起来。

罗斯丹太太还在睡觉，人们没把她儿子刚才所冒的危险告诉她。在平台下面，佛雷岱列克与米枯伦老爹，满身流着水，亲眼看到变化的娜薏还待在那边。

"真是倒霉！"老人喊着说，"我们把渔笼都拿上来了，又让它们倒了回去……咳！真没有运气！"

脸色很苍白的娜薏固定地注视着她的父亲。

"是的。是的，的确没有运气……"她喃喃说，"可是，当人对着风转向，他当然是有把握的。"

米枯伦生气了。

"懒鬼，你在插什么嘴？……你没有看见佛雷岱列克先生发抖吗？……去，扶他到屋里去。"

青年正好安静地躺在床上休息一日，他对母亲说他的头很痛。第二日，他见娜蔼很忧闷。她拒绝幽会，一天晚上，她在前房遇见他，她自动地把他搂在自己的怀中，她热烈地狂吻他，她从来没有把她所推测的疑心告诉他，不过，从那天以后，她总时时监护他。如此经过了一个星期，她又重新怀疑了。她的父亲仍旧像平常一样来去，他甚至比较温和，他现在已不大打他了。

每一节季，罗斯丹家人的一种娱乐是到海岸尼奥垄那边四面围有岩石的凹地里，去吃葱蒜烧鱼的野餐，吃了以后，小岗深处既有松鸡，先生们就到那边放它几枪。那一年，罗斯丹太太要带娜蔼去侍候她，她不听佃户的反对，这使野蛮的老人脸上皱起很深的怒纹。

他们很早就出门。早晨有着温柔而可爱的景色。在棕色太阳之下，平得像镜一般的海，舒展它的蔚蓝洋面；在水流经过的地方，它蜷缩蓝色混着淡紫的浪尖，至于在静止的所在，蓝色褪白，获得跟牛奶似的透明；直到清朗的地平线，简直可以说是一块广大无边、颜色变化的绸缎，在这睡着一般的大湖中，木船柔软地滑过去。

登岸的狭小海滨是在山峡的进口所在；人们就安顿在岩石中间，烧过的作为食桌的一带草地上。

这露天的野餐，简直是全部的故事，首先米枯伦回到船里去，他一人去收昨日安放着的渔笼。待他回来之后，娜蔼拉拔各类香草，堆积一大堆干的、足以生起大火的荆棘。那天是老人负责做野餐，这是海岸渔夫自父传子的保有秘法的古典鱼羹，这是配着大量胡椒、可怕地加上很多蒜碎的刺鼻食品。罗斯丹一家人看他配制这样的羹汤，觉得非常好玩。

"米枯伦老爹，您能做得像去年那么成功吗？"愿意在这种场合说笑的罗斯丹太太问他。

米枯伦仿佛很高兴，待娜蔼从船里拿出一个大的铁锅时，他首先把鱼肚破了，放在海水里面刮洗干净。这做得很迅速：把鱼放在铁锅里，只盖着一层水，然后配上洋葱、油、大蒜、一把胡椒、一个红番茄和半杯酒，最后才把铁锅提到可怕的可以烤一只羊的大火上。渔夫们说，鱼羹的好处就在于大火的烧煮，铁锅必须消失于火焰的中间。然而佃户以很庄重的态度，在一口生菜盆上割面包片，半点钟以后，他把鱼汤倾在面包片上，鱼肉则留着，另外再吃。

"来吧！"他说，"鱼羹只在滚热的时候才好吃。"

他们就在平常的说笑中吃着鱼羹。

"听我说，米枯伦，您把药粉放在里面了吧？"

"它是很有味的，可是要有铁的喉头。"

他安静地吃着，一口吞下一片面包。他稍稍站开一点，表示同主人们一起吃饭，是多么荣幸。

吃过饭之后，大家都留在那边，等着大的热气过去。照着阳光，反映赭色的岩石，展示许多黑的阴影，矮绿橡的枝条散布大理石似的暗色花纹，至于斜坡上，松树合规地排列上去，好像准备着前进的军队一般。四周是灼热的空气和沉闷的寂静。

罗斯丹太太带来似乎永远不会做完的、时常在她手边的刺绣工作。坐在她身边的娜薏好像注意她的针的来去，其实她的目光是在窥视她的父亲，他在数步以外睡午觉。较远一些，佛雷岱列克也以他的草帽遮住面孔，安静地睡在那里。

将近四点钟的时候，他们醒了，米枯伦发誓说，他晓得山峡深处隐着一对松鸡。三日以前，他还看见它们。佛雷岱列克终于被他说动了，他们俩即去拿起他们的鸟枪。

"我恳求你，"罗斯丹太太喊着说，"你要当心……脚会滑的，人们自己会受伤的。"

"啊！这是可能的。"米枯伦平静地说。

他们动身了，他们在岩石后面消失了。娜薏突然立了起来，她稍隔一些距离跟着他们，并喃喃说：

"我去看看。"

她没留在山峡里面的小径上，放快脚步，穿过荆棘，向着左面走去，并尽量仔细，不使脚下的石子滚动。最后，在路的转角处，她看见佛雷岱列克，无疑的。他已使松鸡走动了，因为他很快地前进，半曲着身体，准备把他的鸟枪架在肩上。她仍是没有看见他的父亲。忽然，她发现老人在山溪的另一边，在她自己所在的斜坡上：他蹲着，好像正在等待。曾有两次，他举起他的武器。如果松鸡在他和佛雷岱列克中间飞起，他们放枪的时候，彼此都会打到。娜薏谨慎地溜过许多荆棘，终于不声不响地到了老人身边，而且很忧虑地隐在他的背后。

几分钟过去了。在对面，佛雷岱列克消失于低矮的一个地褶中。他重新出现了，一会儿留着不动。于是仍蹲着的米枯伦重新仔细地向着青年瞄准。但是用脚一踢，娜薏使他的枪筒高起，枪随着放了出去，以可怕声音使山峡中响着隆隆的回声。

老人重立起来。看见娜薏在他后面，他即拿起刚才出烟的枪筒，做出要以枪托打她的姿态。少女脸色雪白地站着，眼中射出火也似的亮光。他不敢打下。他气得发抖，他只口吃地说：

"好吧，好吧，我仍将杀死他。"

由于佃户的枪声，松鸡飞了起来，佛雷岱列克打下两只。六点钟的时候，罗斯丹母子动身回到他们的别墅。米枯伦老爹仍以他固执而平静的野人态度，摇着他的船桨。

五

　　九月已完了。经过一次暴烈的大风雨之后，天气已经大凉，白昼也比较短了；娜薏拒绝夜间同佛雷岱列克相会，给他的托词是她太疲乏了，在浸湿土地的露水之下，他们会生病。但是每日早晨她于六点钟以前来，而罗斯丹太太通常总在三小时以后起床，她即到青年的房间去，留在那边一些时候，倾着耳朵，从开着的房门窥听外面的动静。

　　这是他们爱情的最美时期，是娜薏对佛雷岱列克表示最温柔无上的时刻。她搂着他的头颈，接近他的面孔，很亲切地以眼中充满泪水的热情注视他。她似乎觉得她将永远不会再见他了。然后她好像为着抗议与发誓：她能保护他的，在他脸上，给他以雨点一般的狂吻。

　　"娜薏究竟怎么了？"罗斯丹太太屡次说，"她一日厉害一日地改变了。"

　　真的，她已瘦了，她的两颊陷了下去。她眼中的亮光也灰暗了。她留在长久的沉默中，她往往以刚才睡眠与做梦的女郎似的不安神情，突然惊醒过来。

　　"我的孩子，如果你病了，应该请医生来医治。"她的女主人重复说。

　　但是娜薏总以微笑回答她：

　　"哦！不，太太，我很康健，我很幸福……我从来没有这样的幸福。"

　　一天早晨，当她帮助罗斯丹太太计算衣服与饭巾之类的物品时，她鼓起勇气，大胆地问她：

　　"今年您留在'布朗卡特'的时间还很久吗？"

　　"直到十月。"罗斯丹太太回答。

　　娜薏两眼茫然地站了一会儿，然后高声并似乎没有意识地说道：

"还有二十天!"

内心的斗争不断地在烦扰她。她很愿意佛雷岱列克永远留在她的身边;同时,每一刻钟,她又想对他喊出:"你快走吧!"在她看来,她已失掉他了,这爱的节季永远不会再来,这从第一次幽会之后,她就对自己这样说。非常忧闷的一晚,她甚至自问,她是否应该让佛雷岱列克被她的父亲杀死,使他不去同其他女人相好;可是,一想到他如此温柔,如此白嫩,简直比她都要娴雅的一个美男子,一旦被人杀死,实在使她难受;这坏的思想使她惊惧。不,她将救他,他将永远不知道这件事,他不久就会不再爱她,不过,想到他依然活着,毕竟是幸福的。

往往她早晨对他说:

"不要出门,不要到海上去,天气很坏。"

另有些时候,她劝他动身回去。

"你大概很厌闷,你将不再爱我……你还是到城里去过几日吧。"

他呢,他很惊异这些脾气的改变。从她的面孔憔悴之后,他觉得这位农家的女子已不漂亮,暴烈爱情的餍足已开始侵入他的身心,他惋惜地记念哀克斯与马赛姑娘的花露水与香粉。

她父亲的话:"我仍将杀死他……我仍将杀死他。"时常嗡嗡地响于她的耳际。夜里,她往往梦着人们放枪而心惊肉悸地醒来,她变成胆怯的人了,如有一块石头在她脚下滚动,她就会发出惊怖的喊声。每一时刻,当她看不见他的时候,她即挂念着"佛雷岱列克先生"。最使她恐惧的是她自早至晚听着米枯伦的固执沉默,他隐隐间似乎在说"我仍将杀死他"。他不做半点姿态不说一句话,没有任何举动,但是,在她看来,老人的目光以及他的每一举动他的整个人,似乎都在说,待他没有法庭的恐惧时,他若遇着任何可乘的机会,就会立刻杀死他的小主人。以后,他再来处置娜薏。在等待的期间,他时常以脚踢她,好像对待一只犯了错误的动物一样。

"你的父亲呢，他还时常粗暴吗？"一天早晨，当她在房里来去，稍稍整理着房间的时候，躺在床上抽纸烟的佛雷岱列克问她。

"是的，"她回答，"他已变成疯子了。"

于是她露出布满青黑伤痕的脚腿，并喃喃说出她时常低声地重述的一句话：

"这总会完结的，这总会完结的。"

在十月的最初数日，她好像更忧郁了。她时常不在屋里，她掀动嘴唇，好像她在低声说话似的。佛雷岱列克许多次看她站在悬崖上，仿佛在审察周围的树木，以目光窥测下面漩涡的深度。数日以前，他偶然撞见她与驼背，驼阿纳，正在产业的一角，采摘无花果。米枯伦太忙的时候，驼阿纳往往来帮助他。他在无花果树下面，娜薏爬在一根大枝上，同他开着玩笑；她喊他张口，她投他以无花果，有时恰恰跌在他的面上。这可怜的生物果然张开嘴，而且非常欣悦地闭着眼睛，他的宽阔的面孔表示无限的幸福。真的，佛雷岱列克并不嫉妒，可是他仍不能阻止自己讥讽她。

"驼阿纳为着我们割破手，"她以简短的声音说，"我们不可虐待他。我们有时还需要他。"

驼背继续每日到"布朗卡特"来。他在悬崖上面工作，他在挖掘一个狭的小沟，使水通到花园的一端，可以灌溉他们正想开辟的一个菜圃。有时，娜薏去看他，两个人谈得很高兴，故意那样拖延工作。米枯伦老爹终于说他是懒鬼，像对待他女儿一样，竟伸出脚来踢他的两腿。

下了两天雨。下星期就要回哀克斯的佛雷岱列克决定在动身以前，再同米枯伦到海上去撒一次渔网。在娜薏变得苍白的脸色之前，他笑着安慰她，他说这次他再也不选刮大风的日子了。他既然不久就要走，少女即愿意于夜间和他幽会。将近一点钟的时候，他们相遇于平台上。雨洗了土地，一种强烈的气味从清凉的绿丛中发出。当这非常干燥的田野深深地被淋湿之后，它即弥漫着暴烈的颜色与香味：红的土仿佛在流血，松树发出碧玉一般的白色。但是在夜间，爱人们只尝到种种香草的芬芳。

习惯引着他们走到橄榄树的下面。佛雷岱列克向深渊的边缘，遮蔽过他们爱情的那一株前进，娜薏好像清醒过来似的，拉着他的胳臂，拖他远离边岸，并以颤抖的声音说道：

"不，不，不要到那边去。"

"这究竟为了什么？"他问。

她含糊地回答，她终于说，如昨晚那样的大雨之后，悬崖是靠不住的。她并加上说：

"上年冬季，这里附近，倾坍了一大块。"

他们坐在后面另一株橄榄树的下面，这是他们温存的最后一夜。娜薏不安地搂抱着他。她突然哭了，不愿意说出她为什么这样悲伤。接着，她就恢复充满寒冷的沉默，待佛雷岱列克开她玩笑，说她现在与他一起，总是感到烦闷的时候，她就重新疯狂地抱着他，并喃喃说：

"不，不要说这样的话。我太爱你了……但是，你看，我病了。再则，这已经完了，你就要动身回去……唉！我的天，这已经完了……"

他徒然设法安慰她，重复地对她说，他以后总会找到机会，每隔一段时间回到这里来看她，并且下一秋季，他们还有两个月可以在一起。她摇头，她确实觉得已经完了。他们的幽会结束于难堪的沉默中。他们注视着海，马赛的灯火依然辉耀，普拉尼埃的灯塔孤单而凄惨地转动它的一线之光，这广大的地平线渐渐给他们以无限的哀愁。钟已三点了，当他离开她，吻着她的嘴唇时，他觉得她战栗而冰冷地靠在他的怀抱里。

佛雷岱列克不能睡觉。他翻阅书报，一直到天亮，因被失眠所扰，待天一放光，他就站到窗前。米枯伦恰在这时候动身去放他的渔笼。当他经过平台之际，他举起头来。

"那么，佛雷岱列克先生，您不是今天要同我一起去吗？"他问。

"啊！不，米枯伦老爹，"青年回答，"我咋夜睡得太不好了……明天，我们就约定明天吧。"

佃户以慢吞吞的步伐离开。他要下去，在悬崖之下，正是他发现他女儿与主人幽会的那株橄榄树的下面，寻找他的木船。待他消失之后，佛雷岱列克回转头来，他很惊异地看见驼阿纳已在工作。驼背执着鹤嘴锄，恰在橄榄树附近，修整被雨冲毁了的狭沟。空气很凉爽，站在窗前很舒服，青年回到房里卷一支纸烟。但是，待他慢慢地回到窗口之际，忽然有一种可怕的声音，霹雳似的巨声，爆发于他的耳边，他就奔着下楼。

这是岩石的崩坍。他只辨出驼阿纳摇动他的锄头，在红土的云雾中逃走。在深渊的边缘，枝条卷曲的老橄榄树陷下了，悲惨地跌到海里。海水翻起泡沫。然而一声可怖的叫喊掠过空间。佛雷岱列克于是瞥见娜薏为着看看悬崖之下究竟发生了何事，全身向前两臂僵直地俯斜在平台的栏杆上，她伸着身体，一动也不动地留在那边，好像两腕胶在石里一样。但是她一定觉得有人在注视她，因为她回过头来，看见佛雷岱列克的时候，她便喊着：

"我的父亲！我的父亲！"

一点钟以后，人们在乱石之下，找到米枯伦伤得很厉害的尸体。驼阿纳兴奋地叙述他也几乎被拖去。当地的一切人都说，因为裂缝的关系，他们不应该在那上头挖掘一条水沟。米枯伦嬷嬷哭得很悲伤。娜薏两眼干热，流不出一点眼泪地送她的父亲到坟场。

灾祸的第二日，罗斯丹太太坚决要回哀克斯，佛雷岱列克看见他的爱情被这悲惨的事变所扰乱，觉得这样回去非常满意；再则，乡间的女郎毕竟不及城里的姑娘，他便恢复他的游荡生活。他的母亲因他在"布朗卡特"时常留在她的身边，表示那样的亲切，自然更加疼爱他，给他以更大的自由。所以他很有兴味地度过他的冬天：他让马赛的姑娘们到哀克斯来，他把他的临时爱人安顿在郊外租好的一个房间里；他不在家里过夜，他只在自己必须出现的时刻，回到中学路的冷落的大公馆里。他希望他的生活，永远是这样地过下去。

复活节到了，罗斯丹先生必须到"布朗卡特"去。佛雷岱列克造出一个托词，使自己可以不跟他的父亲同去。律师回来之后，在吃中饭的时候说：

"娜薏已经结婚了。"

"噢！"佛雷岱列克惊骇地喊道。

"你们永远猜不到她同什么人结的婚。"罗斯丹先生继续说，"她给我以那样好的理由……"

"娜薏嫁给了驼背，驼阿纳。这样，'布朗卡特'可以没有半点改变。我们仍留驼阿纳做我们的佃户，他从米枯伦老爹死后就在料理那边的产业了。"

青年以窘迫的微笑听着叙述。然后，他也觉得这样的处置对于大家都很便利。

"娜薏老了，而且变得很丑。"罗斯丹先生接着说，"真奇怪，这些海边的女人，老得真快！……她从前是那么漂亮，这可怜的娜薏！"

"哦！这不过是忽然一现的昙花罢了！"安静地吃完一块猪排的佛雷岱列克说。

鉴评：只因太年轻

　　爱情小说大多是写男女双方互相的爱恋，但也有不少是写负情故事，即一方真诚地爱着，另一方则并不是那么一回事，而这种故事又有各种各样的格局。

　　常见的一种格局是，双方也热爱过一阵子，但一方的感情并不深挚，时过境迁，最后抛弃了对方。我国唐代传奇小说中，就有两篇写这种故事的名作：《霍小玉传》与《西厢记》的"前身"《莺莺传》。

　　负情故事还有一种格局：双方也曾相当真挚地爱过一阵，但在现实生活中遇到了某种矛盾或困难，其中的一方就变了心，甚至变得相当卑劣。英国作家科珀德的《五十英镑》也许是最出色的一例。

　　不论是哪一种格局，都是以悲剧而告终，受害者一般都是女性。这类故事，正是阶级社会中男女不平等的现实和男子主义的冷酷在文学中的反映。比上述两种结果更为悲惨的，还有一种格局，那就是女方的痴情被男方无情地玩弄。左拉的《娜薏·米枯伦》就是这样的一篇。

　　小说写的是东家少爷对佃户女儿的糟蹋。他们两人倒的确是从小就认识、从小就在一起玩耍的童年时代的朋友，但一个始终在乡下过劳动的生活，童年时代的印象在她纯朴的心灵里自然而然地发展成为一种亲密的柔情，另一个则娇生惯养在城市里生活，富裕的家庭条件逐渐养成了他怠惰、荒唐、放纵的恶习。这样两个阶级地位完全对立、性格人品截然相反的青年的结合，其后果当然可想而知，必然是这个少女娜薏·米枯伦的悲剧。

　　左拉描写爱情的小说不少，但一般都缺乏诗意，他既不写诗意的爱，也不去挖掘两性爱中的诗意。他的着眼点与着笔处都不在这方面。他的着笔处往往是情欲之爱、男女之间强烈的热情、充满肉感气息的互相吸引和狂暴的争斗；他的着眼点则是人的生理本能以及由此而来的性心理。

　　左拉的爱情描写不属于超逸的格调并非偶然，这和他的自然主义的文艺思想紧密相连。左拉的自然主义文艺理论除了强调要对客观事物或现实环境、具体场景做出完全真实的，也就是最具体、最琐细的写照外，还主张从实验科学的角度，特别是从生理学的角度去观察人和描写人，这样，他笔下的爱情故事往往就带有某种生理方面的动因。这种生理的动因当然是不应该完全被无视的。人毕竟是社会的人，如果把生理的动因写得居于主导地位，那就不能不说是一种缺陷。

　　《娜薏·米枯伦》并非完全没有这种特点，其中对这个少女的描绘上就是如此。这个健壮漂亮的姑娘充满了青春的活力和对爱情的渴求，她本身有火一样的热情，一直被父亲管制着、压抑着，随时都会像火山一样喷发出来，因此，仅仅凭着童年时邈远的印象，她就完全被冲动推动着，几乎是盲目地投入了那个满身恶少脾气的佛雷岱列克的怀里。不过，这篇作品的主旨显然并不是描写女主人公盲目的冲动，而是要表现富家子弟的自私、卑劣、放荡、淫邪，表现不同社会地位的两个人物对爱情截然相反的态度以及他们结合的必然的悲剧结果。作者对娜薏那种纯朴深挚、热烈而原始的爱，那种几乎倾注了自己全部生命力的热情是深为同情的，而他全部的描写最后又都落实在对纨绔子弟的谴责上，特别是小说的最后一句话，把那资产阶级少爷肮脏的灵魂、卑鄙的品性揭露得再好不过，这是这篇小说值得肯定的价值。

图书在版编目(CIP)数据

　　一生只够爱一人／柳鸣九主编. —郑州:河南文艺出版
社,2020.10
　　(世界最佳情爱小说)
　　ISBN 978-7-5559-1011-4

　　Ⅰ.①一···　　Ⅱ.①柳···　　Ⅲ.①中篇小说-小说集-国外②
短篇小说-小说集-国外　　Ⅳ.①I14

　　中国版本图书馆 CIP 数据核字(2020)第 160806 号

选题策划　张恩丽
责任编辑　张恩丽
书籍设计　吴　月
责任校对　赵红宙
责任印制　陈少强

出版发行　河南文艺出版社
本社地址　郑州市郑东新区祥盛街 27 号 C 座 5 楼
邮政编码　450018
承印单位　河南新华印刷集团有限公司
经销单位　新华书店
开　　本　890 毫米×1240 毫米　1/32
印　　张　6.625
字　　数　186 000
版　　次　2020 年 10 月第 1 版
印　　次　2020 年 10 月第 1 次印刷
定　　价　42.00 元